低姿匍匐

一号哨位 作品

人民文学出版社

图书在版编目(CIP)数据

低姿匍匐/一号哨位编. —北京：人民文学出版社，2020（2024.12重印）
ISBN 978-7-02-016657-2

Ⅰ.①低… Ⅱ.①一… Ⅲ.①散文集—中国—当代 Ⅳ.① I267

中国版本图书馆CIP数据核字(2020)第188428号

责任编辑　徐子茼
装帧设计　李思安
责任印制　苏文强

出版发行　人民文学出版社
社　　址　北京市朝内大街166号
邮政编码　100705

印　　刷　北京盛通印刷股份有限公司
经　　销　全国新华书店等

字　　数　206千字
开　　本　880毫米×1230毫米　1/32
印　　张　10.625　插页3
版　　次　2020年11月北京第1版
印　　次　2024年12月第15次印刷

书　　号　978-7-02-016657-2
定　　价　45.00元

如有印装质量问题，请与本社图书销售中心调换。电话：010-65233595

目 录

001 / 序

一 一身硬骨头

003 / 低姿匍匐

009 / 光辉岁月

020 / 飞行员是如何炼成的

026 / 一个军校落榜生的逆袭

036 / 我拿到了坦克驾照

041 / 没有见过海的海军

047 / 总有一床军被覆盖你的青春

052 / 没在炊事班抢过包子不足以谈军营

058 / 我在亚丁湾抓海盗

062 / 站住,口令!

066 / 那个空中遇险的歼-15飞行员,就在我的朋友圈

069 / 牺牲与重逢

074 / 清华学生是真的,特种兵也是真的

079 / 十八年,我从斗殴少年成长为独立连连长

二　我站立的地方是中国

089 /　我在大山守导弹

097 /　在西沙，我给班长发了个红包

101 /　西北之北

108 /　兄弟，听说你分到新疆了

115 /　那一年，南疆阵地上的臭酸笋

120 /　那个去戈壁滩探亲的军嫂

127 /　穿上军装的第三年，有个姑娘来看他

131 /　牺牲在雪地里的边防连长，他的青春定格在三十一岁

136 /　在高原，在雪山，在没有人知道的地方

143 /　墨脱的路

153 /　昆仑山好荒凉，三十里营房是好地方

三　拥抱疼痛的日子

161 / 沉默的大多数，是那些士兵

165 / 请把我的名字，写在你的飞行服上

171 / 海军飞行员亲述：我们为什么会掉飞机

174 / 八一，不是一个节日

178 / 十年后，我终于"逃离"了汶川

185 / 我的战友，牺牲在遥远的非洲

188 / 纵然军营是一杯苦酒

192 / 军营这座城

197 / 对不起，留队了

201 / 穿着军装长大

208 / 马里，你为什么要留下我的兄弟

四　心有猛虎，细嗅蔷薇

215 / 你板正军装的背后，是思儿念儿的爹娘

220 / 军嫂是如何炼成的

228 / 军人的孩子在手机里

232 / 给未出生军娃的一封信

238 / 当了军官后，父亲再也没来看过我

242 / 男兵和女兵的故事

249 / 军校爱情，大致如此

259 / 那个我曾偷看过的女兵，最终消失在茫茫人海

267 / 当我穿上军装，出现在她的婚礼现场

273 / 问士官情为何物

五 很庆幸，我的青春有穿军装的样子

279 / 退伍二十四天后，我又梦见了军营

284 / 很庆幸，我的青春有穿军装的样子

289 / 为什么你离开了部队，依然觉得不自由

294 / 离开部队以后，我越来越像个军人了

297 / 我的战争

304 / 我干涸的嘴唇需要一颗温柔的子弹

309 / 一朝入梦，终生难醒

313 / 再见了，军营

序

贾永

六月的一天，一个年轻人把一摞厚厚的 A4 打印书稿摆在了我的面前，书稿上面勾勾画画，显然被主人翻阅了很多遍。封面上的四个字很醒目：低姿匍匐。一股军营的味道扑面而来。

眼前这个带着军人气质的年轻人叫周晓辉，是中国人民大学新闻学院一名在读的博士生。他在大学三年级时应征入伍，服役期满后重回大学就读，其间创办了"一号哨位"微信公众号。五年时间里，"一号哨位"在全网已经积累了几百万读者，成为军事新媒体的佼佼者。

晓辉告诉我，这本书是"一号哨位"刊发的上千万文字中的精华，是这一代青年军人的奋斗故事。

"一号哨位"开始于 2014 年，那时候基于移动互联网的新媒体刚刚兴起，风云际会，万物互联，我们主动或被动地连接着，我与晓辉的相识也源于新媒体。仔细翻阅这本书时已是盛夏，而我却不禁想起了四年多前的那个严冬。

2016 年 1 月 23 日的京城之夜，漫长的雾霾天气过后，正是难得的散步的时候。谁知，刚走到室外，刺骨的寒风竟把我吹了回来。事后才知道，那是二十年来北京最冷的一个夜晚。那一天，是我五十三岁的生日。

那个夜晚的冷，似乎才刚刚开始。真正让我感到彻骨之寒的，是接下来读到的腾讯网时任总编辑的一篇演讲：《传统媒体的超级冬天》。文章披露，"两微多端"已经成为人们获取新闻信息的绝对渠道，而腾讯新闻、今日头条等占据新闻资讯市场的60%。演讲者曾经是我在新华社的同事，显然，我的这位前同事的这篇演讲，宣告了我的职业的死亡。

事实也仿佛如此。2015年，曾经风光无限的都市类报纸毫无征兆地跳崖。2016年，《京华时报》《生活新报》《上海商报》《今日早报》等多家纸媒陆续停刊。而在传媒更加发达的美国，两位普利策奖得主2015年离开新闻业，也敲响了传统媒体人才流失的警钟。

媒体是残酷的职业。任何媒体和媒体人如果不能跟上时代变化继而适应这种变化，就只有被时代所抛弃。即使曾经的荣光，也只能沦为这个时代的遥远背景。

2016年5月23日，也就是我五十三岁零四个月的那一天，我和我的并不年轻的伙伴们有了一个属于自己的公众号："第一军情"。今日头条成为这个公号的主要平台。

我的同事、我的战友、我的校友，成了"第一军情"的第一批作者。而比我们年轻许多的周晓辉，则成了我们的顾问。正是由于晓辉等一批年轻人的有力引领和示范，在新的媒体平台上，我们过往的经验没有成为桎梏，我们也很自然地在很短时间内度过了传统媒体人从事新媒体所必须经过的适应期。"第一军情"运行一年零一个月，在今日头条上拥有了千万的粉丝和超过数十亿的总阅读量。

问题在于，拥抱新媒体的过程同样不易。新媒体时代降低了从业门槛，以往只存在于媒体和媒体人之间的竞争变成了全社会的竞争，任何一个拥有智能手机的人都可以到新媒体平台上冲浪，但这也无时不在考验着负责任的自媒体人的良心和道德。

大浪淘沙，有的人随波逐流，有的人虽有不甘也只能被淘汰。可贵的是，晓辉与他的"一号哨位"坚持了下来，更加可贵的是这个号始终如一地坚持了它的情怀。背后的曲折、艰辛，这部书中没有提到，但凡是涉猎过自媒体的人想必都有深切的体会。

现在看来，"一号哨位"之所以能够成为军旅自媒体的先行者，得益于定位精准、内容扎实和风格独特，更得益于晓辉那种哨兵一样的坚守。正如他对"一号哨位"的解读："一号哨位"是军营的大门哨，连接军营内外。当"一号哨位"四个字被赋予新媒体的意义，它就成了所有心系军营的人的沟通渠道和对话平台。

我曾不止一次地打开"一号哨位"，那里面是军人成长的故事，有他们的血性与柔情，有他们的苦痛与欢乐，也有他们的来路与归途。我不敢说"一号哨位"连通了整个军营,但至少它已经连通了一代年轻的军人。

现在,"一号哨位"已经运营六年多了,这本《低姿匍匐》呈现在我们面前,它所描绘的是当代军人的成长路线图,关于奋斗,关于梦想,关于一生一次的远征。从这本书里,我感受到的是今天一群年轻军人沉甸甸的责任和热气腾腾的青春。

晓辉告诉我,自从他开始运营"一号哨位",在这几年里他从没在凌晨一点前睡过觉。而我这样一个已过天命之年的新闻人,也在运营"第一军情"的过程中找回了三十多年前在边境前线坑道中初学写作时的那种激情。此时此刻,在互联网连接的虚拟时空里,我仿佛是在和这些年轻人一起匍匐前进。

奋斗的青春最美丽,哪怕我们只是像流星一样划过。

是为序。

一

一身硬骨头

世间需要这种奇伟的男儿

正如大地需要

拔地而起的雄峰

　　　——周涛《猛士》

低姿匍匐

哨位君

每个人的故事，都是如何长大的故事。

我们远离故乡，东西南北腾挪、奔跑、匍匐、隐蔽、冲锋，不过是为我们的成长寻找一条故事线索。而支持我们不懈追寻的动力，往往是年少轻狂时的一个梦想，于是我们从高考的考场赶来，从理想缤纷的象牙塔赶来，从田间地头赶来，从街头巷尾赶来，一头扎进军营里，家已在后，世界在前。这是我们的故事应有的开端。

2011年12月13日凌晨4时48分，是属于我的故事开端。

从北京开往哈尔滨的K1301次列车行驶十九个小时后进入哈尔滨站。那时天还没有亮，我拎着大包小包艰难地走下车，吸了一口哈尔滨的空气，顿时感觉器官堵塞，像是一块极冷的冰块儿，卡在嗓子眼儿了。我打了个寒战，跟着队伍埋头往前走。

十分钟后，我们坐上了大客车，人和行李把车塞得满满当当，雾气封住了玻璃，很快就结成了冰晶，我把脸贴近窗户，试图看看冰城的夜景，可是我什么都看不见。我用手使劲擦车窗，终于露出了一个小孔，街灯微弱的光不情愿地射入我的眼睛。

很快我们就离开了城区，窗外一片漆黑，据说是到某个山沟里，我感到有些失望，但很快我就睡着了。不知过了多久，车开始摇晃，我醒了，应该是进山了。那时天已经蒙蒙亮了，一个接兵的上尉说："都醒醒，马上就要到了，大家精神精神，整理一下着装，准备下车。"

不一会儿我们就拐进了一个大门，上面写着：××反恐训练基地，门口的哨兵身着军大衣，棉帽子上结着一层白霜，他向我们敬礼，嘴里吐出一缕缕的白气。

锣鼓声和鞭炮声响起，声音越来越近。然后车停了，我突然感觉很紧张，但也硬着头皮随着队伍下了车，拎着大包小包的我显得有些狼狈。我一脸陌生地看着两旁穿着笔挺军装整齐列队敲锣打鼓的老兵，后来我知道他们穿的那叫冬常服。

那条不足三十米的欢迎通道，我感觉走了很长时间。然后我们在一楼大厅里列队分班，一个挂着两把枪一道拐肩章的老兵，接了我和另外一个戴眼镜的小胖子的行李，接着带我们上了二楼，虽没跟我俩说话，却是一副欢天喜地的样子。上楼之后我才知道我们两个是最后来的，班里一共有十二张床，有两个下铺是空着的。

拎包的人是我的班长，因为一进班所有的人都起立站好，一起喊了一声"班长好",班长带着命令的口气说:"以后我进班不用问好,看见别的班长进来再喊。"

"是!"众人回答。

我被吓了一跳,感觉自己已经落后了。然后所有人一哄而上,帮我们拆背包,整理个人物品,热水、白毛巾也准备好了,班长指着凳子上的两盆热水说:"快去洗把脸!"

我们两个不知所措,匆匆洗了把脸,开始收拾自己的东西。

"手机我先替你们保管了,有什么要记的电话号码快点记下来。"班长非常认真地对我俩说。此刻我才看清楚班长的样子,大眼睛、长睫毛、面容小巧精致,有一种还未脱去的稚气,我断定他没有我年龄大。

我说:"嗯!我记几个电话号码。"他停顿了一会儿,突然转过头对我说:"以后回答问题的时候要说'是'。"他说得很和气,没有任何命令的意思。

我怔了一会儿说:"嗯!"

他笑着摇摇头,继续统计我的个人物品。

六点四十五分,一阵急促的哨声响起,"开饭!"有人在楼道里大喊了一声。听到这个声音我更加手忙脚乱,班长说:"先去吃饭,回来再整。"

这个"整"字让我感觉有些特别,除了冷之外这是我对东北的第二个印象,所有的动词都用"整"来代替。没等我多想,就有个东北口音的人拉着我说："走，吃饭去。"我尾随着他们在门口列队向一楼食堂走去。

早饭并不丰盛，却异常好吃，可能是因为我在火车上近二十个小时滴食未进吧。我一口气吃了三个特别大的馒头和两个鸡蛋，把班长的鸡蛋也吃了，还吃了一碗面条。这是特意为我们这些新来的人准备的，是北方的习俗——上车饺子下车面。

吃好饭我回到班里继续整理个人物品。非常繁琐，每一样东西班长都要登记，甚至包括一支钢笔和一沓稿纸。他写字很慢，对照了一遍又一遍，这不可思议的认真让我有些犯困，我在一旁站着，感觉自己随时可以睡着。

统计完个人物品之后他拎着我的包进了库房，临走时让我们写"自传"。所谓"自传"其实就是"交代材料"，就是把关于自己的一切统统写出来，一是方便班长等人了解我们，二是为了留作档案资料。而我似乎贯彻了他的认真，一笔一画地写着，从我上学开始写起，内容一直延续到我走进军营。其实我非常乐意做这件事情，因为这是一个绝佳的机会让我回忆自己当兵前的人生。

突然哨声又响了，我们集体起立，等候哨子的发落，"所有班长走廊集合"，听到这句话我们又坐下继续写。我不知道那是第几次吹哨，但我已经习惯了，像是被设定了程序，听见哨声立刻起立。哨声随时都会响起，每时每刻都充满了不确定。我不自觉地看了一眼窗外，并没有我想象的鹅毛大雪，只有风在猛烈地摇晃着干枯的树枝。

那是我入营的第一天，我没有主动说一句话，可能因为太累了，我总想着睡觉，但最主要的原因是，我无法以最快的速度消除对这个地方的陌生。这一点有点像《士兵突击》里的许三多，每一次换新环境都跟死过一回一样。

我一直幻想着在这里会有一种诗意的栖居，可我除了困意还没有感受到任何诗意，但这一切就这么开始了。从那一天开始我不用再去想考试成绩；我不再称身边的人为"同学"，而是战友；我上厕所之前要向班长报告，回来后还要报告；我每顿饭必须在十五分钟之内吃完。那是我入营第一天的体验，充满了不确定，那些不确定又一次次被哨声确定，我暂且把那当成一种类似诗意的栖居。

正如一个送行的朋友在短信里说的那样："当兵如奇遇。"在我们进入营门的那一刻，"奇遇"就开始发生了。我们在这里遇到的每一个人，都成了我们的袍泽兄弟，都值得我们付出时间。然后我们一头扎进队列里，在那里收获血性和勇气，打磨身体和灵魂的棱角。

入营七十七天后，我学会了一个词，叫"低姿匍匐"，是战术的基本动作。

随着班长"卧倒"口令的发出，我闭上了眼睛，屏住呼吸，左脚向前一大步，手、膝盖、胳膊肘，依次与地面摩擦，准确地说应该是撞击，我扑向了正前方的地面。"啊！"一声惨叫，我好像被石子硌了一下胯，疼得我有些颤抖，雪地上出现了一个人的身体滑过的痕迹。在无数次和大地撞击之后，我掌握了"卧倒"的要领，安静地趴在雪地上，等待着班长的下一个口令。

于是"低姿匍匐"开始了。班长说这是冲锋的预备姿势，隐蔽自己，贴地行走，到达自己射击或者冲锋的最佳位置。只是这个动作着实有些痛苦，地上的沙石、呼啸的北风、大雪，它们从来都不会怜悯我们的疼痛，因为它们代表敌人，我们不可能乞求敌人怜悯我们。我们以后要习惯这样的疼痛，以至于让它成为生命的一部分。

现在，距离我走下军列的那个冬天，已经过去八年，但记忆却依旧清晰。六年前，我退伍了，创办了"一号哨位"，这是我曾经站岗的地方，我知道这也是很多战友站过岗的地方，我在"一号哨位"上讲述我们低姿匍匐的故事。

这些年我去过很多地方，见过很多不同军种不同年龄的战友。我发现，其实我们每一个人都在低姿匍匐，积蓄力量，隐蔽自己，时刻准备冲锋。在高原，在大漠，在城市，在乡村，在无人知晓的海岛，在隐姓埋名的山沟，无数战友的青春连同国家的命运在千万座营盘中激荡、流逝，低姿匍匐，蓄势待发，他们所肩所负光荣而艰巨，他们伤痕累累，伤痕又化作勋章。

这是低姿匍匐的我们，这是我们共同的故事。我把这些故事放在一起，讲给你听。

光辉岁月

王雪振

晚点名即将开始的时候,纷纷扬扬的雪花毫无征兆地落下来,无声地洒进队列里。

我站在队列前,望着一张张在风雪中冻得通红的脸,那么阳光自信,那么朝气蓬勃,心头刹那间便涌起了无限感动,眼泪也瞬时涌到眼眶。

2012年,我从南开大学毕业,选择投身南疆军营,至今已经七年多了。

七年的日子里,我在边疆的营盘里,挫折和进取同在,磨炼与收获共舞,拥有很多很多难忘的记忆。但突然间在众人面前情绪失控,却只有这一次。

仔细想想,不是担负的任务有多么繁重,也不是高原环境有多么的艰苦,更不是承受的压力有多么巨大,而是驻守喀喇昆仑山之后,连队的每个人,带给了我太多太多的触动。

来到雪域高原的这些日子里,低温、干燥、缺氧一直在折磨着大家:有的战士鼻孔出血,口腔干燥睡不着觉,嘴唇干裂起满了泡;有的刚上来便发生高原反应，呼吸困难，头疼难忍，四肢乏力，心率莫名加快；有的因劳累过度，一吃饭就吐，靠喝水维持生理机能；还有的头发脱落，皮肤皲裂，太阳一照便刺痒难耐……

在这样艰苦的环境下，作为连队的指导员，我曾一度担心连队的官兵撑不下去。但是，事实证明，我的担心纯属多余。

他们中最大的，不过三十出头，最小的，才刚满十八岁。他们其实都是新时代的年轻人，也喜欢熬夜玩游戏，喜欢到时尚的餐馆里吃西餐尝大虾，还喜欢耍酷，摆着胜利的手势。他们和大城市里的年轻人一样。

可是，因为这军装，他们收起普通人的一面，从人群中走出来，在喀喇昆仑山之巅，默默地将属于自己的担子扛起，去赴汤蹈刃，去千磨万砺，没有抱怨，没有辍步。

1

我们这里是中国西北边境一处再普通不过的驻军点。六十余人组成的高炮连，像楔子一样，牢牢钉入喀喇昆仑这个雪山包围的谷地。

这里的自然环境是一种张牙舞爪般的"恶劣"：海拔5200米，大气压只及海平面的61%；空气中的氧气含量比平原地区少一半，紫外线辐射的强度却比一般平原地区高50%；终年严寒积雪，所谓夏季，气温也常常在零摄氏度以下，昼夜最大温差甚至超过三十摄氏度……

在中国雄伟壮阔的版图上,这片"不毛之地",不可或缺。1962年,高炮连的前辈们曾在此浴血奋战,酣畅淋漓地赢得了自卫反击战的胜利。在驻军点附近的高地上,历经岁月打磨的工事,仍然静静矗立。

高炮连一个名叫马步忠的下士,一直痴迷于军事题材小说《士兵突击》。随部队驻扎于此后,他立即觉得,现在的营地与小说中红三连五班所守卫的地方一样——都是与世隔绝的孤岛。他说:"如果不是当兵,我肯定一辈子也不会来这儿。"

这里是真正意义上的高寒极地。如果以高炮连所在的地域为原点,一直向内近千里,才能找到一个像模像样的城镇聚居地。大片的无人区如汹涌的海洋,包裹着高炮连的营地,好像随时都能将后者吞噬殆尽。

高炮连到此驻扎时,这里已经有了一条通向外界的搓板路。早先,这里只有车辙印。后来,车辙印被反复碾压加固,还掺进了石子,升级成了一条路。

虽然牵引车辆动力十足,但坐在车里的高炮连官兵来回翻滚,犹如热锅中的炒豆子般,被颠簸戏耍得头晕目眩,吃尽苦头。

高炮连连长苏博康,有着丰富的野外行军经验。在这条路上,他却丝毫不敢大意。循环往复的回头弯,相似的山头,很容易让人产生"路总走不到头"的错觉。他反复对照行军地图,寻找让自己放心的地貌地物,以确认行军方向。

通向高炮连营地的这条路，铺满了或辛酸或痛苦的记忆。在苏博康的印象里，有个为连队运送补给的地方司机，曾贡献了最富戏剧性的一幕。开车到达营地后，那位司机几近崩溃，一边痛骂这条路，一边嚷嚷着："即使给十万块钱，也不会再来这个鬼地方！"

"我们似乎与社会存在着某种脱节，比如选择上的。"苏博康相信，正是因为这种脱节，他们保卫的那些人们才有了更多的选择。

2

对高炮连的官兵来说，种种境况和遭遇都在一次次地告知他们，这是真正的苦寒之地。

作为防空兵，高炮连的官兵已经习惯了眼里天天有狼烟。在相对安静的日子里，他们更愿意为烽火杀伐赋予一些浪漫主义味道——白天看云彩，晚上数星星。

不过，高炮连所在的地方，还是充斥着冰冷的现实。一只叫小白的狗，成了他们共同的悲伤记忆。

小白，是一只生在海拔 4200 米兵站中的高原狗。得知高炮连要到更高的地方戍守，兵站的战士把它送给了连队。

到了营地，小白不吃不喝。打营养液、吸氧，种种法子都用过后，还是没能阻止它生命的终结。

小白死后，高炮连的驻扎地又多了一个新的称谓——狗都活不了的地方。

小白的死，也让高炮连的热血男儿们多了几分对自然规律的敬畏。他们走路不再火急火燎，说话变得和风细雨，增减衣物不再随心所欲，为预防雪盲症，墨镜也成为必备之物。

新时代的年轻人大多有智能手机依赖症。起初，归零的信号让这些年轻官兵无所适从。为了能够找到和亲友联通的信号，每到周末，他们会分批乘车跋涉三十公里，赶到边防连附近，只为打个电话。

这段路途，也成了不少人刻骨铭心的辛酸回忆。一次，因为山路过于颠簸，列兵梁树业忍不住在车里吐了。污秽物直接洒落在下士鲁寒的脸上、身上，而后便引发了整个车厢里的呕吐连锁反应。

高炮连的营地条件有限，官兵居住在帐篷里，厕所是露天的。他们大多选择在温度较高的中午上厕所。如果晚上去，往往要反复蹲下、起来好几次才能最终成功。虽然蹲下起来很麻烦，但能防止下体被严寒冻伤。

上高原之前，忌惮于高原强烈的紫外线，下士黄易曾托人买了二百个面膜，以备不时之需。后来，他才发现，高原的紫外线根本不会给人任何反应时间。到达营地的第二天，黄易的脸、嘴唇便开始皲裂，敷面膜也没有任何好转。

为防止感冒引起可怕的肺水肿、脑水肿等高原病，不准在早晚时间洗头甚至上升成为一道命令。中士陈永鑫因在晚上洗头,受到了连队严厉的批评。

陈永鑫一直在炊事班工作,炒得一手好菜。到达高原营地后,所有物资都是从六百公里外运送过来的,运输过程十分艰辛。他明白,"每一粒米都来之不易"。

作为山里长大的孩子,陈永鑫不怕吃苦。然而,在高原上做饭的过程,带给他深入骨髓的痛彻体验。

早饭的准备,从凿冰、破冰开始。冰凉的水咬着他的手,连队里最早的冻疮从他的手开始。冻疮加冰水,反反复复,每次做饭,都犹如过关,苦不堪言。

陈永鑫还记得,有个来炊事班帮厨的列兵,一边在冰水里洗菜一边掉眼泪:"比起受这罪,我宁愿去阵地上扛炮弹。"

3

说真的,到阵地上扛炮弹,其实不比炊事班轻松多少。

鲁寒十七岁就来到高炮连,经过五年的摔打磨炼,已经成为炮班长。阵地构筑、伪装防护、射击准备等功夫,他已驾轻就熟。

来到高原后,第一次实兵拉动,鲁寒觉得自己差点"牺牲"在奔向阵地的路上:像是被人勒住了脖子,三步一喘,心肺突突地都快炸了。

鲁寒的负重还算轻的。跑向阵地时，他只需手拿指挥旗，带齐战斗装具，径直越过交通壕，奔向指挥位置。

最痛苦的当属四炮手王佳馨。接到敌情预警后，穿戴战斗装具，迅速赶到弹药室领取弹药，跃进近两百米，赶在油机与火炮联动前，将弹药压进供弹箱……整个过程必须在四分半钟之内完成。

刚开始，王佳馨觉得这是个不可能完成的任务。首次演练，他完成所有规定动作，用时超了不少。这个十九岁的小伙子便瘫倒在阵地上，许久没有起来。

以前，王佳馨从未考虑过生死。可到高原后，每次演练时，这个带点残酷和悲壮的命题都会在他脑海里闪过——他怕自己稀里糊涂就猝死在战位。好几次，他甚至都想好了遗书的内容。

历经无数次演练后，王佳馨的心肺终于逐渐适应了高原，跑得也越来越快，所有动作都能在规定时间内干净利落地完成。

和王佳馨的关注点不同，下士田佳奇最担心的是雷达能否迅速启动。他是连队历史上最年轻的雷达站站长，掌管着一部炮瞄雷达。全连火炮处于自动射击状态时，这部雷达便是整个火力单元的心脏和眼睛。

在高炮连所有装备中，雷达差不多是最娇气的。高炮连为雷达构筑的阵地，距离营区最近，可每次雷达开机准备的时间却最长。雷达开机时需要预热，而阵地高寒缺氧，气压极低。

转移一次阵地,能活脱脱扒掉官兵几层皮。接到指令,四级军士长朱军伟会迅速指挥疏散隐蔽的车辆发动、出动,从四面八方进入各阵地,完成各类装备的火速挂装。

从挂装到收拾阵地,战斗班人员没有任何的喘息之机。因为又累又急,总会有人被牵引车辆的油烟熏得呕吐不止。

在朱军伟眼里,挂装转移还不是最累的,转移至预备阵地后,才是魔鬼历程的开始。此时,战斗班人员必须在规定时间内,重新挖工事、拉伪装、进行射击准备。运气好,能规避掉冻土层,一锹就是一锹;运气差,一锹下去只能见一个白点,干着急。

下士程欢欢的手,就是在转移阵地时被挤伤的。时间不等人,一个不小心,他的手指就被夹在了两个装备中间,指甲当场掉了,指肚也变了形。事后,程欢欢觉得自己运气不算差,"如果夹的是整个手掌,那才叫完了。"

4

如果抱着旅游览胜的心态来看高炮连驻守的地方,简直别有一番景致。

雪山下,棕熊、狼、狐狸、黄羊不时出没,罕见的苔藓类植物,开出小小的花;遍地是五颜六色的玛瑙石,一颗颗镶嵌在风化的地表上;夜幕来临,密密麻麻的星星悬挂在碧蓝的穹顶,银河如玉带一般,惹人尖叫……

对高炮连所有人而言,他们卫戍的这片高天净土,既是绝佳的梦中远方,也是人格境界得以升华的地方。

在连队,最激动人心的活动莫过于升国旗。每当国旗在高原徐徐升起时,大家的军姿、军礼总是最硬挺的。他们的眼神里、嘴角上,带着无法掩饰的激动。

大学生士兵刘万珍说:"到了这里,才更鲜明地感受到什么是我与祖国同呼吸、共命运。"

在他眼里,升国旗的时候,没有谁会不在意自己的军人形象。就连平时总是嘻嘻哈哈的下士黄易,军礼都敬得比平时好。

参军之前,黄易曾在工地上当过三年小工,和泥、粉刷、装修……工地转换间,他的身影跟随工友,在城市化浪潮中此起彼伏。站在高高的毛坯楼上,城市的喧嚣从耳畔呼啸而过,灯红酒绿涌入眼中,"时间一长,就感觉找不到生命的意义了。"黄易说。

当兵,成了黄易的自我救赎。丰富的阅历,让他显得更加成熟。唯一的不足,就是黄易作风稍显稀拉。不过,这并不影响他操作雷达时的专注。

高炮连的官兵来自全国十二个省份五个民族。如果不是从军,他们会被裹入市场经济的大潮,在江河翻涌中寻找安身立命之所。

有的出于从军报国的理想,有的着眼谋求出路的现实,他们怀揣着梦想，从五湖四海汇聚到高炮连所在的营盘。他们主动或被动地接受着军营的修剪，有意识或无意识地为凝成战斗的共同体而挥汗如雨。

显然，正向的变化占了优势——刘万珍觉得，自己与家人的联系更加紧密，可聊的话题越来越多了；陈永鑫利用积攒的津贴买了房，虽然他还没对象；在田佳奇眼里，自己不再是那个羞于说话的傻小子，经过部队的历练，他的本领越来越多，有了应对未来挑战的底气……

苏博康明显感受到，自从连队来到高海拔地区驻防后，人与人的依存度明显提高了，啥事儿都喜欢一起干、比着干，"条件艰苦，抱团取暖的重要性就体现出来了。"

5

虽然环境艰苦，任务繁重，但连队运转得有条不紊。一年一度的士兵留队意愿摸底，在高炮连悄然进行着。

铁打的营盘流水的兵，这样的铁律终究没人能打破。

所有人都知道，兵也好，官也罢，没有谁能成为军营的真正主人。迟早大家都会和高炮连说再见，会跟高炮连驻扎的这个"鬼地方"告别。就连一些刚刚入伍不久的列兵，都对退伍后的前程有所规划。

今年，高炮连有三名士官和五名上等兵计划离开。他们将重新汇入社会生活，或步入工厂，或做些买卖，或重回校园继续学业。炮班班长鲁寒就是要走的八个人之一。出于家庭考虑，他决定退伍。

准备继续留队的战友也难免有些茫然忐忑。去年休假，田佳奇曾到北京旅游。大都市便捷的出行方式，并没有让他从中受益。面对眼花缭乱的地铁分布图，他总要询问再三，才最终确认路线。"之所以有人选择离开，只是因为不想和社会太脱节吧。"田佳奇说。

其实，高炮连的人都明白，从某种意义上讲，军人这种"脱节"的感觉越强烈，社会经济的持久繁荣才会越有保证。"如果当兵的都在研究怎么赶时髦、跟潮流，那绝对是不务正业。"

鲁寒已经做好打算：等自己的孩子到了十二岁，就带着他从湖北老家出发，重走一次从军路，再来看看高炮连现在驻守的这个地方。

当鲁寒把这个想法告诉家人的时候，家里人问他："那么苦的地方，还回去干啥？"

鲁寒也不确定自己这个想法，是不是一时兴起。

但当他想到答案时，突然有哭出来的冲动。

他的答案是：因为，那里有我的光辉岁月。

飞行员是如何炼成的

王镭霖

毕业的时候，教员问我："你记得你们刚来到飞行团的时候，为什么教员们盯着你们一直看吗？"

我一想，是啊，刚来的时候教员们把我们盯得发毛。

我说："不知道……"

教员说："我在看最后你们谁能飞出来。"

我又问："靠谱吗？"

教员说："盯完你们，我们就回去讨论了一下，到今天，最后剩下的，几乎没有变化。"

听完后，我沉默了。既然早能看出来，为什么不提前告诉兄弟们，你可以，你不行。

这一路走来，多少拼搏，多少不易，却是教员眼中的"早知如此"。

我很不服。

1

很多年前,经历了 129 个大项、1000 多个小项的严格招飞体检,种类繁多的心理测试、体能测试和最严格的政治审查后,高考正常发挥的我,拿到了进入航校的资格。

还没来得及为这一切高兴,我就进入了一场炼狱。每天早上六点起床五公里,使劲揪自己大腿以免睡着的理论课,以及每天下午雷打不动的体能训练时间——田径 100 米、200 米、400 米、800 米、5000 米、10000 米、5000 米武装越野,力量单杠、双杠、杠铃,还有抗眩晕旋梯、滚轮,40 秒内正反各二十圈,练完以后你会发现游乐场的过山车对你来说简直就是小儿科。

对了,还有游泳训练,100 米、400 米、1000 米、5000 米及武装泅渡,还有海上跳水……

等到我完成以上所有项目时,我还没有真正上过战机。

一切,才刚刚开始。

2

后来,我被转入某飞行学院,进行飞行操纵的实练。

上飞机之前的第一步就是学习跳伞,好多战友说:"第一次坐飞机,居然是跳下来的。"现在想想确实有一些搞笑。

跳伞这个科目看起来有降落伞保护，但是落地速度很快，危险系数高，虽不致命，骨折却是大概率事件，说起来挺邪门的，每年都会有因为跳伞骨折的。

还好，我跳完伞腿完好无损，顺利进入上机前的地面预习阶段。

都说地面预习不掉两层皮绝对飞不好，整个起落航线三百多个操纵动作的快速背诵，拿着小飞机在地面反复演练，坐在小板凳上模拟练习，脑子里充斥着各种数据和程序，最后我实在受不了了，跟教员说"我睡觉的时候手都在拉杆"，教员淡淡地说了一句"这样你就快出山了"。

3

再后来，我上天飞行了。

这是整个学飞过程中最为残酷的阶段，大批量的淘汰随即而来。只有一个月的时间，我必须学会飞行的基本要领，具备单飞的能力。

也许你会说，学个车还要几个月，学飞行一个月？搞笑呢……但事实就是这么残酷。经过第一轮淘汰、第二轮淘汰、第三轮淘汰，你会发现你身边的同学越来越少。面对淘汰的巨大压力，同学之间的竞争，你的身体和心理将会陷入极度的恐慌，也正是这一阶段的咬牙坚持，才能让你完成一次彻底的蜕变。

都说每一个飞行员飞出来都将是人生的一次升华，一点也不为过。你要面对的挑战来自各个方面，身体的承受能力，心理上对淘汰的恐慌，身边战友对你技术的超越，教员对你的鞭策，都将置你于崩溃的边缘。我最终理解了一位老飞行员的话，"飞出来的飞行员，都要经历水与火的洗礼。"

初教机飞完，我又经历了一次高教机的选拔，过程跟上一轮一模一样，再经历一次地面预习、飞行检验、飞行淘汰。到毕业，我获得飞行等级和毕业证书，身边的同学就没剩下几个人了……

4

我们实在太难了，但教员却说他们从一开始就看出来结果了。

我不服。

我毕业了，分配到了部队，此刻的我被称为雏鹰。因为部队的机型不同于飞行学院的机型，我还要经历一次次的改装训练，才能实现从一名飞行员到战斗员的转变。

我和我的战友们，一直在努力。

大家都说，飞行是勇敢者的事业，时刻伴随着风险和挑战。在我们安全飞行的背后，每个人都会经历一次次千钧一发的生死考验。

空中特情突如其来，每次带来的心理压力都是极致的，成功地处置特情，靠的是我们过硬的飞行技术、勇气、心态和智慧。

5

有一年，一艘旅游客船沉没，我们接到紧急任务，要在第一时间把救生员和救生设备物资运往灾区。

我们立即启动应急预案，仅用了半个小时就完成了各项准备，驾机升空，飞往灾区。时间就是生命，我们选取了最近的航线，刚进入指定空域就遭遇强对流和雷雨的恶劣天气，大片的浓积云弥漫在前方，结冰信号灯不断闪烁，风切变使飞机剧烈抖动。

怎么办？改变航线？不行！早一分钟到达，灾难中的人就多一分生的希望，"上升高度，从云顶穿过去！"

飞机直插7000米高空，在一阵雷雨袭击、剧烈颠簸后，终于摆脱雷雨风暴的纠缠飞往灾区。但那时灾区上空阴云密布，云底高和能见度都处于极限，陌生机场，复杂地形，恶劣天气，当时降落必然将冒着巨大的风险。

地面指挥员多次询问能否降落，实在不行就备降其他机场。望着机翼下密密麻麻的救生人员和车辆，想着他们对救生员和救生物资的渴望，我们每个人的心都揪在了一起。真正的考验就在这一时刻，绝对不能耽误时间，"仪表穿云着陆！"机组统一决心，密切配合，依靠平时练就的过硬技术，操纵飞机，划破浓雾，成功着陆。落地后才发现，飞机挡风玻璃、机翼、机身的冰层足足有1厘米厚，身上的汗毛都竖了起来，想想都后怕。

那次任务，我们机组34个小时，转战3个省市4个机场，连续飞行20小时，将救生员和救生设备送往灾区，创造了运输机连续飞行新纪录。

6

很多年过去了，当我执行过许多次任务后，我突然明白了教员毕业时说的那句话。

飞行中要求我们对仪表的判读，只要扫一眼就得知道飞机的速度、高度、升降率、航向，让我们养成了眼观六路、耳听八方、"一心二用"的习惯，达到了看人只要扫一眼就能记住他的面部表情，也达到了通过看人的眼睛和面部表情、肢体动作就能判断出他的飞行能力。

很多年后的今天，我终于也能一眼看出谁能当飞行员了。

一个军校落榜生的逆袭

李洋

我的家在北疆五叉沟,那是一个边陲小镇,距离阿尔山边防线不到一百公里。

小学时,我最喜欢看中央电视台军事频道。记得有一期节目是《探访风雪哨所宝格达》,边防战士巡逻边境线,只能步行或骑马,稍有不慎便可能掉进雪窝,身陷险境。

我对父亲说:"这就是咱家附近的宝格达山吗?"

"对,那里条件相当艰苦。"

"爸,长大我也想去那里当兵。"

"孩子,有梦就去追,爸爸支持你。"

后来,我辗转到乌兰浩特上中学。一年暑假,我无意中被报纸上的一篇文章深深打动了——《红城有位好军嫂》,"红城"指的就是内蒙古乌兰浩特。

我万万没想到,文章里的"军嫂",就是每天与我们朝夕相处的班主任老师李淑兰,她的丈夫彭海是原北京军区某边防团一位年轻的副团长。

梦想的种子正在发芽,一片乌云却在不经意间闯入了我心中的神秘花园。

那年六月,我正在学校上课,下午叔叔突然来到学校,说父亲的腿受伤了,需要我回家照顾几天。回到家已是深夜,我进门才得知,父亲突发心肌梗死永远离开了我们。"爸爸……"我来不及多想,不顾一切地向房间里亮灯的地方冲过去。

这突如其来的意外,是射向我心口的一支箭,悲伤不能自已。因为过度悲伤,母亲也昏迷不醒……

那一刻,十六岁的我,瞬间长大。

1. 当兵,真的太不容易了

2015年我高中毕业,报考军校,但我落榜了。

索性直接报名参军,却遭到了家人的反对,母亲希望我能安心上大学,或者在大学里保留学籍参军入伍。考虑再三,我决定听从家人的建议,先上大学再考虑入伍。

对于刚刚从高三紧张复习备考状态中解放出来的我,大学生活相对舒适安逸,但我总觉得这不是我想要的生活,我不该就这么轻易放弃了自己的梦想,至少在这个年纪,我还应该再去争取一回。

整个大一上学期，我一直都在思考这些问题："我想成为什么样的人？我以后想从事什么样的职业？如果自己不去当兵，以后自己会不会后悔？如果一直留在学校，四年之后我还会坚持现在的追求和梦想吗？"

一连串的问题，每天在脑海里反复追问自己，直到2016年春节前夕，我终于下定决心，今年一定要保留学籍参军入伍，为了我的梦想拼一次。

既然决心要去，就必须做好充分准备，三月份回到学校就在征兵网上报了名，这时我对照征兵标准发现，我的体重超出了10多公斤。

我必须减肥，当时的我是个85公斤的胖子，为此，我开始每天坚持跑步。

从四月份到六月份，每天坚持早上一个三公里、下午一个五公里，到了七月份，已经减到了79公斤。

然而还是不合格。临近最后一次复检还有十天，我下定决心，如果我今年错过了这次机会，我就还要再等一年，我对母亲说："妈，我已经等了一年了，这次我说什么也要去！"

白天穿着不透气的防晒服，晚上穿着冬天的棉衣，跑完步一口水也不敢多喝，直接到桑拿房里继续排水。

最煎熬的时候，我总是对自己说，就差一步了，再坚持一下！

由于体重的原因，我先后体检了4次，等到自己拿到入伍通知书的时候，母亲抱着我哭了，"儿子，你当兵太不容易了。"

2. 军营，敢闯你就来

临上车的时候，我心里特别不舒服。"儿行千里母担忧"，对于母亲来说，我就是她最大的寄托。

我很高兴自己为梦想迈出了关键的第一步，但我觉得这样的分别对母亲来说太过残忍。

我对自己说："李洋，你太自私了，只顾着自己的事，有没有想过母亲的感受，这次你去部队了，一定干出个样来，让她在家里放心。"

实现梦想的第一步尚且如此艰难，以后呢，只会更难！只有足够热爱才能坚持下去。

并且我坚信，我做的这件事，我永远都不会后悔。

来到了新兵连，我很快就进入了状态，无论是训练还是日常生活，我都能很快适应。

回首看，新兵连都是美好的回忆，依然记得第一次三公里测试，我跑了全中队第一。印象最深的，是影响至今的新兵连指导员，我佩服的不仅是他拥有一个二等功和八个三等功的传奇经历，更多的是在我当兵之初他教给我的道理。他的右腿韧带在训练中不慎断裂，却凭借着发达的股四头肌维持右腿正常工作，在战术训练场亲自为我们做低姿匍匐示范，让我们无不为之动容。

他教会我们，对待部队生活，要"自我调节，乐在其中，心怀梦想，一往无前""苦也不觉苦，累也不喊累"，这样才能算得上是真正的战士。

我真心觉得，部队是个好地方，值得我们为之奋斗。

因为我们身边有这样优秀的榜样。

3. 新兵下连，在哨位上坚守

失望与希望并存，我们总是在调整心态中不断变强。

下连后，我的主要任务是执勤站哨。当我意识到，我必须长年累月坚守在一个地方，感觉日子一下子变得漫长起来。寒冬的吉林边陲，零下三十摄氏度的雪天里，我站在哨位上思考人生：这是不是我最初的梦想？

面前是寂静的森林，身后的营区灯光暗淡，四周一片寂静，静得似乎都能听见雪花落在肩上的声音，寒冷交织着困意，一股想家的情绪不可抑制地涌上心头。

坚持、坚持……这时我才真正明白了军人的使命，读懂了《士兵突击》中那句经典台词"光荣在于平淡，艰巨在于漫长"的真正含义。

那个冬天，我一生难忘。不当兵，永远不会知道半夜下岗后吃一碗泡面的幸福，更不会知道无数寂静的夜晚里，有千千万万战士为了祖国安宁执勤放哨，不论是在街头一角，还是在边防线上的某个哨所，为了心中的万家灯火，他们默默坚守脚下的土地。

开春后，部队工作开始围绕训练展开，一次上哨期间，中队长上下打量了我一番说："一定得把军事素质练好，过几天你就跟着应急班一起训练吧。"

"是，队长！"我没有任何犹豫。我明白，要想当个好兵，军事素质是个硬杠杠。

4. 想当个好兵，真的没那么简单

我们营门外有一条路上，其中大概有200米痛苦的上坡路，班长每天拉着我们在那里练体能。五公里、三公里、负重跑、举子弹箱、400米冲刺等各种花样轮番上阵，刚开始，我的体力还勉强跟得上，每一次我都尽力跑在前面，越到后来，渐渐感到有些跟不上了。

旁边的一个老兵看到了借机开玩笑说："大学生不行了吧，好好的大学不上，来部队干啥，遭这罪。"

我更加清醒地认识到，大学生入伍就是一次回炉重造，该吃的苦一点都不能少，从最基础开始，去真正独自面对困难，去真正地感受人情冷暖。没退路，冲吧。

不过这些跟障碍训练比起来还是小儿科，而障碍训练最让我痛苦的不是矮墙和深坑，是返程中的云梯。

带我们训练的是一个九年兵龄的士官长,要求非常严,眼里从来不揉沙子,训练上说一不二,就是这种性格让我吃了不少苦头。

有一天眼看就要中午开饭了,那天的训练课目是返程中从上云梯到下爱尔兰板,要求6.9秒通过,然而我的成绩总是差一点点。

眼看班长和老兵都走了,只有我和士官长留在训练场,"今天炊事班给你们加餐,不跑进6.9秒,今天中午饭你就别吃了。"

我一遍又一遍起跳,想办法借助摆腿的惯性让身体顺利通过,眼看就剩最后一个了,结果卡了一下,还是超过了时间,随着体力渐渐下降,我明白,我必须在体能基础上求突破。

在这之后的三次,我终于在规定时间内顺利通过了障碍。

这时其他人早都吃完午饭,我感觉手有点疼。一看,双手的老茧都被磨掉了,渗出的血把整个手都染红了。

到食堂,已经没法拿筷子吃饭,一个好心的班长给我端来一碗留好的大骨头汤,我一口喝下去,心中百味杂陈。

投笔从戎,想当个好兵,真的没那么简单。

5. 为军校而战的日子

军校一直都是我的梦想,任何时候都没有放弃。

在距离考试还有六个月的时候,我开始"精打细算"分配好宝贵的时间。

首先，我清醒认识到，文化考核是我的"软肋"。我是文科生，"数理化"是我的最大障碍。

当兵之前我就了解过，军考是不分文理科的。我理科成绩一般，需要用更大的勇气和毅力、加倍的努力才能在军考中突围。

时间紧也是一大难题。基层单位担负常态化的执勤训练任务，能够用于学习的只有休息时间。针对实际情况，我给自己制订了详细的复习计划，每个课目都针对自己的实际情况制订了备考攻略……

计划定了，落实环节却常有冲突。我把计划精确到每天每小时，在自己有限"自由支配"的时间里抓紧一切机会学习。许多次，刚要准备做一张卷子，那边突然要出公差，我在努力平衡个人和集体利益中得到成长……生活在集体中，不能以自我为中心，这是军营教会我的另一个人生道理。

最后这一个月，我能支配的时间相对较多一些。

基层单位正常六点起床，我每天五点二十起，先跑一个三公里，一是为了清醒一下，二是为了军事考核做准备。

白天大块时间用来复习整块知识点，零散时间用来抄错题，每天晚上六点到七点四十做英语卷，八点四十熄灯后开始做一套数学模拟卷，十一点半睡觉，睡两个小时，上一班后半夜两点到四点哨，接着五点二十起床，开始新的一天。

想想每天只有三四个小时睡眠的日子，如果让我重新再来一次，可能真的没有那么大的勇气和体力了。

人在追求自己梦想的过程中，即使再累的日子也是幸福的。

即使明知自己选择的路不那么平坦，要面对许多不确定和不可能，但努力争取的过程是让人感到踏实的。

和时间赛跑，和自己"死磕"，和疲惫、压力做斗争。

现在看，一切都值得，就像跑五公里，每一次都要拼尽全力，不到终点誓不放弃，即使没能如愿考上，也不会给自己留遗憾。

临近考试的前几天，压力让我变得焦躁。母亲瞒着我，坐了六个小时的车赶到连队看我。

我在哨位上，突然接到通知说家属来队。看见母亲时，我的心一下平静了。

从小到大，母亲一直支持鼓励我。这次见面让我重新找回自信，身上所有的急躁都烟消云散。此刻，我应该做的就是在考场上全力以赴。

只是有时候你永远不知道，复员通知书和录取通知书哪一个先来。

8月23日，我接到支队打来的电话，通知我到作训科报到，此时距老兵复员只有一周了。当我到支队机关报到时，心中依然十分忐忑，至少在我没有看到录取通知书之前，我还不确定等待我的是惊喜还是安慰。

终于,机关参谋通知我"你考上了",那一刻,我百感交集。大学一年的等待,义务兵阶段的积淀,所有的付出和努力都是为了这张军校录取通知书。

最终,命运还是给我打开了一扇窗,给了我一把开启梦想和未来的钥匙。那晚回到连队,指导员特意在饭堂为我庆祝。深夜,我望着家的方向,在心中默念:"爸,七年了,儿子没有辜负您的期望。"

那天夜里繁星闪烁,似乎是父亲在对我微笑。

有人说,生活即使问题叠着问题,还是要挺胸抬头去面对。我想说,年轻就要知道自己想要什么,不遗余力地去争取。

这是一个真实发生在我身上的关于如何坚持下来的故事。就像那句话所说:"所有事到最后都会是好事。如果还不是,那它还没到最后。"

我拿到了坦克驾照

吴荣鑫

2011年夏天，我收到了装甲兵工程学院（现为陆军装甲兵学院）录取通知书，当时那个激动的心情我至今都未曾忘记。看着通知书中间的院徽，看着院徽中间的坦克，看着学校"陆战之王的摇篮"的金字招牌，我不禁遐想，等我开坦克的时候，会是何种模样呢？

当时我感觉自己手里握着的不是录取通知书，而是战车的操纵杆，而我正在钢铁洪流中驰骋。

一切都没有意外，该来的也总会来！

从装甲兵学院毕业的学员，若是不会开坦克，那简直就是"国际笑话"。然而，坦克这个几十吨的庞然大物，真的不比小车，真的是难以驾驭。

不过，既然是开车，甭管是小车、卡车还是"战车"（坦克），最基本的都是相通的——离合、刹车。不过坦克的转弯和转向，是通过操纵杆来控制的。

我开的第一辆坦克是中国第一代大量生产的坦克——59式中型坦克。

说实话，真的不好开，主要难点是挂挡。初学的时候，手能被变速杆打肿，确实太难挂了。有些力气不够的同学，甚至需要两只手握着变速杆才能实现挂挡和换挡。

讲真的，初学坦克驾驶也是一件非常爽的事。我们都会觉得，这么一辆几十吨的大家伙，在自己的控制下，让它向东，它不敢向西；要它直行，它不会转弯。

几十吨的铁疙瘩，包裹着我们，一路驰骋，轰轰隆隆，尘土飞扬，那种感觉如今想起来依然很刺激！

连续两个多月的训练，我们考取了证书——装甲装备三级驾驶证！

考核时，定点停车、限制路、障碍路等等，每一种路段，都从开始的担心害怕，到最后的行云流水般。

如今想想，还真有些不可思议，我竟然拿到了坦克驾驶证！而当时我还没有小车的驾驶证，一年之后当我考小车驾照的时候，觉得小车是真的小！

教练员总是给我们讲，"你们年轻人开（战）车，要想快，必须得学会慢，慢了也就快了！"

当时不懂，后来懂的时候，开的早已不是最初的"老59"了！

毕业之后，我被分配至基层部队，单位的坦克是96A，就是开去俄罗斯参加"坦克两项"的那种型号坦克。

非常幸运的是，任职之后，我被任命为"驾驶排长"，也就是负责连队坦克驾驶训练的排长。

说起来是让我负责，可真正到了训练场，我才发现我根本负责不了他们，那些战士的驾驶技术比我高出太多，而我之前甚至都没怎么碰过96A。

最刺激我的是，连队的战士们都能进行夜间驾驶。

注意，那不是开夜车那么简单。坦克夜间驾驶时需要熄灭大灯，依靠夜视仪进行驾驶。这可真让我这个驾驶排长开了眼界，也瞬间感到压力山大。

不会就学，不行就练，是我们驾驶组最响亮的口号。

第一次开96A，发现这车比59科学多了。挂挡轻松了，速度更快了，更容易控制了……优点很多，当然也意味着更多的挑战和更多的难关，比如夜间驾驶。

在96A成为我的"座驾"后，我训练最多的就是夜间驾驶。

如今回想起来，真是初生牛犊不怕虎，那时候啥也不想，就想尽快掌握夜间驾驶的技能，于是我遇到过无数次惊魂时刻，无数次差点就翻车、侧翻。

这些危险和惊魂时刻，都是第二天白天查看前一晚驾驶轨迹时才发现的。

当时不以为意，一笑而过；如今偶尔想起，真是后怕。那可真的是在玩命呀！

真正的玩命，是一次夜间驾驶抽考。当时的规则是每个营出三名战士、一名干部参加考核，最后，这个干部名额有幸落到了我这个新排长头上。

那天晚上，路线设置很复杂，几名开车多年的"老杆子"都出现了失误，甚至是事故，比如车辆侧翻。

轮到我的时候，连长、指导员都问我行不行，要不然就算了。

我执意要开，他们就说"慢点慢点，能开回来就行"。

我当然理解他们的担心，可在我看来，我必须完成，因为这关乎我们的成绩和荣誉。

夜幕低垂，星光黯淡，仿佛连老天都要给我设置最严格的挑战。启动，踩离合，挂挡，松离合，加油门，换挡。动作一气呵成，我驾驶的96A立马冲了出去。

真正上路之后，整个人的注意力全部集中于道路判断和观察上，以便在保证安全的前提下，尽可能地快。

那种注意力高度集中的时刻，日后也很少有过，如今想起，有点怀念。

我突然想起了最初教练说的那句话——"要想快，必须得学会慢。慢了，也就是快了。"

的确如此。夜间驾驶，障碍路重新设置，相对陌生，也就增加了危险系数。

把每一段都稳稳地开好，该慢的地方慢下来，那其实也就是快了。

最后，在所有参考人员中，我夺得总分第二。

再后来，单位换装了最新式的轮式突击车，而我已经被派去学习数字化装备的通信专业。

可是，一有机会，我还是会进入驾驶室，发动车辆，绕着训练场开几圈，享受那种尘土飞扬、漫天黄沙里驾驶战车极速前进的感觉。

从59到96A，从08式轮式步兵战车到11式轮式突击车，我驾驶过的坦克和战车，这辈子都不会忘记！

同样铭记于心的，还有驾驶战车的那段岁月和那个年轻、热血和无畏的自己。

一个男人必须要去征服一些坚硬的东西，比如钢铁和机械，经历铁和血的摔打磨炼，才能锻造出一身硬骨头。

一名军人是这样，一支军队、一个国家、一个民族，何尝不是这样。

没有见过海的海军

大川

我叫大川，身高一米八二，体重九十公斤，一个个性急躁却不失古典浪漫情怀的汉子。从小受家里哥哥们的影响，高唱大风、走进硝烟的军人形象是我成长的精神图腾。但我天生不是学习数理化的料，我学生时代只喜欢两样东西——画画和搏击，听起来可能有些奇怪，我却能把"静"与"动"结合得很好，体育老师和美术老师甚至还为了抢我大吵了一架。所以，高考时我没有像哥哥们那样考入军校，而是在父母的建议下进入了艺术学院。

2011年，我大学毕业，在大连的游戏公司找了个原画师的工作。日子一圈一圈地转着，上班下班朝九晚五的生活还算轻松自在，可总感觉少了些什么，大概是自己的内心住着一头野兽吧。

六月的一天，老妈打来电话问我想不想去当兵，说现在部队在招应届大学毕业生参军。当时我不敢相信这是真的，激动地反复问了好几遍。多么振奋人心的消息啊！曾几何时，军营对我来说是辽阔海面上的一艘大船，看起来那么邈远，遥不可及。可世上的缘分就是这么神奇。

在报名、健康体检、心理测试、等待消息、自学打背包、练军姿等等准备工作后，一位英姿勃发、信心满满的青年加入了中国人民解放军海军。

满载新兵的专列缓缓开启，望着站台上依旧严肃的老爸和轻拭泪水的老妈，我心中不禁感慨万千，现在的自己已经不是那个横冲直撞、毛手毛脚的愣头小伙了，而即将成为一名海军战士，新的生活、新的环境，这一切来得那么突然，却又在意料之中。

想象着自己就要登上军舰，去感受那白色的浪花、狂飙的风，以及那掀起如云般的海水的螺旋桨，驰骋在澎湃苍绿又骇人的大海中，快哉！

当兵就要当精兵，立功就要立战功，广阔天地大有可为，和平年代，即使不能成为董存瑞、黄继光那样的战斗英雄，最起码也要立个二等功吧！有了目标，自然就有了动力，在忙碌、紧张、充实的新训生活期间，我顺理成章地取得了嘉奖、优秀新兵、训练标兵等荣誉，那真的是我人生中为数不多的努力，也是一段不掺杂水分的快乐时光。

后来，和所有士兵的经历一样，我们将离开新训基地被分配到海军的各个部队。开往新单位的专列，满载新兵们的扰攘与希望，热闹地行进着。

可是事与愿违，我被分到了后勤单位。天空带着一抹酡红渐黑下来，露出几颗星星，我失魂落魄地坐在角落。那时的我欲哭无泪，想着恐怕以后连军舰都看不到了。我的这一段军旅故事，与想象的差距太大，以至于我很长时间以来都不愿称之为故事，直到我来到了一个更远的地方，不过那时候我已经是一个士官了。

那是一个离海很远很远的地方，那里有一座大山，在大山的深处，有一座军营，在那座军营里，有一群海军士兵，他们的任务是看守一个仓库，我成了其中之一。

其实那里说不上太苦。每周，运物资的车辆都会准时来送给养，太阳能热水器保障我们每天晚上都能洗上热水澡，移动的4G基站就建在营区旁，聊天、看电影、打游戏……

我们在那里并没有与世隔绝，但是每一个待在那里的人都觉得很苦，心里苦。有时候真不知道为什么要来当兵，不知道这样的生活还要持续多久，我觉得自己就是温水里煮的青蛙。

起床哨响了，士兵们歪歪扭扭地排队集合。围着营区懒散地跑了几圈，解散，打扫卫生。上午队列训练，机械地重复着单调的动作，太阳懒懒地晒着，心思不知道飞到了什么地方。课间休息，躲到卫生间抽两根烟，盘算着上午的训练还有多久结束。周末可以外出，有人会扒上绿皮火车，去山里的小镇上溜达一圈。日子叠着日子，每一天都千篇一律，偶尔来一次检查，才能打破这种沉闷颓废的生活。然后，继续。他们很少谈论血性,没有激情,他们所有的状态就是丧。没有波澜壮阔的远征,没有铁血霸气的军演,只有日复一日平淡单调的生活和在重复中寻找意义的过程。海军的一切光荣与共同记忆,仿佛都跟这里无关。

有一天,山里着火了。我们没有惶恐,没有担忧,恰恰相反,我们感到兴奋和激动。终于有事可以做了,平淡的湖面终于扔下了一颗石子,有人畅想自己在与烈火搏斗中负伤,有人甚至做好了牺牲的准备。

然而,都没有。等我们到达的时候,山火已经被附近的村民扑灭了。我们很失落,像打了败仗一样,垂头丧气,无功而返。我们真的渴望战斗,渴望打仗,甚至,渴望牺牲。

那儿有一个上等兵叫李亚东,他说刚来的时候挺讨厌那儿的,甚至都后悔当兵了。并不是因为觉得当兵累、当兵苦,而是自己的愿望没有实现,他想在部队上进,他想摆脱自卑。他的父亲就曾是驻守西藏的老兵,是一个狙击手。父亲给他讲出任务的经历,他感觉很有血性,很猛。于是,他来了。但这儿跟他想象的不一样,自己成了没有见过海的海军。本质上我和李亚东是一样的,我们都渴望热血,渴望勇猛的奔跑和呼吸。

于是,我重启了我的爱好——拳击。我在活动室挂了一个沙袋,每当空闲时,就自己开始训练。在我独自练拳一周之后,李亚东突然找我,说想跟我一起学拳。于是我有了第一个徒弟。练拳的反馈周期很长,又很辛苦,我以为他只是三分钟热度,没想到他能坚持那么长时间。更没想到的是，越来越多的战友加入进来，从旁观者成为了参与者。后来我又买了很多书来跟大家一起分享，希望大家能一起学习提高。

我想原因很简单，我知道他们很多人和我一样，都在不约而同地寻找意义，而他们觉得练拳这件事儿有意义。对这群大山里的后勤兵来说，练拳是淬炼血性的方式，他们或许能找到军人的感觉，找到自己存在的价值。

后来我组织大家练拳的行为得到了组织的鼓励，虽然我们的生活依然没有什么本质的变化，但是我们似乎在肌肉的猛烈撞击中找到了当兵的意义。正如李亚东所说，"这里也有人劝我说我们是二类人员、后勤兵，岗位不同、职责不同，我很不赞同他们这种说法，虽然我们属于二类人员，但我们属于军人，军人应该有最基本的军事素质。"

后来我用摄像机把这个过程记录了下来，拍了一个纪录短片叫《拳力以赴》，这是我们这群没有见过海的海军寻找自我的过程。在这个没有重大任务、没有演习、没有战斗，甚至连新闻报道都没有的地方，我们一群人在寻找意义。

每一个参军入伍的人，都会渴望自己的军旅生涯无比精彩，希望自己的军旅不普通、不平凡。然而，生活会让很多人失望。在我们的军营，不是每一个岗位都伴随着铁与火，不是每一个军人都会成为特战精英，不是每一程军旅都有那么多举世瞩目的任务需要完成。

但这就如同活着，余华说，活着的意义就在于活着本身。我想，我们当兵的意义，也就在于当兵本身。

正如大山里的这座军营，因为这里需要军人，所以我们来了。在最寂寞的地方坚守岗位、保持本心，不被日子给混掉，这就是当兵的意义。

我们总是歌颂伟大，歌颂英雄。我们认为当兵的意义在于我们与普通人不一样，我们不平凡。但大多数时候，我们不伟大，我们不是英雄，我们没有做出那么多轰轰烈烈的事。

只是因为这里需要军人，所以我们来了。这个岗位可能很苦，可能也不那么苦；可能很累，可能也不那么累；可能很危险，可能也不那么危险。但是这个岗位不可或缺，必须要有人在这里。

别人不来，我来了。为你站岗，替你站岗，这可能就是当兵的意义。

和平年代，军人大多是平凡的，而那颗不甘平凡的心，却要永远跳动下去。这大概就是我的军旅生活教给我的。我们要在看似无意义的生活中保持生命的舒展，按照哲学家海德格尔的说法，这是最重要的、唯一值得做的事情——诗意的栖居。而所谓诗意的栖居，并不一定是不着边际的诗和远方，而是把眼前的大道走好，目光坚定，脚步坚定，用力地打好每一拳，用心地站好每一岗，让眼前的琐碎与平庸发出一点光。

总有一床军被覆盖你的青春

白瑞雪

1

"你好,我是哈尔滨的,我爸送我来的……"排队报到时,前面的高个儿女生猛地转过身来打招呼。她的眼睛太大了,吓得我一个激灵。

一头卷发的哈尔滨美女付岚是我们的校花,也是我大学四年的密友。

我和付岚被安排到同一宿舍。很快,整个宿舍楼就被她撕心裂肺的哭声打破了宁静。

因为,她美丽的卷发被剪掉了。

其实,来这里之前,谁都知道部队不允许长发飘飘。但没人想到所谓"短发"就像部队的豆腐块被子一样,不仅是个长宽竖直的概念,更是一个具体的标准。

只用了两个小时,理发师就完全不计个体差异地把一百多号人的头发全部搞定。从后面看,女生像男生,男生像冬瓜——那种新鲜的、表面蒙着一层茸毛的冬瓜。此后的四年里,每每从队伍的后端仰望男生们的后脑勺，我都会想起这种我最爱吃的食物。

那是1995年8月，建军节刚过，我稀里糊涂地走进了一所位于中原古都洛阳的军校，开始了大学生活。

2

你们要尽快实现两个转变：老百姓到军人的转变，高中生到大学生的转变。各级领导不断重复这句话。

两个转变，尤其是第一个转变究竟是什么时候实现的，很难从时间上界定了。只记得队长一句经典的话——有的人，都要毕业了，身上那身军装还像是借来的！

不过，从入校那天起，大家都热烈地憧憬着传说中的大学生活。外语沙龙、周末舞会、宿舍联谊之类的——电视剧里的大学，不都是这样的吗？

理想与现实的差距多大啊。当年的母校连个体育馆也没有，更别说什么舞会。上课下课、吃饭洗澡都是集体排队行动，翘课的可能性为零，连某顿不想吃饭的小小愿望都很难满足——你还得乖乖地跟着大部队到食堂，象征性地坐上一会儿，才能瞅着队干部不在的空当溜出去。

所谓军事化管理，第一条军规即封闭。校园被围墙分隔为几个区域，本科生限制在其中一区，只有周末才能到其他片区。而要想出校门，必须领出门证——按照轮流发放的模式,基本上每人一个月能轮到一次,而一次也就短短几小时。

最羡慕同样扛着红牌却穿着"马裤呢"质地干部服的研究生们。他们常常骑着自行车从我们的队伍前飞快掠过,一边骑车一边朝队伍里瞅瞅,有些炫耀的意味。他们在任何时候都可以自由进入各区域甚至学校大门,可以在下课后换上五颜六色的便装。更重要的是,研究生们以研究为名,基本脱离了体力劳动。

3

我所在的大学以环境优美闻名。之所以优美,是因遍地绿草。因此,一年四季劳动的主要内容即打草。注意,是打草而不是割草,因为那里的草都是大片大片、坚韧无比的品种,需要拿着镰刀顺着一片草生长的方向、顺着镰刀的弧度大把大把地横扫过去。四年下来,个个都成了使镰刀的高手。

支援地方建设是解放军的传统,军校同样如此。记得某次城市埋光缆,我们光荣地承担了其中一段的挖坑任务。这样的重体力活,女生是干不了的。在为男同学们端茶送水递毛巾的同时,女生们主动提供了另一项服务——唱革命歌曲鼓舞斗志。于是,在古城熙熙攘攘的街头,出现了颇为吸引眼球的场面:一群血气方刚的小伙子挥动着镐头汗如雨下,一群女生则深情高唱《红莓花儿开》……后来每每看到农业学大寨的影像资料,我总会想起这一幕。

4

地方大学与军校宿舍最大的不同之一在被子。平时精心侍弄着它,拉练时背着它,它让人沮丧又让人温暖。

到过军营的人,都见识过军被的方块直线。这方块直线是如何产生的,你肯定想不到。刚发下来的被子是蓬松的,得拿着小凳子进行第一道工序——压被子。手累了,干脆一屁股坐上去。棉花压紧了,才能开始叠。被子的每一条边必须是直线,直线是蘸着水捏出来的,也是用牙咬出来的。手脚嘴并用,是叠被子的基本姿势。就像作战部队的大比武一样,每隔一段时间,队里就会掀起轰轰烈烈的叠被子整改运动。在某一次被子比武中,队干部们还发明了一种四四方方的薄木板——名为"内务板",裹在被子里叠,"豆腐块"的上表面就会平整如镜。

什么样的被子才合格?掌握着生杀大权的,是来自黑龙江的于峰同学。他的职务是生活委员,但我们的吃喝拉撒都不归他管,就管被子。

大学四年,于同学在日复一日的被子检查中形成了独特的审美观。被他判为不合格的后果,一是扣分,二是在别人去吃早饭的时间甚至是上课间隙乖乖地回宿舍重新叠被子。你的大名会挂在宿舍楼口的黑板上,供每个经过这里的人瞻仰。屡教不改的被子,则会被他毫不留情地掀了扔地上。

我就有两三次享受过这种待遇。当兵的不怕脏,捡起来拍拍灰,晚上照样盖。

我显然不是最倒霉的。去年初到广州出差与同学小聚,一同学酒后不住喃喃:"这么多年了,我一直没想通,当年我的被子叠得不错啊,于怎么就老抓我,让我常年吃不成早饭?"

5

几乎每个季度,学院会有一次大检查,相当于被子阅兵。

各级高度重视的任务,我们自然不能放松。在这种不能掉链子的时刻,不论寒暑,被子一旦精心叠好,大家会当作艺术品一样供起来。晚上睡觉时,小心翼翼地端到床头柜上,自己则就着褥子和棕垫入睡。

身下是硬邦邦的木板,身上是扎得痒痒的棕垫,但宿舍里只要一个人这样干,其他人就肯定不会去碰被子——谁都明白,没有绝对的好被子、差被子,只有更差、更好的被子。

当兵之初发的那床军被,至今仍在家里。用过了各种高级的丝绸被、鸭绒被,还是军被最暖和。青春时的体温在里头呢。

没在炊事班抢过包子不足以谈军营
徐壮志

十个大包子是什么饭量？

每一个相当于你平常早餐一屉小笼包。

那天我吃了十个这样的大包子。

那是一次真刀真枪的饭桶比武。吃包子是大事，一个中队的饿汉需要蒸多少包子？炊事班老兵们想而生畏，于是我们班奉命去帮厨，这是求之不得的好事。比起噩梦般的训练，坐在厨房里闻着肉香味捏包子多么享受。这帮粗手大脚的家伙捏包子，手艺不必多说。但也有一个好处——大。

捏完回去的路上，大家都摩拳擦掌。几个大胃王都扬言要吃出一个空前绝后的黄龙王沟纪录，吃出全区队的敬意。

不消说，端上我们桌的果然是我们精心特制的那几大屉——在一屉屉"牛屎"中，有几屉包子的外形不是扁平而是耸立的。帮厨临了，我们没有马上撤退，而是目睹它们被放上蒸屉，并记好了位置。为了这顿包子，我们真是心机而耐心。

作为排队站前吹牛不二的大个头之一，我是桂冠的实力选手之一。

一个顶你们一屉小笼包，吃起来是什么感觉？第一个，好香；第二个，好香；第三个，好香；第四个，香；第五个，好……；第六个，还能吃得下；第七个，加油；第八个，再加油……

我连吃八屉——八个，并在短短的二十来分钟中，经历了美食的大起落——从超级享受到完全靠一股豪气塞下肚子。

接下来，就不是美食的事儿了，而是荣誉，但荣誉必经艰辛。而八个显然不够。我举目四顾，那几位雄心勃勃的竞争者毫无停下来的意思。

饥饿时恨不能捏到最大的包子，现在每一克每一两都是我通往荣誉路上的难关。它真的太大了。每增加一个，其难度量级绝非你头脑中的数字"1"所能形容。但从小吃苦长大的我，难道能被吃包子吓跑认输吗？

第九个。主要矛盾是，喝汤还是不喝汤？需要汤来辅助下咽，然而汤势必要占据胃里宝贵的空间。

第十个。人生多苦。有时候吧，一个包子就是你难以逾越的人生难题。

搞定第十个。我知道自己已经输了。今天状态不佳。登顶的荣誉战场上，最后的几位仍在艰难前行。鹿死谁手，犹未可知。

军营食堂可不是让你玩的。集合哨响了。在列队看齐中，我们各自报数。身边一位兄弟睥睨众生：十二个！

"我也是十二个。"这位个头略矮于我，"但我将是第一。"他悄悄伸出笼在袖子里的一只手,那手里,还捏着一个包子!

在队列走到宿舍时,这位战友完成了登顶。

这是美食记忆吗?但军队就这样,意气之争远比享受更重要。崇尚荣誉在军营难道是空话吗?

军中吃饭,关于美食的记忆,常常须以种种禁令限制和大运动量后的饥饿作为背景,不然,与和平都市中的繁华种种相比,军中那些粗手大脚心眼如桶的炊事班的兄弟,以及那些用铁锹切炒出来百人量级的"大菜",实在难称美食。

服役二十年,我在海拔5300米的神仙湾吃过饭,在运兵的伊尔-76上吃过盒饭,在海军的船上吃过奢侈的水兵餐,在演习场的沙尘中吃过饭,在地震灾区啃过压缩干粮。当然,还有许多大餐大酒……然而,细想之下,最难忘的军旅美食,仍在山西黄龙王沟。记忆中可不只是有大包子。

黄龙王沟是一个有特殊意义的代号。在那儿练过的人都明白。战友们好,我是沟七。

那几年,军队尝试大规模从地方大学特招大学生入伍。各大单位每年都以千人左右的规模猛招地方大学生,均指定专门的地方和部队来操练这帮"不听话的家伙"——那时,他们就是这么看我们。那一年,原总政系统通过四十来个特招入伍的,不值当专设场所,所以,我们就跟着原总参系统的八百多兄弟(当然还有姐妹们,而且好几个中队呢),迷迷糊糊地被拉到了黄龙王沟，位于山西某大山沟深处的一个神秘之地。

我们的区队长是一个标兵班长，喊口号要的不是声音大，而是必须喊到嗓音变形才算合格。而我们的中队长，传说曾是三军仪仗队的海军领队。荣幸吧？很快我们就知道代价了。一个"一二三四"，每人对着山喊六十个。一个向后转，一人转九十个。老秦说，队长，再转我可真的要晕倒了啊。

于是我们饿得比别人快。

每天累得要死。九点开始洗漱，大家都是草草洗洗就倒下。我则根本不洗就睡。直到凌晨被尖厉的起哨声惊起。大家带着对人生未来的茫然互相瞪视，然后一激灵，赶紧穿衣叠被，戴帽子扎腰带，跑路！

这么死沉的睡眠中，我都梦到了自己在吃红烧肉。你说有多馋。

光讲美食了，实际上那时候食堂的饭菜极为简陋。比如早餐，每天早上面对的都是细粉丝拌芹菜，唯一的调料可能就是盐。吃久了，看着白乎乎的就倒胃口。但上午要训练，得吃饱。于是我们想了许多办法。最亲的当然是老干妈，但太费了，一瓶不够大家一顿。我们桌上的"老太太"颇有手段，跟炊事班套上了交情，能进后厨。于是我们人手挥舞一根大葱，可以下三个馒头。有时候没有葱了，我们就人手一片大白菜帮子。

我们食堂在操场厕所边上，苍蝇极多。每餐每桌必吃出苍蝇。我们多数人意志坚强，看到了拨拉到一边，继续吃饭。但有的人不行，一翻出苍蝇,就不吃了。最惨的是老秦。有一次拨拉出一只无头苍蝇,但没有找到苍蝇头。

因为吃饭,我们还做了一件颇不厚道的事。

我们中队四个区队,每周一个区队值班食堂,负责给全中队打菜,就是把大锅菜分到每个桌上的盆里。这个很考验人品。而事实证明,饥饿时人品都经不起考验。比如本周我们值班,那么我们区队的菜盆里明显丰满。其他区队的人感觉菜盆里的菜太浅,会专门走过来看看,怒目而视,而且都是明白人,并不跟我们理论,只是重重地哼一声走了。你就等他们值班那周吧。

话说某一天,睡我旁边的一位来自南方的小个战友突然忧心忡忡地跟我说,他得胃病了,这几天都胃胀。我认真望闻问切后告诉他,你这病下周会不治而愈。

一周后,果然痊愈。他迷惑不已,求教于我。我正告曰:无他,换别的区队打菜了。

但我终究找到了圆梦的办法。这里要先说一个我们的营区。此地深藏山西的大山之中,方圆不知多少公里皆无人烟。上年军训,有位被练到崩溃的人士试图逃脱,结果迷路被找回。但军民鱼水,营门口还是聚集了几个铁皮房子的小商店。大概训了一个多月后,我终于听说某个铁皮房里有煮好的野鸡野兔卖。

我们一周有一次出营门的机会，因为澡堂在营门外。如果你洗完澡有时间，就可以逛逛商店。但总量限制，总共二十分钟时间。对于有些人，洗完澡都不够。但对我不是问题。我五分钟就出了澡堂，到铁皮房一问，老板挥手让我进入货架后面，一只煮好的野鸡就在盆里等着我呢……

十五分钟，我蹲在狭窄的货架后，风卷野鸡，获得感满足感幸福感一切感均在其中。晚饭，同桌的战友们见我竟然举箸寥寥，俱是疑惑，转而义愤。

此后，每逢周末洗澡，都会有一些人晚上不怎么吃饭，一脸"你知道的"无耻微笑，并享受这种激发群愤的"独乐"。

野鸡十八块，野兔二十五块，怀念。也怀念那段军训时光，怀念那批战友们。

我在亚丁湾抓海盗
小曦

　　码头上送行的人们全都没有笑容，面色凝重的将军们站在鲜艳的横幅和喧闹的锣鼓中间，不断向即将出发的八百多名将士挥动手臂。

　　那是2008年12月26日，中国海军首批护航编队从海南三亚出征亚丁湾。那个悲壮的送行场面如今仍然历历在目。可当时对于从未执行过此类任务的海军官兵来说，真的是一别两茫茫（当时海上通讯远没有如今发达），如同参战。

　　同行的记者把存折等贵重物品交给了在三亚的战友，写好遗书出征的也不在少数。

　　接下来就是一百二十四天没有靠港补给的日子，当时的伙食远比不上今天，我都不记得自己吃了多少顿榨菜蘸酱。室友从炊事班顺了两瓣蒜，也不吃就放在桌上等它冒绿芽，每天整个寝室的人都要盯着蒜头那点绿色发呆，那画面用一个成语形容就是"目露凶光"。

　　第一次遇见海盗是在一个月后的清晨。俄制卡-27直升机上，同轴双旋翼的巨大风力掀起一片水浪,那里有一艘海盗母船,系泊的快艇上没有渔具,麻布袋盖住了船舱的物品,可以清晰地看见艇首的黑人脸上滑过狡猾的笑……特战分队的队长下意识地抓住我的肩膀,为我遮挡住半个身位,他知道我没有穿防弹衣。

"嗒!嗒!"两枚信号弹打在了海盗母船的周围,对方无动于衷,三名人员甚至从母船上了快艇,试图向被护商船靠近。队长端起枪一连三枚爆震弹应声出膛,清脆的枪声回荡在亚丁湾上空,海盗快艇最终选择了逃逸。

队长后来告诉我说,基本可以判断下面有武器,如果海盗端起 AK 或者 RPG,直升机上的所有人都有危险。

护航一般分为伴随护航(商船跟着军舰走)和随舰护航(特战分队上商船护卫)两种,首批护航编队的随舰护航是在"振华 14 号"商船。船长顾剑锋看见我们来了就抹眼泪:"你们终于来了,你们怎么才来呀,看了太多国家的军舰太多国家的国旗,终于等来了自己人!"我们的直升机在空中巡逻,"振华 14 号"的两名船员就站在驾驶室上的制高点,不断挥舞着国旗。

在护航任务中,真正凶险的是武装营救。海盗在完成劫持前都被称为"疑似海盗",而一旦他们劫船成功甚至扣押人质,就会露出最危险的一面。

2017年4月8日17时,第二十五批护航编队接到英国海上贸易组织通报:图瓦卢籍OS35号货船于亚丁湾索科特拉岛西北海域遭海盗劫持,海盗数量不明,一艘海盗小艇靠泊货船。

货船当时所处的位置其实并不在我编队的护航区域,但编队的玉林舰距离货船最近。从水星网上不断收到的船员求救信号表明:海盗已经控制了货船。

我们在吃晚饭的时候接到蓝盾指挥所的营救指令。玉林舰高速向事发海域前进,特战队员开始准备枪械并制定营救战术。

次日凌晨营救行动开始,四名特战队员随舰载直升机滑降登船,并占领制高点形成对上面建筑的压制性火力网,其余十二名特战队员则随小艇靠泊登舰。

此时该海域已聚集了美、印、日等五国的军舰,海盗要是知道此等"盛况",估计早已瑟瑟发抖。

前甲板的场面触目惊心,海盗为了逼出躲藏的船员竟放火焚烧上面的建筑。然而我方登舰时,海盗也已逃入船舱。"搜!"各小组密切配合,交替掩护,前往安全舱解救了被困十多个小时的船员。确认船员安全后,在船长的协助下,我们自上而下层层推进,逐一对船舶舱室进行排查。

终于在一个舱室找到了三个人,穿着短裤背心,没有武器。大家正大眼瞪小眼的时候,战友在相邻舱室找到了AK-47等枪械——这是三名海盗无疑了。

这是中国海军首次在亚丁湾营救遭海盗登船袭击的外籍船只。当然也是第一次抓到海盗。

由于没有先例，怎么处理这哥仨成了指挥所的难题。被劫货船的船员首先发表意见："Kill！"

后来我们才知道该船一名船员曾经被海盗绑架关了整整半年，对海盗恨之入骨。

最后，特战队员把三人押到了玉林舰左舷通道处关押。三人在军医体检之后在舰上关了半个月，舰员吃啥他们就吃啥，每天还得给海盗集合点名，不知道名字就分别给三人取名"黑老大""黑老二""黑老三"，最后哥仨都学会了一句中文——"到！"

半个月后，海盗被交接给第二十六批护航编队，又由二十六批最终移交给了索马里临时政府。听战友说，哥仨走的时候都长胖了。

站住，口令！
武夫

一天深夜，时针已经指向凌晨一点，我忙完手中的工作从办公室出来，迷迷糊糊朝大门走去。突然，一声喝令把我惊醒——"站住，口令！"

我抬头望去，在昏黄灯光照射下的岗台上，一名年轻的战士穿着防弹背心，手握防暴枪，笔直地立在那里。我看不清他的脸，但我能感觉到，他在认真地做好自己的事情。

"和，回令。"

"平。"

"辛苦了。"我说。

"这是我应该做的。"哨兵回答。

第二天，我跟支队新闻报道员说，你们去拍一组战士们夜间站哨的图片吧。平日里大家只看到战士们白天挺拔的身姿，却常常忽略夜深人静后，我们的战士仍在默默坚守岗位，虽然没人关注，却依然一丝不苟，坚毅挺拔。他瞥了我一眼，扔出一句话，"这事太普通了，没意义。"

的确，战士站哨，是再普通不过的事情。何况这里既不是国门，也不是要塞，这只是一个不起眼的地方的普通哨岗，拍这些仿佛真的没什么意义。

看多了那些可歌可泣的故事，有时候给我一种错觉，仿佛只有在昆仑山顶、西沙群岛站岗才值得歌颂，只有在冰天雪地、炎炎夏日执勤才值得书写。然而，在艰苦的地方驻守国门的毕竟是少数，在恶劣天气执勤站岗毕竟不是常态。和平年代里，更多的战士只是日复一日平平淡淡地坚守在岗位，没有人歌颂，也不会有人记得。

我还记得自己第一次站哨的样子。

那是2012年夏天，当时我在天安门附近某个哨位站岗。

没站哨时整天盼着，但真的第一次在大中午站两个半小时，整个人都要崩溃，时间过得好慢。游客太多，拍个不停，我怕军姿不好被人拍下，放到网上影响部队形象，一丝一毫也不敢松懈。

那个夏天，记忆最深刻的莫过于7月21日的那场大雨。电闪雷鸣中，天安门广场的积水没过了小腿，暴雨噼里啪啦落下来，让人睁不开眼。平日里人山人海的天安门只剩我们还在那站岗。后来看新闻才得知，那场大雨夺走了七十九个鲜活的生命。

在天安门站岗的每一个深夜，总是有全国各地的游客在静静等待，很多人席地而眠，等候着迎接新一天的升旗仪式。队长跟我们说："你知道为什么他们敢在马路边上安然入睡吗？因为，你们伫立在这里。"

后来，我曾在辽宁、山西、四川等地站岗执勤。沈阳乡村的月色，晋中山岗的晚风，眉山城市的灯火，都曾伴随我度过一个又一个哨兵之夜。

在沈阳的时候，一个女生漂洋过海，回国来看我。那一晚气温低至零下二十六度，我需要站两点到四点的岗。当我起身前往哨位时，发现一个熟悉的身影早早站立在那里。她的鼻子冻得通红，披着我给她的军大衣，就这样陪我度过了最冷却又最暖的哨兵之夜。

在山西我守卫的是一个大山里的弹药库，队长说，假如这个弹药库爆炸，会带来一场灾难，而我们，当然首当其冲。大年三十那晚，当我站完跨年哨，找到有信号的地方打开手机时，满屏的祝福让我瞬间泪如雨下。妈妈给我发了一个红包，问我今晚咋过的，过得好不好。我赶紧回复：新年快乐，我在看春晚，挺好的。

现在，我回到家乡，有好几次在深夜里透过窗户看着大门处年轻的哨兵挺拔地站立着，我都会想起天安门的哨兵，沈阳冬季里伫立的雕像，还有晋中山岗里的年轻身影。这些默默无闻的军人，不应该被忘记。

听说生活在北极的海象群，睡觉时常常几百只挤在一起。但总有一只醒着站岗。如果它疲倦了，就推醒旁边的伙伴换岗，自己再昏昏沉沉地睡去。就这样，一只推醒一只地轮流放哨，保护着集体安全。这种睡眠时的集体防护行为，在大自然中并不少见。我们的哨兵，就是那些放哨的海象。

我们不需要别人来替我们站岗，我们只希望能被人们温暖地想起，在不知名的地方，有那么一群可爱可敬的年轻人孤独且坚毅地站立着。

提笔至此，那耳畔无数次响起的声音仿佛又有了别样的意义：

站住，口令！

那个空中遇险的歼-15飞行员，
就在我的朋友圈

鄢健颐

> 杀不死我的，只会让我更强大。
>
> ——尼采

1

如果不是撞鸟的新闻，我差点忘了朋友圈里还有个叫袁伟的飞行员。

那是2016年7月，为了报道张超烈士的事迹，我和袁伟等歼-15舰载机飞行员在渤海湾畔的军营里有过一面之缘。

袁伟和张超是同一批选拔进舰载机部队的，那年，张超二十九岁，袁伟三十岁。渤海湾的冬天把这两个湖南老乡冻得够呛。两人穿着借来的毛坎肩猫在没有暖气的教室里，用跳绳绕着脖子和手掌，训练"细腻的油门手感"……

后来，张超牺牲了，袁伟就成了"D班"最年轻的飞行员。

我仍然记得采访的那个下午：艾群拿着张超送的小电筒，念叨着"将来着舰时要带上它"；曹先建还躺在北京的病房里（2016年4月遭遇空中特情跳伞后负伤），进行着漫长的康复训练；王勇在宿舍的黑板上写了一段话，默默勉励着自己。

那是一段异常艰难的岁月，也是中国航母舰载机飞行员倔强前行的岁月。

2016年8月中旬，袁伟、艾群等"D班"战友驾驶歼-15战斗机成功阻拦着舰。

2017年5月30日，曹先建在重伤住院四百一十九天后，驾驶歼-15战机成功阻拦着舰。

2017年7月，袁伟驾驶的战机遭遇空中撞鸟左发失火的特情，最终成功挽救战机并平稳降落。

"杀不死我的，只会让我更强大。"这些飞行员配得上这句话。

2

2016年那次采访，我还拍到了一张照片。

从左至右分别是曹先建、艾群、袁伟、张超。每次看到这张照片，我就会想起袁伟说的一段话：

"如果当时是我登上117号战机，那牺牲的就不是张超而是我。我们是这个国家航母舰载机事业的探索者，注定要承受这些意外和牺牲，我不知道下一次着舰是否平安，我只知道这是我们这一代人的使命。"

那张照片和这段话，让我的胸口一阵阵发烫。

在朋友圈里，我认识的海军飞行员从来没有豪言壮语，他们甚至一年到头也难得更新一次。袁伟更是做到了极致，他的朋友圈一片空白。

我和袁伟唯一一次微信对话，还停留在几个月前的春节祝福。那些在看不见的地方守护我们的人，总是沉默的。

几年前在372潜艇遇见电工区队长陈祖军，这位满脸褶子的大叔不会用微信，说话也慢条斯理，你很难想象他在喷射的水雾中，用几十秒的时间旋风般地关闭了轴式空调、舱室冷却风机、主电机首尾枢通风机等十多个开关。

我问他："怎么能在看不见的情况下，做到那么快速准确地完成动作？"

他说："当你把技能练成本能，你就能做到了。"

我想，袁伟能够驾驶着火的战机单发平稳着陆，也一定是靠的那种"本能"，那种他和张超在昔日寒冷的教室里就开始锤炼的"本能"。

3

我们常说不知道意外和明天哪一个先降临，而对于军人来说，意外隐藏于每一个明天，隐藏在每一个冒险突破战斗力极值的瞬间，隐藏在为守护国土而不断磨砺的每一个战位。

那又怎样，当那一天来临，军人自信且无悔。

牺牲与重逢

杨绍通

1

1994年，初夏。两个心怀炽热梦想的大男孩带着录取通知书来到武汉原第二炮兵指挥学院。

"你好！我叫杨震，以后咱们就是战友了。"

"我叫苏俊礼，军校这几年，大家一起加油吧！"

在军校里，杨震和苏俊礼很快成为无话不谈的好战友。他们一起上课训练、一起巡逻站岗，夜深人静时诉说着彼此渴望建功立业的梦想，遭遇困难时相互勉励对方不要被挫折打倒……军校生活的朝夕共处和摔打磨砺让他们坚定了他们的志向。

四年军校时光匆匆而逝，毕业之际他们定下这样一个约定：要做火种，去点亮军人使命荣光；要做基石，去筑牢祖国钢铁城墙；要做卫士，去守护千家万户的幸福安康。

两双手紧紧地握在一起，诉说着不舍，也传递着力量。他们打起行囊，带着约定和信仰，一个南下，一个北上，奔赴属于自己的远方。作战部队的锤炼让两个曾经的大男孩迅速成长，他们褪去了男孩的青涩，多了一份坚毅与刚强。

2

从排长到连长再到营长，杨震时刻冲在施工建设的第一线。凭着"军井未汲，将不言渴；军灶未炊，将不言饥"的工作信条，重活累活他先冲，急难险重他先上，多次带领全营官兵完成上级赋予的紧急任务，交付的工程也被评为国防建设优质工程。杨震被基地首长称赞为"骨头最硬的营长，带出了一批最能啃硬骨头的兵"。

从排长到指导员再到教导员，苏俊礼利用自己的所学所长将所在单位原本单调枯燥的理论授课模式改头换面，秉承"政治工作是我军生命线"的工作理念，他手把手带出了一批政治理论优秀的教员，他的授课成为第二炮兵的样板课，受到了战士和首长的一致好评。基地政委竖起拇指夸赞他："有了苏俊礼，基地的理论授课大变样！"

虽然身在不同岗位，但距离并没有消磨战友之情，受到嘉奖时，他们会分享对方的喜悦；遇到难题时，他们会帮助对方寻找解决办法。虽然肩负不同使命，但是两个人始终没有动摇心中的那份信仰，他们都在燃烧着自己的生命与激情，去点亮自己的梦想，实现彼此的约定。

如果他们还在的话,这个约定一定还在延续,可惜那只是如果……

3

2006年,苏俊礼的妻子千里迢迢带着女儿去看望他,探亲的这段时间,苏俊礼一直忙于工作,很少陪家人。那天,一场突如其来的泥石流袭击了他所在的营区。看着垮塌的营房,想着生死未卜的战士,苏俊礼心急如焚。他不顾战友的阻拦、妻子的哭喊,对年幼的女儿说了一句"女儿乖,等着爸爸回来带你去游乐园",随后,他就冲入暴雨中去组织救援。残酷的大自然并没有因为他的英勇无畏而心生怜悯,这一次义无反顾的离去,他的女儿再也没有等到爸爸归来。

得知挚友苏俊礼牺牲的消息杨震一直强忍着悲痛,把全部力量投入到工作中去,他希望能用自己的行动来履行那份本该由两个人共同完成的约定。

2008年,长期的忘我工作让杨震日渐消瘦。这天,一项突击任务又降临在杨震所在的工兵营,看着高烧未退的他,同事都劝他好好休息,等病养好了再工作。

"病可以等,手里的任务可以等吗?"杨震的一番话让同事们都不再多言。一起共事多年,营长的性格他们再了解不过了,工作上的事情永远高于个人的健康。

这时手机响了，原来是妻子说儿子快过生日了。想起儿子杨震不免感觉亏欠，十一年来从来没有陪着儿子一起度过生日。"告诉他，这一次爸爸一定陪他过生日。"挂下电话，杨震艰难走下病床，冒着风雪走向工地。

这一天杨震把他的生命永远地留在了他所热爱的国防建设第一线，给儿子的那句承诺，他再也无法实现。

殊途同归，竟是如此地悲壮。两个把毕生心血都倾注在国防建设事业上的好战友，就这样永远地离开了他们深爱的军营。

4

这段故事的主人公之一杨震，就是我的父亲。2015年9月，当我走进全军英模烈士子女班时，一个熟悉的身影让我不禁热泪盈眶。

"你好！我叫杨绍通，以后咱们也是战友了。"

"我叫苏晓莹，军校这几年，咱们一起加油，就像爸爸们一样！"

二十四年弹指一挥，父亲和苏俊礼叔叔不会想到，我们也像当年的他们一样走进了军校，成了战友。

两代军人的家国情怀，在这一刻得到了延续。当我们的臂膀像他们一样有力。当我们的身躯像他们一样挺拔，当我们的眼神也同他们一般闪烁着坚毅与忠诚，我们终于明白了他们当年的选择。

爸爸，苏俊礼叔叔，请你们放心！从今以后，你们的荣光由我们来守护，你们的信仰由我们来传承。

"要做火种，去点亮军人使命荣光；要做基石，去筑牢祖国钢铁城墙；要做卫士，去守护千家万户的幸福安康。"这份未完成的约定，就让我们，用生命续写。

清华学生是真的，特种兵也是真的

赵金龙

新兵训练结束之后我成为了一名侦察兵，心里美滋滋的，觉得自己终于成为一名侦察兵了，愿望达成，自豪、激动、想显摆，各种心情压都压不住。

收拾东西，装车，登车，车开往下一个连队，忐忑不安，又有期待，终于到了新地方。

列队，等着点名分班，第一个就是我的名字，"赵金龙，尖刀班！"哇……尖刀班，什么是尖刀班？就精英中的精英，精英是用汗水和血肉建起来的，比别人起得早，比别人睡得晚，练得也更猛、更多。

当时，激动和忐忑的我根本没看到大家看我的眼神：大学生，还是清华的，还来咱们警卫侦察连，还尖刀班，他扛得住吗？是不是因为他是清华的大学生才这么照顾他？这是很多人心里嘀咕和私底下议论的事。

半个月以后，我用实际行动证明了，大学生是真的，清华也是真的，连队"照顾我"是假的。

下连半个月之后全连比武式考核，手雷投远、攀登、射击、格斗、武装五公里、单双杠力量，综合排名全连第一。所有人蒙了，说实话，我也蒙了。第二天我火了，整个一号院都知道了。既然都火了那怎么办，我觉得要接着火下去，不能昙花一现啊，不然就丢大学生士兵的脸了。

当时我的排长杨波和班长张宏都十分看好我，在技能训练方面和侦察专业知识方面对我的要求也很严格。正是严格的要求和不能丢脸的劲儿让我一直保持危机感。

2016年3月，北部战区接到了赴俄罗斯参加国际侦察兵比武的通知，战区所有单位都接到了通知，各单位组织考核，然后各集团军组织训练和考核，最后到战区考核。

我们旅给了四个名额。国际赛事是头一次，谁都想去，最后通过连队推荐，旅里开始考核式选拔，我有幸成为第一名。

初到集团军，一共四十六个人入围，就我一个新兵。他们很是惊讶，你们单位怎么会让你一个新兵来，你怎么竞争？

三周里一边集训一边淘汰，最后只要八个人。对我而言一切从零开始，一边考一边学。第一次接触极限体能，那个时候才知道1000米的距离跑完之后累到吐是什么感觉。力量训练练到枪都端不稳，还要射击训练并要求环数；攀登训练只要求上肢不可以依靠下肢，胳膊拉伤也要咬牙坚持；地形学一张白纸和一个指北针就要标出位置、距离和度数。

三周的集训,我从靠后的排名慢慢地到最终考核排到了第四名。

四月份北部战区考核,一百七十多个人只要五十个。一个战区的精英都在这了,刚开始信心满满,但是看到整个北部战区的精英站在你面前的时候,那种压力无法用言语表达。不同的军衔代表着他们在部队的成长和经历,一个拐的新兵他们根本不放在眼里,我对他们来说就是一个参与者而不是一个竞争者。

到达第一天各单位看比赛场地和熟悉靶场,看到他们在场地过障碍那么娴熟的动作,耳边响起的枪声和报靶环数声,让我觉得自己有点弱。信心遭受了打击,也不敢说,自己悄悄地埋藏在了心里。

最终我武装六公里以 20'24" 的成绩拿了第一名,综合成绩擦边进入了集训队。

在葫芦岛第一天的训练课目就给所有人好好上了一课,特种兵不是那么好当的。下午体能五十个 400 米,晚上三个小时不间断力量训练。从葫芦岛转战大连的时候只剩二十四个人。

到大连才是真正的地狱模式开启,每天只睡五个小时,除了吃饭和睡觉,背囊和枪基本不离手,跑海滩、跑公路、跑丛林、过障碍、登降机等多个课目,最艰难的时候我脚指甲掉了四个,战靴里都是血。

但很可惜,最后因为过障碍小腿骨裂,我不得不离开集训队。但是这次集训给我的军旅生涯描画了浓重的一笔。

这一年对我而言是意义极为不同的一年，我从一名学生转变成一名军人，从一名侦察兵转变成一名特种兵，曾经一度认为自己是一个挺能扛的人，能吃苦、能抗压、乐观，但经过特种部队的生活才发现以前的我是那么不堪一击。我至今不知道那段日子是怎么过来的，每一天都在想着放弃但每一秒都在坚持着。

有一个细节让我记忆终生，有一天训练我实在累得不行了，就打报告去上厕所。其实我没有去上厕所，而是点着一根烟，然后靠着石头睡觉去了，等到烟燃完烫到手，把我烫醒，我再回去训练。一根烟的工夫，我满血复活，继续训练。

因为我们虽然来自不同的单位，有着共同的使命，都是为了中国人民解放军的荣誉，但是谁都不愿意认输，大概那时的我们心里都有不愿认输的军人精神吧。

再后来，我参加了赴哈萨克斯坦"狙击边界"狙击手大赛比武集训。为了研究狙击我得了斑秃，脑袋上有三块瓶盖子那么大的头皮没了头发。右膝盖、两个胳膊、双手虎口，都磨出了厚厚的老茧，食指掉了一层又一层的皮，洗澡都不敢沾水，从零环到优秀狙击手，我做到了。

曾有人问过这样一个问题：你有没有为了什么拼过命？我想我是有的，我也说不清那具体是什么，我觉得可能是这个年纪特有的自尊心吧。《士兵突击》里的Ａ大队队长袁朗说："那是一种变态的自尊心。"我们急于证明自己，证明自己的身份，证明自己的力量，不允许任何只言片语的亵渎，甚至愿意为它拼命。

　　我来过，我战斗过，我无悔。

十八年，我从斗殴少年成长为独立连连长

口述·独立连连长　整理·曾庆豪

梁山好汉上断头台时总会嚷嚷一句"十八年后还是一条好汉"，这句话用在我身上再合适不过。倒不是说我上过刑场被砍了脑袋，而是十八年前的我着实是个混球。

我用十八年时间完成了重生，实现从斗殴少年到独立连连长的蜕变。

我不是在讲一个励志的军旅故事，而是在回望自己的成长，在而立之年，于我也许有某种仪式层面的意义。

1

十八年前，1998年，我读初二，那时的我浑浑噩噩，完全不是学习的料，每天上课睡觉，下课就拎着根钢管在学校里到处乱晃，放学不回家，拿北京话来说就是"茬架"。

几十个愣头青钢管、砍刀招呼上，原因也就是谁看上了谁的女朋友，哪个班的转校生需要"修理"。当年的我在校园帮派中也是数得上的人物，但

上了考场我却成了个瓜包——第一学期期末考试数学考了六分,所以现在每当毕业于浙大的指导员说起自己以前在学校如何学霸时,我都无地自容。

初二下学期开学时,我干脆没去上学,自己报名去了当地的足球学校混了三个月,随后便辍学在家。我和父母的关系僵到无法言说,每天听到母亲下班回家的脚步,我就转身从后门偷偷溜走。

一天下午我又溜了出来,躺在一处空旷的田野上,仰头望着天上,突然飞过一架直升机,我盯着直升机看了半天。一会儿直升机飞走了,可能是空旷的天空让我不自觉地开始思考,可能是空闲了太长时间,也可能是脑袋开窍灵光乍现。

那一刻我突然开始思考:自己现在在做什么?看飞机。

那明天呢?还来这里看飞机?

下个星期呢?

下个月呢?

我家里并不富足,自己也没有小说主人翁的天赋异禀,我以后要干什么?能干什么?

就在那一刻我仿佛开窍了一般——"我要读书!我要回到学校!我要和过去的自己诀别!"这句话在我脑中不断回旋。

可能听起来像小说,但这就是那一刻我真正的想法。人生的很多事都很玄妙,父母老师对我做了无数次教导说服,都似过眼浮云,丝毫没作用,倒是在那个普普通通的下午,一个无意识的遐想改变了我的人生轨迹。

我翻身起来,走回家中,母亲看到我一副不争气的样子举手就要打,我一把拦住,然后大声说:"妈,别打了,我要回学校好好读书。"母亲愣了两秒钟,然后抱着我号啕大哭,印象中这是母亲第一次在我面前大哭。

决定改过自新的我,暑假便重新拾起了初二课本,一个暑假我都住在过去当老师的外公家里,戴着老花镜的外公带着我一点一滴从头学起。浪子回头说来容易做到难,一个数学考六分的学生想通过一个暑假的努力赶上正常的学习进度,其中的辛酸苦楚只有自己最清楚。

九月开学时,我重读了初二,新班主任对我之前在学校里的所作所为了如指掌,安排座位时把我放在了教室最前面的角落里,和班里最痞气最邪门的捣蛋鬼小虎坐在一起,他没理由相信我真的会改头换面,一开始就没有接纳我的心。果然,刚去一个多星期我就捅了个娄子。

小虎跟我之前的样子有点像,每天不学习、欺负同学,每次我要看书做题的时候他不是拿个笔芯来戳我一下,就是和前后座说笑打闹。

终于,有一次自习课上当他又来打扰我学习时,我忍无可忍,身上没有磨灭的不良少年基因发作了,站起来当着全班的面狠狠地给了小虎几个大耳刮子,接着一顿拳打脚踢还撂下狠话:以后再敢打扰我学习,天天这么收拾你。

这件事再次验证了班主任之前的判断,给我下了最后通牒:"再有下次，收拾东西回家。我不要求你学习能考几分了，别给我惹事就行。"

我没有做任何反驳，只是全力地去学习，过去班上五十个人我每次考试都是四十几名，偶尔光顾一下五十。那一学期的期中测试我考了全班第六名，这个成绩让包括老师、父母在内的所有人震惊不已。我第一次品尝到了学习带来的快乐和成就感，从那开始我一点一点进步，一点一点提升，开始转变所有人对我的看法，实现了一个学渣的逆袭。

转眼到了高中，高考前老师对我的预期是考上一本稳稳当当，然而命运跟我开了个玩笑，高考前一场大病，丢掉了宝贵的复习时间，原本能考上本科的我最终只进了一个专科医学院。带着一丝不甘，我开始了大学生活。

2

到了大学的我没有感受到别人常说的花前月下，高中三年面对数理化我是得心应手，可来到医学院却看到了类似当年文科考试般大段大段的知识点，整天从进课堂开始就像听天书一样，什么骨骼、肌肉、血管没几个能记得住，一时间烦躁、自闭的负面情绪包围了我。听音乐、跑步、暴饮暴食这些简单的方式已经不能解决问题，我试图逃离现在的环境，开始一种新生活。

而这个时候参军入伍的想法进入了我的脑海。

看到学校的征兵广告，抱着试一试的心理我报了名，直到我把所有手续办好，要家访了我才打电话告诉父母：我要当兵！

很多大学生来到部队以后感到极度不适应，而说实话我到部队以后最大的感受就是：来对地儿了！入伍前的我就像上初中那会儿一样，迷茫无助，而部队的严格管理和高强度训练恰好不需要我去思考什么，只需要遵守和执行。

就这样我在福建的海岛上每天武装泅渡、五公里越野，高强度训练的同时脑袋一个劲儿地放空。那段时间的宝贵之处在于它塑造了我的性格，锻造出了我坚忍、正直、坦诚的品格和超强的执行力，军营在我迷茫徘徊的时刻收留了我，也给我指明了今后十年的人生方向。

当兵第二年希望能再一次证明自己的我，决定考军校。又经历了一次像初二暑假的日子，每天中午午休时别人都在睡觉，我抱着考学资料在自习室里看书；在团里的集训班，熄灯后同寝室的战友有偷偷用手机的，有窝在角落里打扑克的，而我雷打不动地在自习室学习；连队安排夜岗我主动要求站第二岗，在自习室待到十二点，然后拿着帽子直接去站岗，直到一点半回宿舍睡觉。

同一批在考学集训班的有不少和我一样的大学生士兵，最终我考上了军校，而有的人因为一两分之差最终离开了部队。有的人在分数公布时痛哭流涕说是命，但如果当初少打几次牌、少偷玩几次手机，多在自习室待上两晚，又何来这一两分的惋惜。

很多时候人生的机遇就摆在眼前，你对它尊重它就会给你回报。

很多人说考学很难，但正因为难所以才显得珍贵，有些事情不是因为看到希望才去拼搏，而是因为去拼搏才看到了希望；有人说要花钱找路子，我家里为我找的唯一路子，就是老妈找了个算命大师给我卜了一卦。

当然，这是迷信，但是对于老妈而言，那是一种朴素的希望,命中注定。

3

就这样我重新踏进了大学校园，在号称"军中清华"的明城墙下开始了另一段人生。

不得不说军校的时光是宝贵又短暂的，我尤其珍惜在校园的日子。因为是部队生，一下连我就被任命为模拟连连长。在基层连队摸爬滚打的经历让我管理起模拟连来游刃有余，一切看起来都那么顺风顺水。

但天有不测风云，人生如同河流，总在你认为平静安详时突现波澜。一次队里足球赛我意外受伤，医生诊断说是小腿骨折，情况比较严重，可能会落下残疾！听到这一消息时我内心真是无奈、悲伤、愤恨、痛苦，百感交集，此后半年时间我的腿打上了石膏，只能每天躺在床上。我不再担任队里的任何骨干，远离了热爱的文艺体育舞台。

虽然身边的兄弟都来劝说我、安慰我，但每当集体活动所有人都走光，只剩下我一个人孤零零地留在宿舍，我感觉自己像一个被抛弃的人。

那段时间里中学时一个老师的话鼓舞了我：鲜花掌声的日子谁都能过好，但只有能走好下坡路、过好低谷苦难日子的人才能算生活中真正的勇士。

那段经历让我明白很多困难挫折只能自己去承受。

石膏拆去一个月后我开始慢慢走上操场，接受适应性训练，骨折第九个月时学校举行"精英杯"比武，我不顾阻拦参加了武装五公里的选拔赛，最终以全队第一的成绩被选派参加比武。

后来一次毕业聚会中战友告诉我，当时很多人都认为我这个人即将沉沦了，将再难看到我意气风发、矫健驰骋的样子，认为我要参加选拔只是在逞能，却没想到那场意外不仅没有打倒我，反而让我变得更强。

说到这里还有一个小插曲。当时学校电视台有一个专栏节目叫作《先锋论坛》，第二期和第三期分别是学校里的学术大牛、国家工程院院士。但不知道是否还有人记得《先锋论坛》的第一期，主人翁就是我。我没有干什么惊天动地的大事，没有在世界级比武中干掉外军，也没有打破过学校某项尘封多年的纪录，说起先锋真是受之有愧。

用当时编导的话说，我是一个普通人，但往往最感动人的就是普通人的故事，我只是把每一件平凡的事做到了极致。

4

在这之后我的路平淡无奇，很高兴人生再没和我开过什么大玩笑，没有飞来横祸，没有人生突变，我顺利地结束了四年军校生活，顺利地完成了徐州一年的学业，顺利地来到了现在的单位。

似乎我走到每一个地方都很快会成为那里的焦点。在大学是因为《先锋论坛》，在徐州是因为学校晚会上出演的一个小品，来到单位是因为集训时在训练场上为大家唱的一首歌。我原本没有什么文艺天赋，甚至普通话都不太标准，但好就好在自己"不要脸"。

很多时候当一个可以展示自己的机会到来的时候，不要吝惜抓住它，不管是表演还是工作。上天是公平的，他会把机会再度赐予那些敢于尝试、勇于改变的人，直到他们成功。有人害怕出丑，有人说会成为笑话，其实我在大家面前闹的笑话也不少，但当战友兄弟再度聚首时，很多人记住的不再是那个出丑的我，而是说"我就记得当时的你特别有才"！

去年我被任命为单位唯一一个独立连连长，去年也正是我三十岁的生日，去年又恰巧是军改实施的一年，可能几年后，我也即将脱下军装离开部队，离开我生活了十余年的军营。但这又何妨！从十二岁那年的夏天到现在，我成长了很多，收获了很多，在军旅中学到的一切足以让我宽慰，它将伴我走好未来的路。

十八年间有太多可说的故事，也许下一个十八年我又将遇到不一样的人生。

二

我站立的地方是中国

如果我没有惊天动地

请相信我也曾为你扑进了风雨

　　——小曾 董玉方《如果我没有惊天动地》

我在大山守导弹

风满楼

我本来是要去当武警的,结果却被分到了火箭军。我本来是要被分到通信营的,结果却被班长老皮带到了山沟。

新兵下连前的那个晚上,老皮问我:

"想去环境优美,没有污染,空气新鲜,鲜花烂漫的地方吗?"

"想去能全天使用手机,没有纠察打扰,能干出一番事业的地方吗?"

"想去别人都无法做到,只有我们才能完成任务的地方吗?"

接连好几个问题,把我搞得晕头转向。

环境优美,工作简单,全天候能用手机,又能做到别人无法做到的事,简直是世外桃源嘛!这样的单位谁不想去。

我稀里糊涂地点了头。

1

周末下午,老皮带着我打背包,爬进了连队专门派来接我们的解放车。

解放车大箱板里塞满了蔬菜和包裹邮件。我心想货还真不少,肯定是连队为迎接我要会餐了。

"从新兵营到老连队需要走一百四十公里,路上可能有颠簸,也可能会很冷,把大衣穿上。"老皮告诉我。

"不用穿了吧,虽然天冷,但内心火热。"我回答。

"让你穿就要穿,山里的风很冷,也很怪,扑到脸上能揭掉一层皮。"

我穿上大衣,从车尾看到后退的道路狭窄,两侧都是铁青的山石峭壁,解放车走的是 S 形或 Z 形路,偶尔从悬崖边上蹭过,缓慢拼命爬坡。

去哪里我不知道,我相信老皮说的话,真正的世外桃源肯定不在喧嚣的闹市。

2

车行三小时,天已漆黑,老皮喊醒我,打起精神来,到了。

我跳下车,脚被跺麻了,一瘸一拐。许多老兵向前扶我,帮我拿背囊,提东西。

陌生的面孔,陌生的地方,我很蒙圈。

天黑,我看不清环境,只感到这里的雪很大,都没了小腿;风很硬,蹭到脸上像刀子划过一样,生疼。四周都是黑压压的东西,又压抑又可怕。

门口的大狼狗不停地狂叫,好像在欢迎我,又好像在拒绝我。

"就接回来一个新兵吗？还有吗？"

"新训的这个连就给分了一个，还是我挑的，其他的都给了通信营。这个也蛮不错，是个大学生，留着可以搞发电！"

"一个也不错，一个也是宝。赶紧去吃饭。你们走得太慢了，连里没等，先开饭了，给留了饭。"指导员有点失望地说。

老皮把我带进了连队饭堂，饭堂刚收拾完，桌上还有水迹。

微胖的炊事班长端上了一盆菜。半开玩笑地说："老皮，这个新兵给我吧！来年开春，给你做个爆炒金针翡翠段。"

"那怎么行，这是个宝贝，千万不要打他的主意，他已经有预定了。"

炊事班长有点失望地走了。

我真的跟了老皮，躺在班里给安排的床铺上。

大山，狼狗，山风，还有爆炒金针翡翠段，这些都跟老皮以前描述的不一样。我很纳闷。

想着想着我迷迷糊糊睡着了。

3

北方的天总是亮得很早。

我起床跟着老兵打扫卫生。这时才发现营房前面是山，后面是山，左面是山，右面是山，山连山，只有头顶上一小片巴掌大的天，连队犹如在一个巨大的井内。

"别看了,我们处在原始森林包围中,进来只有一条小路,如果不知道路的话还很难找。你们新兵如果受不了,千万不要想着跑,跑了我们也不会找,因为你们找不到出去的路。从我当兵起到现在八年了,这里还没跑过一个兵。要想跟外面联系,连队有军线,连门口有两个地方电话。看见了吗?中国电信。"老兵指向电话亭说。

"怎么还用这老古董,我们可以用手机啊!皮班长说过,可以全天候用手机。"

"开玩笑,还皮班长,老皮的话你也信?你看看这里哪有信号,树林全把信号挡住了。即使有微弱的信号还都是虚号,根本接不通。不过他说得也对,打不通电话,是可以随便用,天天用,没人管你。"

老皮啊老皮!真是个老兵油子。我才发现,老皮所有的承诺只不过是一种虚幻的假想,哪有什么世外桃源。我感到上当受骗了,心里有种哑巴吃黄连的滋味。

4

其实,也不怨老皮,老皮的内心世界像后山山泉水一样纯净。

老皮叫皮振华。父母生下他后,希望他能够通过努力,振兴中华。可是他贪玩不争气,没考上大学,来了个曲线救国,当兵入伍就住进了这座大山，一住就是十二年。

十二年来头发不光少了一半，还白了许多，三十好几的人，至今还没有对象。

不是他不想找，只是相继谈了三个最终都是无果而终。

坏就坏在了这里通信不畅，工作性质极度保密。

第一个，本来休假时谈得好好的，可等他归队后，三天两头联系不上他，以后就很少联系了，最后就干脆不联系了。

第二个，是同学介绍的，涂口红，染黄发，很潮，见面就问他要手机号，只能给个临时的。问他在部队干什么？他说站岗的。女孩不信，让他说具体一点，他怕泄密，支支吾吾。女孩感到他不实诚，自然就黄了。

第三个，总算是找到中意的了，两人谈得很好，都要准备结婚了。结果单位有任务，他不得不提前回来，回来就进了坑道消失了，等一个多月后出来，再联系就断线了。后来，他听说女孩生了场病，正需要他体贴的时候找不到他了，生气了。再后来他休假回去，发现女孩已经结婚了。

找不到就不找了，他说要在大山待一辈子，守导弹一辈子。

5

上午十点，太阳从东边山尖上探出头，山间的几座平房瞬间有了暖意和生机。

老皮带着我沿着一条狭窄的小路走进了那个被称为坑道的地方。

坑道内宛如龙宫的洞库里,导弹蒙了军绿色的弹衣安然静卧,像巨龙又像酣睡的婴儿。

头一回走进这坑道,看到以前只从电视上见过的导弹横卧在眼前,我感到了巨大的震撼,自豪感油然而生。

"这一条条巨龙,别看现在像婴儿一样无时无刻不需要精心呵护,一旦告别龙宫,挟雷裹电的能量将使寰宇变色。我们就是精心呵护的人,责任重大,不能有半点闪失。"

"别看它们是铁家伙不会说话,可是也有生命,也有心灵!你对它真心付出,它会对你忠心耿耿;你要是对它半心半意,敷衍马虎,它会给你弄出很大麻烦。干我们这一行就是要稳准严细,不准有半点闪失。"

老皮领着我很仔细地介绍了坑道里的每一个房间和每一个设备,仿佛是一位资历高深的家庭保姆。

"当兵这么多年,你按过导弹发射的按钮吗?"我问。

"没有,但我能感觉得到。它可能像你第一次拉姑娘的手一样,有电流穿过,心情澎湃。虽然我们没有按过,但我们的责任比按按钮还要重大。"

老皮突然不说话了,只是不停地环视着那些和他朝夕相处的老朋友。

从坑道里出来已近中午,营区响起了军歌。

"别看平时不露脸,世界都在关注咱。向下咱能捣地府,凌空咱能刺破天。民族尊严咱维护，有咱就有发言权。祖国轻易不用咱，用咱就是出重拳。天上地下有了咱，出手就把凯歌传。"歌声很提气。

6

中午会餐。

炊事班班长真的做了一道所谓的爆炒金针翡翠段，其实就是金针菇炒芹菜，芹菜是跟我一趟解放车运来的。

炊事班长说的那个翡翠段是山间长的野芹菜。每年开春，蔬菜不够的时候，炊事班会到后山找一些野芹菜充数。野芹菜比家养的味更浓，大家都喜欢吃，久而久之就成了炊事班的招牌菜。

会餐拼桌，老皮和连队干部、我坐在了一个桌上。

坐定以后，我才惊奇地发现，老皮的脸色有点不对，军装不知什么时候卸掉了军衔。

指导员说："快吃吧！吃饱了，坐解放车我送你出大山。"

我这才意识到老皮退伍了。今天是最后一次进坑道，也是最后一次参加连队会餐。这会餐其实就是送行餐。

半个月前，老皮退伍的命令就到了，当时为了不耽误新兵训练，培养一个好的接班人，他主动申请等训完新兵再离开。

这个老兵没有立过功，也没有受过奖，军旅生涯没有大放异彩，但他的坚守、默默无闻足以让我敬仰一辈子。

给老皮送行的午餐没有酒,大家都举着饮料,大声吼着:干!干!干!

7

老皮走了,天上飘起了小雪。

门口那条大狼狗叫的声音比平时更大。

后来我才知道门口的那条大狼狗是老皮在探亲回来的路上捡的一条冻僵的小狗,起名叫小皮,现在已经两岁了。

后来,我才感到这里真的像老皮说的,像一个世外桃源。

再后来,我和小皮成了好朋友,我感到自己越来越像老皮了。

在西沙，我给班长发了个红包

西周

四年前，我参加部队组织的一次活动，乘坐海军补给舰从三亚出发，前往西沙永兴岛。

当时我已经做好了吃苦的准备，但到了之后，我发现自己错了。

永兴岛比想象的要大很多，生活设施齐全，风景更是美得不可方物。用一个老班长的话说，"你随便在任何地方拍一张照片，都是风景。"

在永兴岛老龙头，我请一个驻岛四级军士长帮我拍了一张照片，正当我要离开的时候，老班长说："咱们加个微信吧！"

我喜出望外。得益于移动互联网技术的不断发展，我们的守岛官兵终于也跟上时代潮流，不用再孤悬海岛。更让我喜出望外的是，我从没想过岛上的战士会主动加我微信。我激动地掏出手机，但是我那不争气的手机没电了，想想应该是西沙太热，当时至少得有三十八摄氏度，某大卖品牌的手机在这种高温下迅速就疲软了。

于是我对老班长说："班长，我的手机没电了，我的微信号是×××，你一定要加上啊，我回去充上电就联系你。"

我把微信号重复了两遍，他也加了两遍。

活动结束后，我们要启程返回了。我听说这个岛上的邮局很有名，作为主权的象征之一，中国南海有非常正规的邮局，比如最南端位于永暑礁上的海南省三沙市南沙群岛邮政局。另外一个就在永兴岛，永兴岛邮局的历史更长，正如守岛战士所说，"凡是中国的国土，一定邮路畅通。"

我有些兴奋，心想我一定要去那里寄一些明信片。可是时间太紧，跑去邮局寄明信片已经来不及了。赶在登船前十五分钟，我才托人买了明信片过来，但是已经没有时间在岛上写完寄出去了。

我把买来的明信片分给周围的人，大家坐在甲板上写明信片。没写一会儿，就听到即将开船的指令了。我们着急地写完最后一张，想往船下走。但是舷梯已经收了，下船是不可能了。

我太想把明信片盖上永兴岛的邮戳寄出去了。焦急之余，我突然想起了加我微信的那个老班长，然后我迅速给手机充上电，通过了他的微信好友添加请求，直接给他拨打语音电话。

我大声喊："班长你好啊！我们的船快开了，我有个急事儿想请你帮忙，你能来码头吗？"

他说："好！我现在就去！"

我看到了希望，站在甲板上等待他来。担心船开走了他还没有来，我就把写好的明信片装在袋子里，扔到了码头的石阶上。

夜幕逐渐降临。大约十分钟后，他坐着电瓶车来了，可惜我没有拍到一张他的照片，只留下了暮色中一道光绘影像。而我们的船也正好开动了。

老班长名叫赵向虎，四级军士长，从军十六年，在永兴岛服役四年，今年是最后一年，前十二年曾在一个很高的雷达站。他说，谈爱国不矫情，从高山到海岛祖国跟他贴得很近。

我说班长，突然想给你发个红包，算个纪念。班长也痛快地拆了微信红包，还要了我的地址，说要给我寄东西。

这并不是什么稀奇的事情，在这遥远的小岛上，现代通信技术和社交工具他们也一样使用。和西沙的战士一起抢红包、点赞、@彼此，真是一种不可言说的体验。

其实，他们守护的地方不就是我们所说的诗和远方吗？

在遥远的南方，他们站在礁石上望着更遥远的南方。而在他们眼里，南方以南也不再是远方，而是魂牵梦萦的故乡。

我们都说"美丽"是西沙的名片，但是要知道西沙官兵要面对非常恶劣的自然环境，可以概括为"三高、一多、一缺"：高温高湿高盐、热带风暴多、严重缺水。西沙的阳光和海风给他们的脸上留下一种不可逆的黑，脱下海魂衫可以看到最优雅的"人体彩绘"，这是最高贵的青春记忆，这种美叫作"西沙黑"。

这就是我们的守岛官兵。他们在最遥远的地方做着最朴素的事情，站岗放哨、巡逻，孤单地行走，在无人处建设故乡。

离永兴岛越来越远，我又想起了老班长给我讲的两个故事。

早些年，在南海的某个小岛上，驻扎着几个守岛官兵。他们的物资全靠补给船运输。有一阵子台风频繁，补给船总是运不过来，他们吃完了口粮，几乎陷入绝境。这时，有位战士从床铺下突然找出了一瓶二锅头。他们把二锅头倒在碗里，用食指蘸一口海水，蘸一口二锅头，放进嘴里，刺激着将要晕倒的躯体，眺望远方，终于等来了补给船。

也是在南海某个小岛，执勤官兵某一天突然发现远方海面漂来了一个集装箱，上面写着一串英文。他们兴奋又好奇地把集装箱打捞起来，拆开一看，原来是一整箱耐克鞋。那时候，一双耐克鞋能顶战士们一两个月的工资。正高兴的时候，他们发现整箱耐克鞋全都是左脚，一群人哭笑不得，大海给他们开了个不大不小的玩笑。

这就是守岛的日子，在没人关注的地方，他们活得有血有肉，有滋有味。

西北之北

王子冰

睡觉前我习惯性地刷了下朋友圈，才知道白哈巴下雪了。蜀地已然春暖花开，朋友圈里的这场雪不禁勾起我在白哈巴守边防的回忆。

十八岁那年冬天，我从寒冷而干燥的豫东平原北上参军，坐汽车、转火车、乘飞机，用了两天一夜的时间来到了新疆。戎马倥偬十六载，南疆的沙尘、北疆的风雪、高原的烈日、边关的冷月都定格成了心底的印迹，绘成一道永不消逝的风景。

1

我到"西北第一哨"白哈巴边防连任职时，刚好遇到了当年的第一场雪。那时候还没修通公路，上下山只有条搓板一样的盘山道，从山下县城到连队要走七八个小时，如果遇到风口子或者雪窝子，还得下车去挖雪开路。同行的驾驶员说，这场雪过后，就是白哈巴的封山期了。

我在连队只度过了一个封山期。

封山期的时光很缓慢，日子就像界河里冻住的水，似乎静止了一般。大家每天都会站在二楼俱乐部的窗户前，隔着玻璃去看远处的雪山和牧民家的屋顶，直看到四五月里，山上的雪像被扯脱线的白毛衣，一点点褪到山顶，露出山坡上大片大片的青松时，那就是春天来了。

大雪封山，但巡逻和潜伏是必不可少的执勤任务，而军马是最常用的代步工具。每每看到战友们策马雪海的飒爽英姿，我总会下决心去学骑马。

为了能参加骑马巡逻，我找到连队的军马饲养员，借了匹温和点的军马，偷偷地练习骑乘。但毕竟学艺不精，对军马脾性没掌握好，在军马狂奔着进马厩时，我坐在马背上被马厩门上的横梁挡落在门外。好巧不巧，横梁上有一颗露出半截的铁钉，顺着头皮划下了一道四五厘米的口子，当场血流不止。那天晚上我悄悄处理了伤口，第二天在迷彩帽的遮掩下，如愿加入了巡逻的队伍。

长途巡逻路途远、时间长，途中有着各种未知的情况出现。一路吃在马背上，睡在帐篷里，头上的伤口从起初的刺痛到最后的麻木，我始终没敢摘下帽子，一是怕战友们看到，二来也怕自己不敢面对伤口的恶化。

那次我坚持走到了巡逻的目的地，高兴地和风雪中的界碑合了张影。用红色的排笔在界碑后面一个不起眼的石头上写下了自己的名字，将石头藏在一个石缝里，心也像这块石头一样，落了地。那次巡逻让我懂得，在旁人眼里，界碑或许只是一砖一石，但在我们心里，重逾千斤。

2

冬天的巡逻是枯燥的，四周白茫茫的一片，坐在马背上，看着马蹄踢开厚厚的积雪一直走一直走，直走得棉帽上、面罩上乃至军马的身上都是白色的霜花。虽然累，但不敢停。因为骑马不仅是一项技术活儿，同时也耗费着大量体力，一旦停下来，被汗水浸透的衣服就会变成"冰铠甲"，冷得刺骨。

有一年封山期结束前，连队组织前往阿尔泰山深处的执勤点"闯山"探路，我们一行八个人，带了三日份的干粮出发了。翻雪山、过冰河、穿森林，可在第一天夜里就遇到了麻烦。

原定的路线遇到了"推山雪"，路上被山顶滑落的积雪堵了个严严实实，像一座凭空而生的小雪山。几个人商议了一下，决定多走一截路，从旁边的原始森林里绕过去。走进森林时天已经黑透，寒风吹过树林发出的呜咽声让人直起鸡皮疙瘩。因为阿尔泰山里经常有野兽出没，带队的干部就让我们准备好武器，举着火把前进。也不知道走了多久，就听有人说："咋转回来了？"

是的，我们迷路了。在零下三十多摄氏度的深夜，深山的原始森林里，碰到这样的事每个人都有些头皮发麻。这时候有人建议原地宿营，天亮再找路，也有人说标好记号，早点走出森林。最终还是带队干部拍了板，继续走！

所幸这一次我们走对了方向,天亮时分,大家顺利走出了森林,翻过一道不高的雪丘,终于看到了位于那仁草原上的执勤哨所。

这个执勤点叫图门巴,位于中国与哈萨克斯坦的边境前沿,是连队的一个"候鸟哨所"。图门巴的条件十分简陋,起初只有一间木头房子,房子没用一颗钉子,全是由木头堆砌而成,缝隙里塞满了一种藓类植物,用作抵挡风雪。这间老木屋据说是建哨时在牧民的帮助下盖的,已经有了半个世纪的历史。

因为驻哨的艰苦,所以每名在这里住过,或到过这里的官兵都会在木屋的墙壁上写下自己的名字,久而久之,木屋内被写得到处都是字,大的小的,歪的斜的,不一而足。其中还记载着几则哨所的小故事,已经是建哨初期的官兵写下的,故事具体写的什么我已经模糊了,因为后来某位领导前来视察,认为这是边防军人的宿舍,理当保持干净整洁,其上的涂鸦有碍观瞻,所以让用刀片逐个刮去了。

我想,或许是在这样的地方,边防军人本就留不下姓名的。

3

封山期里,最烦的是停水停电。连队饮用的是雪水,在山脚下挖有一个蓄水池,大家称之为水源地,再从地上接了管子通到连队。每次入冬之前我们都会去清理水源,把里面的牛羊粪便之类的清出来。有时候天气冷了，池里的水会结冰冻住，紧随着管道也会被冻住，这边打开水龙头没反应，便知道断水了。断水是大事，基本上每次都是全连出动，拿着工具跑到水源地，挖开盖在上面的保暖层，砸开冰，找到被冻住的管道，费力地疏通，往往都需要一整天的时间。

连队用电主要有两个来源，一个是配发的柴油发电机，一个则是几公里外的水力发电站。水力发电站春夏季节发电量最大，冬天河水结冰后，基本发不出多少电，连一楼的都带不起来。那时候基本上一到十点，宿舍就熄了灯，需要工作的都是靠蜡烛。

漫长而寂寞的冬天，总是需要些什么来打发时间。那时候的娱乐活动无非就是打扑克。四个人玩一种叫"炒地皮"的纸牌游戏，也没什么彩头，愣是精神头儿十足，逢到周末一炒就是一整夜，对家出错了牌指着鼻子就骂，脾气大些的气得一把牌扔到对方脸上，深仇大恨似的。现在想想至于吗？在那个精神匮乏的日子里，还真的至于。但吵就吵了，骂就骂了，下次还是坐到一起打牌，如果没意外的话，还是一个队。

当然，有时候也去驻地的白哈巴村去走走。这里生活着朴实而热情的哈萨克族，与连队官兵之间亲如一家。盘着腿坐在牧民温暖如春的小木屋里，喝一碗奶茶，吃两块奶疙瘩，听村里的老书记操着生硬的汉语给你讲故事。以前打猎时遇到哈熊啦！村里谁的孩子是连队军医接生的啦！哪个幸运的牧民在山里捡到金子啦等等，一坐就是半天，虽然有时候一句话要重复好几遍互相才明白啥意思,但就是聊得开心。

牧民们每周都会组织一次升国旗仪式,不管是刮风还是下雪,旅游季还是封山期,雷打不动。每次当战士把国旗抛向天空那一刻,队伍里都会响起国歌,不论是蒙古族的耄耋老人,还是哈萨克族的懵懂少年,大家都张合着嘴唇,跟着官兵的节奏,迎着凛冽的寒风,唱着心中的歌。

我认识一个名叫加尔恒·坎森的哈萨克族少年,有先天的认知障碍,在官兵的帮助下才学会识字、唱歌。他唯一会唱的歌是《义勇军进行曲》,唯一认识的字是界碑上的"中国"二字。每次升旗时,都是他最激动的时刻。

后来我才知道,那时村里的少数民族群众会说汉语的还不多,官兵在连队开办了"国语教学班",报名的人很多,最想学的就是国歌。

关山万重,心系祖国。祖国,在每个人的心中都有不同的模样,在这个西北边陲的小牧村里,她同样伟大而神圣。

4

白哈巴的冬天是最无聊的冬天,但又是最有意思的冬天,但凡经过封山期的人,都能讲一大堆故事出来。

"西北之北,大雪纷飞。走不完的巡逻路,看不够的界碑……"后来,我写了一首关于边防的歌,这首《西北之北》如今也成了对白哈巴记忆的一部分。

祖国的边关越来越美。我曾守卫过的白哈巴修通了公路,接入了市电,网络也覆盖到周边的牧区,以后不会再有"封山期"。资讯发达的时代,牧民借助旅游开发富了起来,也忙了起来,但每周一的升旗仪式从未间断,每家每户的门楣上都插上了国旗,清风徐来,像一片红色的海洋。

生活越来越好,淳朴的牧民常怀感恩。边关越来越美,戍边的战士不忘初心。我每次休假回家,总被朋友问起:"边关那么苦,为啥你总说边关很美?当兵那么久,真的不会腻吗?"其实我很想告诉他们,边关最美的不是风景,而是守卫在那里的那群人,他们走上边关,从懵懂无知到眼明心亮,从当兵吃饷到深怀家国,所追逐的早不是一人之利,而是一国之安。

守卫一条边防线,刻下一生戍边情。守卫白哈巴的日子已经远去,但我知道,今后无论走到哪里,边关已和我的生命融为一体,卫国戍边的情怀永远都无法改变。

兄弟，听说你分到新疆了

王雪振

夜，阒寂无声，机关楼中仍有亮光的房间只剩我这一个了。

敲定稿件的最后一个字，再认真校对润色一遍，我也准备收拾回去了。正要关门离开，手机突然响起来，噢，是个陌生号码，南京打来的。

"是王雪振学长吗？"电话那头的声音略微有些沙哑。

"是呀，请问你是……？"

"学长好，我是今年刚刚毕业的学员，叫刘××，分到了新疆……"

他刚说完"新疆"两个字，就猛然间没了声音，不一会儿，干呕似的抽泣声断断续续传过来，看样子，他哭了，而且很伤心……

"兄弟，好兄弟，没关系的，真没关系的……"我握住听筒，轻声安慰着他，无意间抬头望了望窗外的夜空，仿佛看到了三年前的自己。是的，那个曾经同样哭泣过、恐惧过、无助过的自己。

1

我是 2008 年考入南开大学的,是哲学院招收的第五批国防生。

进入学校后,我给自己确立的目标很简单:争取北京大学哲学系的推荐免试研究生,以便以后有足够的资格到部队院校当教员。是的,马克思主义理论教员。

都说国防生进了大学就是进了保险箱,工作不愁去向明确,大学生活简直是"爽爆天"!其实,情况并不像大家想象的那样,我那时候还是蛮拼的。

为了实现自己的目标,我的大学前三年过得和高三基本上差不多,除了上课和实践活动,其余的大部分时间都是在自习室或者图书馆度过的,中午很少回寝室午休,趴在自习室将就下就行了。

印象最深的是大三的时候做学年论文,为了能够质量高些,我大二暑假留在了学校,每天看四卷本的《费希特著作选集》,一天基本上读十二个小时左右,连续三十五天,以至于后来看到费希特都想吐。再加上当时暑假人少,很少与人沟通,等回到家里,感觉自己说话都有了困难。

天道酬勤,我觉得做这些是值得的,毕竟自己不是一个特别聪明的人,所以愿意为想干的事情下苦功,不干出个名堂来便不肯罢休。至少从结果上看,辛苦耕耘还是带来了收获:大三的学年论文我拿了一等奖,当时的学分绩也有九十多分。

正当我踌躇满志准备向目标发起冲击时，一个突如其来的通知让"剧情"有了极大的反转。

那一年，总部规定，指挥类国防生不允许考研保研，而我恰恰是指挥类的国防生！

这个消息在当时无异于晴天霹雳，我辛辛苦苦奋斗了三年，眼见着目标离自己越来越近，突然间，这件事儿变得与自己毫无关系，心情失落到谷底也可想而知。

家人、老师、同学都感到十分可惜，哲学院主管学生工作的杨晓峰老师还特意到选培办争取过，但规定就是规定，毕竟"受伤"的不止我一个，不可能更改。

想过退出，当然也有很多人劝我退出。说实话，让我做退出的决定我真舍不得，考研保研最终是为了到部队，现在这条路断了，与教员可能无缘了，但在部队干其他的，一样能干出来。

咬紧牙，憋着劲，那段时间最终也挺过来了。

2

大四分配的日子，毫无疑问是紧张无比的。

说心里话，直到分配结果最终敲定，我从没有想过我会去新疆。

我当时的综合评定成绩是第一,选择机会很多。但命运偏偏爱开玩笑,分配的时候,由于我和一个好兄弟在同一个名额上发生了误会,等重新回头选时,就只剩下一个新疆的名额了。

这个名额,就是我现在所在的单位,在祖国的最西部,一面是喀喇昆仑山,一面是塔克拉玛干大沙漠。

当时选的时候,选培办的干事拍了拍我的肩膀:"不愿意的话,我们再想想办法。"我笑着摇了摇头,还是选择去了,很决绝。选完出门,眼泪一下子就出来了,不是怕苦,也不是不愿奉献,就是觉得与自己的预期差距太大,一下子接受不了。

当时做决定的时候,也没有给家人说,他们一直在等我的好消息,毕竟是第一名,再差能差到哪里去。但结果,从家人的角度看,确实差到底了。

三天后,我给母亲打电话,把这个消息告诉了她,怕她伤心,还一副兴高采烈的样子。知儿懂儿莫如父母,母亲的语气很坚定:"去哪儿不一样,现在飞机都这么方便,去了就要干好,相信自己就行了!"说实话,听到母亲这些话的时候,我的眼泪哗哗的。后来父亲偷偷告诉我,母亲那个晚上没有合眼,哭了整整一夜,劝都劝不住。

这就是我的软肋,如果说我去新疆有什么顾虑的话,家人就是最大的顾虑。

我永远忘不了母亲和妹妹到郑州机场送我的场景。我怕自己受不了，提前安检进入候机室，当走到转角，我扒着墙角看安检门口，她俩果然还在那里痴痴地望着，而母亲，哭得像个孩子。每当坚持不住的时候，我就会想起这一幕，我一遍遍告诉自己，当孬种软蛋，首先对不起的是父母为自己流的眼泪。

只有工作，只有出色的工作，才是一名军人感恩尽孝的最好方式。这样，才能让远在家乡的父母亲人安心。

3

来到新疆喀什后，我得到了很多人的帮助。所以有人问我对新疆的印象是什么，我的回答一直是两个字：感激。

我的单位属于南疆军区管辖，当时报到，军区干部处的戴干事特意和我谈心，他对我说："南疆是片沃土，相信你能干出名堂的！"这句话，我一直记在本子上，它对一个初来乍到的毛头小子来说无疑是很大的鼓舞和激励。

到了师部后，我分到了直属队，按部就班当排长。大家对我还挺稀罕的，连长、指导员还有排里的班长都挺照顾我的，这里自然条件虽然差，但官兵们非常朴实真诚。

有一天晚上，我正在会议室加班看书。通信员找到我，让我到宣传科去一趟，这是我和陈干事的第一次见面。陈干事详细问了我的情况，建议我有机会可以尝试做些新闻宣传工作。其实,我大四曾在《解放军报》网络部实习过，不过觉得水平不够，没好意思跟他讲。走的时候，他送了我几本新闻写作的书，让我抽空看看，我接过书的时候，突然感觉到了自己的价值，向陈干事敬了一个标准的军礼。后来我去石家庄机械化步兵学院培训，就一直带着陈干事送给我的书，等任职培训结束的时候，书也被翻烂了。

培训结束后，我继续回到连队带兵。当时，我们单位全员赴海拔4500米的地区开展实战化训练，宣传科宣传报道人手不够，就向上级请示把我借调了过去。我觉得这是非常难得的机会，就闷着头好好干。在高原上待了四个月，我跟着陈干事转遍了师里的所有单位，采访到了很多动人的典型和故事：三十八岁甘愿被特招入伍的工程师马军、两次入伍的清华学子李高杰、为了完成任务不打麻药就缝针的买尼苏尔……当然还有很多其他的事例，有些尽管看起来琐碎平常，但每一件都足以震撼人心、直击心灵。

当时我就想，他们没有父母吗？他们没有家庭吗？他们不想过舒服日子吗？答案无疑都是肯定的，同样的条件，别人都没有喊一个"不"字，自己还矫情个啥？

于是用心写稿、采访成了我唯一的念头，我就是要把这些感动人心的故事传递给更多的人。前几天，我整理了一下自己近三年写的文章，发表的已达到十二万字，其他杂七杂八的加起来也有三十多万字。虽然成绩比起其他人还比较少，但我觉得，我最起码没有辜负光阴，没有辜负南疆这片沃土给予我的收获和感动。

或许有一天我会离开，或许我会一辈子在新疆干下去，但无论哪种选择，新疆的经历对我而言是无价的，我的感激，是发自内心的。

4

絮絮叨叨，叨叨絮絮，电话那头的哽咽声已经没有了。

"学长，我明白了，谢谢你！"听得出来，他的心情已经平复了过来。

我说的也许太多了，但我真心希望他能明白：

到了新疆，不是人生的结束，而是一个崭新的开始……

加油兄弟，衷心欢迎你加入新疆绿色军阵，我在这里等着你！新疆是片沃土，相信你一定能干出名堂来的！

注：这篇文章写于2015年，四年后的2月19日，南开大学官网转发了一条新华社的消息《王雪振：从名牌大学生到王牌指导员》，这几年他历任排长、机关干事、指导员，他因带出全团叫得响、过得硬的连队而荣立二等功。

那一年，南疆阵地上的臭酸笋

贾永

炊事班长抡着长长的炒菜铲，从烟雾缭绕的行军锅中，猛地抄起一坨面条，右腿后撤一步，像扔手榴弹一样，使劲地往墙上一甩。见面条粘住久久不落，方才大喊了一嗓子："面熟了，开饭！"

我也说不清炊事班长判断面条生熟的办法有无科学依据，反正自打在新兵连看到这一幕，我便本能地对面条有了一种反胃感。每逢连队吃面条，我宁愿冒着违反纪律的危险去偷摘老百姓的香蕉充饥，也决不正眼瞧一眼那锅里的面条——直到三年后，我在广州第一次见到了方便面。虽然是那种极其简陋的印花塑料袋包装的方便面，对于我们这些边境线上守山头的大兵来说，已然美食了。

记得我把二十袋方便面带上阵地，就在跑去打开水的当儿，全排战士已经以风卷残云的利索劲将方便面干着吃了个精光。

下哨回来的四川籍胡姓副班长望着还未来得及打扫的"战场"，仿佛明白了什么，捡起一个塑料袋，空的，又捡起一个，抖抖，空的。也许那气味儿确实诱惑了他,他又一连捡起了五六个塑料袋,一边闻着一边抖,结果全都是空的。最后,四川胡班副脸色也变了,鼓着腮帮子埋怨:"还战友战友亲如兄弟呢,有吃独食的战友加兄弟吗?"

我们当时刚涨了津贴,一年兵由每月七块升到了十块,两年兵十一块,三年兵十二块,排长工资六十二块五,前线部队每人每天的伙食费增长到了六角四分。不过,四角钱一包的方便面毕竟也算高消费,要命的是这东西刚刚时兴,而我们离最近的县城也有百里,想买也买不到。

一个姓龙的广东老兵探亲途中专程拐到正在兴建之中的深圳特区,带回两箱方便面,全连官兵在感动之余一致认为他家里绝对有海外关系,他含含糊糊不说是也不说不是。副连长甚至鼓动我去为他写什么"不到海外继承遗产,乐在边关奉献青春"的报道稿。

直到一天深夜站岗无人时,老兵向我交了底,他家五服之内根本没有人出过国,那两箱方便面足足用去了他三个月的津贴,弄得这家伙那段时间一直追着我蹭烟,还不停地怪我:"都是你惹的,谁让你的兵说那东西好吃?不过本人总算也让全连都尝新鲜了,不像你们几个,就知道躲起来享受。"

我们守卫的山头方圆几十里只零星住着几十户人家,山路崎岖又不通电,除了极小的一块地方外,三面都是雷区,种不了菜也贮存不了新鲜肉菜,主打菜基本上是榨菜、萝卜干、海带、罐头,外加土豆和萝卜之类。有个擅长美术的战士还创作了漫画登在了报上,标题好像叫作《连队菜谱》,画面上的内容是,"菜谱:午餐,萝卜白菜;晚餐,白菜萝卜"。连长气得把报纸甩在美术兵面前:"画个头啊,瞧你那点出息,就知道吃吃吃,咋不画画咱们人在边关心装祖国的豪迈气概呢?"

那时候边境线上流传着一首诗,叫作"吃苦不要紧,只要主义真,吃亏我一个,幸福十亿人"。我们也确实像战地诗所说的那样,有种发自内心的崇高感。不过日子长了,总有那么几个兵忍受不了。胖胖的胡班副属于肉食动物,平日里最爱讲的就是"来个鸡肉烧茄子咋样,最好是鸡肉多点茄子少点甚至没有茄子那种"云云。

那个夏季接连暴雨,几个星期没闻到肉味儿,胡班副每天摇摇晃晃执勤归来,几次定定地望着拴在坑道口的军犬呈思索状。直到有一天,当着军犬引导员的面,冷不丁地冒出了他的幻想:"如果这家伙一不小心跑进雷区,轰,咱们是不是就能吃到狗肉火锅了?"引导员一听急了,松了牵狗绳,追着胡班副满坑道乱钻,恨不得让军犬撕碎了这厮。

守山头的日子倒也苦中有乐。年轻人聚在一起,多的是力气和精力。我们用罐头盒、炮弹筒之类养花种草美化阵地的做法,得到了上级肯定。到任不久的指导员又张罗着养鱼,对连长说,山上猪养不了,养鱼总可以吧。指导员二十出头,很想有一番作为,鼓励全连骨干"带头看到光明,带头提高勇气,一定要让大家吃上自己养的鱼"。连长是老边防,清楚山上连吃水都困难,靠积攒雨水养鱼显然不太现实,见指导员心血来潮、全连又士气正旺,也不好阻拦,还亲自带上几个兵到修坑道的工兵那里借来水泥,雷厉风行地抹了个养鱼的池子。

阵地养鱼的事后来还惊动了机关的新闻干事,不过看到浅浅的池子中只有十几尾鱼,干事也不好描述,又不好大老远白来一趟啥也没写。那干事毕竟老到,在后来见报的短文中,用了"看到了一片的鱼"这样的描写,让初学写作的我不禁大受启发。想想也是,让人家怎么写呢,写"几条鱼懒洋洋地在水中漂荡",显然煞风景;写成"成群的鱼儿欢快地游戏",也有违事实。用"看到了一片的鱼"倒也符合场景。反正我离开阵地之前没见到那池中的鱼身材有过变化,自然也没有吃到连队自己养的鱼。倒是觉得指导员这办法有助于我们这些青春期的年轻人理解望梅止渴之类的故事。

边境大山中也不是"一无吃处"。当地有种土法制作的酸笋,用肉丝加干辣椒爆炒,十分下饭且极合我口味,但那东西是放到坛子中经过长时间沤过的,做熟之前十几米之外都能闻到那种发酵物的臭味,尤其是在夏天,炊事员每次炒酸笋都得捏着鼻子操作。所以,虽然好吃想吃,但谁也懒得动手做。

刚刚从炮校分配来的二排长从小长在江南水乡,文文静静的,第一次帮厨就碰到了炒酸笋。二排长实在受不了那臭烘烘的味道,又不好躲开,竟然夸张地戴上了防毒面具。这一幕恰巧让连长碰上,连长眼睛瞪得像牛。

几年下来，我发现食物单调其实也好处多多。一是锻炼了吃饭速度，至今我吃饭都是三下五除二，每顿绝对用不了十分钟。二是弱化了味觉功能，吃好吃坏一个样，好像吃饭不是为了享受抑或补充营养，纯粹变成了一种任务。及至后来成了家，妻子见我不管吃什么都狼吞虎咽，没等她坐下来就一抹嘴离开餐桌，几次挥着筷子要敲我的头："你啊你，难道是饿鬼托生的？谁和你抢啊？"

忽有一天梦到了南疆的酸笋，醒来之后竟然有种欲罢不能的感觉，连忙给在那里的战友打电话。战友也是立说立行，第二天就让人到乡间买了往机场送，怎料送到了舷梯又被拦了下来，不用说满舱的旅客，连乘务员也受不了那种味道。待到包了几层塑料袋的酸笋几经周折托运到北京，我正巧外出公务，一家人自然也忍受不了臭味的折磨，又担心左邻右舍抗议，只好"忍痛"扔了，害得我至今也未能重温那往昔的滋味。

消息传到了边防，老战友又把电话打过来："那东西现在很少有人吃了，街面上卖的也不正宗，要吃出当年的味道，还真得到山里去，要不来一趟吧？"

我知道，分别多年的战友们是想一起聚聚。这个五月，正好是我参加的那场边境保卫战的周年纪念。看来，真的应该重返一趟那块留下过我五年的青春和许多战友热血的地方了。

我那可亲可爱的兄弟们，你们可好？

那个去戈壁滩探亲的军嫂

风满楼

何嫂抱着孩子头也不回地上了火车，走了。

临走前放下狠话："何欢，你就是给老娘找个专列，我和娃也不会再回来。"

何嫂真的是气坏了，确切地说是被老何的嘟囔给气炸了。

昨天一晚上他们的房间就没消停过，偶尔大声争吵，偶尔小声求情，折腾到了天亮，结果天一亮何嫂就走了。

1

我和老何坐在防沙房里，炉子刚添的煤还没有烧旺。

老何抽着烟，气氛很闷。

"不就是多用了点水吗？你何必这么认真，以后我少用点，不就有了。嫂子大老远的带着孩子来这里过年，天这么冷，真的不容易。"要不是实在看不下去，我这个新兵还真没资格用这种口气跟他说话。

"多用点水,你又以为是小事,告诉她多少次了,这里不比老家,条件艰苦,生活要注意,特别是用水,必须节约,她就是记不住。"老何的气好像还没消。

不劝了,劝也没用。我知道在这里待了十年的老何脾气犟起来像火车头,不会挂倒挡。

这里不缺精神,就缺水。点哨建成三十多年了,一茬茬兵愣是没有打出一点水。没打出水来很正常,打出水来就不正常了。这里是戈壁滩,一眼望去除了零星的几棵骆驼刺,一点绿色都没有。向地下挖十米、二十米,甚至一百米,不管挖多深,土质都是沙石,有水才怪哪!

"没有水,但必须坚守,之所以在没水的地方设立点哨,就说明这里很重要。戈壁滩常年刮风,沙丘都会移动,一旦把铁路线给盖住了,通不了火车,耽误的都是大事⋯⋯"这是我下连第一天老何给我上的第一堂思想政治教育课。

点哨连通外界的就一条铁路,没有公路。防沙房也就是我们住的营房,就三间平房,在离铁路线一百米远的地方。

没有水,怎么生活?点哨建了水窖,团里每周通过铁路线送两次水,顺便送给养,所以长期在这里驻守的人对待水比油都珍爱,能省即省。

2

我戴上棉帽，套上交通警示服，拿起战备锹，背起修路工具，推门出去。

今天我当班，要沿着火车线寻路三十公里，与下一个点哨巡路战友碰头互换腰牌后返回，才算完成任务。

"等等，路上带点热水，等这壶水烧开了再走，中午的干粮要带好，晚上回来给你做火锅，你嫂子虽然走了，年还是要过。"老何喊住了我。

"还火锅，你要是少说几句话，今天不就吃上嫂子做的……"我一看老何想瞪眼，赶紧停住了，生怕又勾起他的火。

老何又唠叨了几句，送我出了门。

天气和往常一样，零下十几摄氏度，沙尘铺满了天，有风，估摸五六级。这样的天在内地少见，在这里天天看。都说这里一年就刮两次风，一次刮半年，一点都不假。

沿铁路巡线的主要任务是确保铁路线不被流沙掩盖，还有查看铁轨的牢固程度。说累也不累，说难也不难，就是走看查，遇到小面积的覆盖，一个人小半天就搞定了，如果遇到大面积的，就要呼叫大部队请求支援。

最难过的是距离防沙房十五公里的铁路拐弯处，喊不出名字，反正处于风口，刮起的都是黄豆大小的沙石子，打在脸上生疼。每次经过那里我都是裹紧衣服，用战备锹挡着脸，还要看清脚下的铁轨横梁，一不小心就会被绊倒。

今天也不例外，似乎沙石拍打锹头的声音更尖更刺耳。

3

茫茫戈壁空无一人。

临近中午，我坐在铁轨上背着风喝水，呆呆地看着被风吹斜又摆正的骆驼刺。说实话，以前我对我当这个兵很不满意。

都是当兵的，为什么别人有枪有炮，我们用锹用镐；别人有连队百八十号人，我们就俩；别人有周末假期，外出、商场、超市，我们只有铁轨、戈壁、骆驼刺；别人打靶回来，彩云铺满天，我们修完铁路，灰头土脸。

大学同学问我，你当兵都在干什么啊？我都不好意思回答，只能违心地说在东风城搞航天，总不能说："大王叫我来巡路吧！"

看着戈壁，望着每天仅通过一次的列车，心烦。

心烦又能怎么办呐！

每当想家，想大学校园生活时，就找老何聊天。老何告诉我，想家的时候就趴在铁轨上听，能听到家的声音。那天，我真的趴在铁轨上听，结果除了刺鼻的铁锈味和呼呼的风声，什么也没有。

其实，我也不傻，我知道他是在骗我，这种骗，我很乐意接受。

虽然我不知道这条铁路是什么时候建的，但我知道这条铁路的重要性。它是一条保障卫星发射的铁路，是航空航天地面设备运输的重要路线，没有它很多大事儿就办不了。而没有我们就没有这条铁路线，我们存在的价值岂不和航天一样重要？

这是我们唯一能够说服自己的理由。

了解情况的同学问我，像这种活谁愿意干？

我说，当兵的愿意干！老何愿意干。

他服了。

4

老何的确很能干。

一干就是十年，从没挪过窝。

他的脑子一根筋，认准了十头牛都拉不回来。不光我们这么说，何嫂也这么说。

他家在铁路边，父母是铁路工人，他坐着火车来当兵，又坐着火车休假，维护铁路十年，从小就和铁路有了不解之缘，在这里能扎根是冥冥之中的事。

他常跟我说，在这个地方没有人待过八年以上，要么调走了，要么复员了,而他要打破这个惯例,十年,二十年,甚至一直到退休。

起初,他把这里当家建,在房子里种了盆花,因节约用水,每天用洗脸水浇花,不久就浇死了,后来又养了几盆都没活,干脆就不种了。前几年,听说养了条狗,不知怎么回事,养了一年就是不长,还掉毛,后来就送人了。

倒是在水窖旁边不知什么时候长了一棵小胡杨树,他欣喜若狂,每次新兵下连他都引以为傲地介绍,小胡杨成了镇哨之宝。

每次有大项任务,他都会目送从铁路线上驶过的装备列车。

他说,今天你看到它在你这里跑过去,明天它就在天上飞了。神舟系列的、长征系列的,想想做梦都很美。

他经常对我说:人这一辈子有做不完的事,但做每一件事都要像模像样,不能忽悠,我们就要时刻做到心在路上,路在心上。

前年,他回家结了婚,嫂子一直想到部队来看看,他怕嫂子来了适应不了,百般阻拦,结果没有拦住。这不,临近年关嫂子自己顺着地址找来了。

按说像我们这种情况,家属来队可以安排到团里家属院,他可以随每天送给养的车回去,但临近年关,安全要求严,他怕我一个人在这里忙不过来,就直接接到了点哨上来了。

没想到才一天都不到,就干起仗来了。

5

太阳下山,我回点哨,走了一天两腿发直。

还没推门就闻到了火锅的香味,推门一看,惊奇地发现何嫂抱着孩子坐在凳子上。

老何在摆饺子,嫂子包的。

他们看见我都笑了,气氛好像缓和了很多。虽然我是电灯泡,但却很实在,吃了很多。

后来,听嫂子说,她上了火车后,老何拼命地打电话,反复道歉。没办法,就饶他这一次,于是在下一站下了车,请他战友给送了回来。

不过,老何倒是有另一套说辞,她不回来和孩子能去哪里过年,她家那边有风俗,嫁出去的女儿泼出去的水,这里才是她的家,她自己要回来的。

不管谁说得对,一场风波就这样过去了。静下心来我在想,这么多年,老何在这里用双腿走出了半个中国的距离,没有鲜花,没有彩旗,图啥?

或许,老何说得很对,做什么事都要做到把心放在路上,把路放在心上。

这就是我们巡路兵。

穿上军装的第三年,有个姑娘来看他

王雪振

一晃眼的工夫,小王到大西北服役已经三年多了。

三年多的时间里,小王随部队在藏北高原待过,也在喀喇昆仑山腹地住过,还在塔克拉玛干沙漠穿行过,步子走得不算少,路程行得也不算短,可就是没有和"家"能够联系起来的地方。

小王其实也不小了,仔细一算,都二十五了,这让他自己都吓了一跳。可不是,当年刚刚来到天边边的时候,小王才二十二,战友们开玩笑时称他为"小鲜肉",领导批评时会叫他"娃娃",现如今这些都成了"想当初"……

小王是所在部队宣传科的一名干事,负责全师上下的宣传报道工作。宣传报道这个活,很多人都觉得既光鲜又简单,其实对小王来说,这个差事并不好干。

部队工作一年四季没有停歇的时候,负责宣传报道的干事更是。大家忙的时候,小王在采访写稿,大家可以松一口气的时候,小王还在采访写稿。在这个状态下,小王休假的事儿自然一推再推。

去年过年的时候,领导想让小王休个假,但他觉得过年恰恰是报社最需要稿件的时候,于是又带着人下连采访,任务完成了,年也过完了,而新年度的任务这个时候又开始了。

就这样,三年多的时间里,小王就回了一趟家。其间,小王到北京学习,妹妹陪着妈妈跑到北京去看他,当时妈妈自嘲似的对他说:"俺要是识字就好了,孩儿回不了家,俺可以去看你。"

说着说着,妈妈的眼睛就红了,小王张牙舞爪耍活宝,才又逗得妈妈咯咯地笑……

这其实都是一年前的事了。小王还在大西北跑来跑去地忙,认识了很多人,见证了很多事,其中也不乏动人的典型和故事。但每次被典型事迹打动后,小王总会很失落,因为他总觉得这些故事是他们的,而自己却什么也没有。毫无疑问,感动得越深,这种失落也会越深。

直到前几天,他心爱的姑娘打电话说要过来看他。此时,小王正在采访途中的火车上,他高兴得一下子坐起来,然后又重重地摸着脑袋躺下去,因为他忘了自己是上铺。"哎哟",那响亮的叫声,不仅仅是因为痛,更带着满心的激动。

由于姑娘两周后要参加金钟奖的比赛,再加上路途太过于遥远,小王本来想劝姑娘不要来,可姑娘却说不妨事儿,然后就把票订了。决定突然，火车已经没了票，姑娘还是买了张高价飞机票来了，十足的义无反顾。

三年多仅回过一趟家的小王，现在迎来了来看他的人，而且还是自己心爱的姑娘。小王早早地等在了接机口，见到姑娘时，竟然没说出来话，而是傻乐着接过行李，脸上开出了花。

和姑娘一起返回营区的路上，小王无意间瞥见了窗外的月亮，很亮很圆，月光洒在他和姑娘的身上，映出一对幸福的影子。但小王心里也遗憾，姑娘千里迢迢赶来相见，他却无法保证像月亮一样圆满，因为他还要值班。于是，小王值班，姑娘就在招待所里练琴，等吃饭的时候俩人才能甜蜜地说说话。姑娘待了四五天，俩人几乎没有完整相处的日子，活脱脱的"缩小版"异地恋。但姑娘从不曾埋怨，而且很知足。

相聚的日子是难得的好日子，但这些日子往往会让人觉得短暂。小王还没反应过来，姑娘返回的日子就到眼前了。那一天，小王帮着姑娘收拾东西，他一会儿说看看这个东西忘带了没，一会儿又说瞅瞅那个衣服装了没，其实他知道姑娘都已经放在箱子里了，只不过想借此拽拽时间的尾巴，好让两个人再多待一会儿。

姑娘收拾完毕，小王突然间不敢看她了，头低低的。姑娘过来瞅他，他俩对视了一下，小王的眼泪便掉了下来。他抱着姑娘，堵在喉咙口的情绪使他久久说不出话。吓坏了的姑娘轻轻拍着小王的背，空气仿佛窒息了好久,姑娘终于扳动了他的脸,小声地问他,怎么了?

已经成了泪人的小王终于蹦出了一句话:"来大西北三年多了,你是第一个来看我的人。"话还未完,不争气的泪又涌出来,姑娘瞬间亦泪流满面。

姑娘已经走了很多天,小王至今还没弄明白自己为什么哭。是的,他一向很坚强,也经常以"大丈夫当坚韧不拔"勉励自己,可见了来看他的姑娘,刚强还是没有战胜柔肠。

小王把故事讲完的时候,连连摆着手,让我不要笑话他。我对着他做了个鬼脸,想跟他说点什么,但终究没有说出来。

男儿有泪不轻弹,只是未到动情处。其实我想对小王说的是,他流的那些眼泪,饱含着幸福的味道,闪烁着一名普通军人的真性情。

哦,对了,我们这里还有无数个小王,希望更多的姑娘过来看他们,然后让幸福的泪水汇成爱的汪洋……

牺牲在雪地里的边防连长，
他的青春定格在三十一岁

贾永

大兴安岭原始森林尽头大雪茫茫，中俄两国界河额尔古纳河冰封千里。界河南岸，一处二十六米高的悬崖之上，迷彩色的哨所巍然矗立。

暴风雪中，沿界河巡逻的官兵整齐列阵，向着高高耸起的峭壁齐声大喊——

连长——连长——连长——

连长——连长——连长——

长风怒号，战马嘶鸣，辽阔的冰面上，一声声呼唤久久回荡。

这里是北纬52°46′——内蒙古军区伊木河边防连连长杜宏烈士牺牲的地方。紧贴界河的岸边悬崖上，一串带血的手印已被大雪抹去；扒开河面上厚厚的积雪，一摊血迹还清晰可见。

2015年12月30日下午，连队沿界河进行五公里雪地越野，经过悬崖处，杜宏爬了上去——他要对哨所悄然来一次突击检查，检验执勤官兵的反应能力。哨所官兵夏季沿着悬崖下河取水踩出的一条"之"字形小路隐约可见，身高一米八三的杜宏身手敏捷，平日里攀岩越障几乎如履平地。

两个小时后，指导员李东风发现，连长没有回来。电话打到哨所，那里居然没有看到连长的影子，一回头，连长的手机还在床铺上——一种不祥的预感涌上李东风心头。他急令全连火速出动，寻找连长。

"那一天冷得出奇，"李东风回忆，"河面上气温至少在零下四十六摄氏度，但全连官兵连跑带急，个个满头是汗。"

如血的残阳中，战友们找到了连长。此刻，他一动不动地趴在悬崖下的雪地里，头上有一道超过十厘米的口子，身旁是一团凝固的鲜血，眼镜和手套散落在悬崖边；一块尖利的巨石上，血迹斑斑……

尽管杜宏的身体已经僵硬，战友们仍然抱着最后一线希望，抢救自己的连长。内蒙古军区、呼伦贝尔军分区和边防某团瞬间启动应急机制，几家军队医院通过远程医疗系统指导连队军医实施急救，官兵们一个个挽起袖子等待给连长献血……他们不相信，生龙活虎的连长从此倒下再不会醒来。

边防某团团长孙建国雪夜奔赴伊木河。孙建国同样无法相信，雪豹一样机警、骆驼一样坚忍的杜宏，会被一处悬崖夺去年轻的生命。那一晚，孙建国陪了杜宏整整一夜，也自言自语地与杜宏聊了一夜，自己抽一支烟，就给杜宏点上一支烟。他期待，能够用这样的方式把自己的爱将唤醒——窗外寒风刺骨，官兵们在雪地里久久伫立，他们也在期待奇迹发生……

然而，奇迹最终未能发生，杜宏的生命，定格在了三十一岁零二十二天。

2016年的第一个早晨，全连官兵风雪中送别连长。战士们抬着杜宏的遗体，围着连队慢慢绕了三圈。他们要让自己的连长最后看一眼额尔古纳河畔的山山水水，最后看一眼大兴安岭深处的一草一木，最后看一眼白桦林里的连队和哨所。他们知道，十多年的戍边经历，连长的生命早就与这条界河、与这片森林难舍难分了。

祖国雄鸡版图鸡冠处的伊木河边防连，背靠界河，前拥森林，曾有过最低气温五十七的纪录，至今还保留着一副冻裂的直升机螺旋桨。长达七个多月的大雪包裹期，除了对岸的俄罗斯哨所，方圆几百里再无人烟。2002年年底，十八岁的杜宏从内蒙古鄂尔多斯入伍来到边防连，很快成长为一名优秀的边防战士。2007年被保送至石家庄机械化学院深造，参加了2009年的国庆六十周年大阅兵。军校同学戴楠楠回忆，作为优秀学员和独生子女的杜宏，毕业分配时曾有机会选择离父母稍近一点的部队，但他还是选择重新回到伊木河："他离不开那里的战友，也离不开那里的战马和军犬。"

重返边防六年，杜宏先是担任排长，后被破格提升为连长。团里军事比武，杜宏一人夺得十三个课目中的七项第一，荣立二等功。连队军事考核年年列全团之冠，连续三次被表彰为"全面建设先进基层单位"，成为内蒙古八千里边防线上的一面旗帜。

在战友们心中，自己的连长似乎从未离开。大年初五，当记者一行几经周折来到"雪海孤岛"伊木河时发现，杜宏的床铺还像从前一样一尘不染，他的眼镜还放在他生前最熟悉的地方；在连史馆里，在连队"龙虎榜"上，爱笑的杜宏还是从前一样的笑容。在他的"军营朋友圈"中，最后一条信息是在平安夜祝战友们平安。连队的战士说，自己的连长好像就在身边，好像还在用那双戴着眼镜的眼睛，深情地注视着他们。

也许是泪水早已流干，自从千里迢迢把儿子接回家，父亲杜爱斌和母亲赵凤英几乎每天都在对着儿子的照片"唠家常"。刚刚过去的这个春节，是儿子当兵这些年一家人团聚最长的一次。去年，父亲突发重病，住进监护室，儿子也只是回家照顾了半个月，又匆匆返回部队。父亲说："闭上眼睛，就会想起杜宏的模样，看到他的照片，就像看到他每次回部队时那种满怀愧疚的样子。他的心装着我们这个家，更装着边防啊。"

从初一到初六，妻子张茜每天都在单位加班，想用满负荷的工作状态减轻对丈夫的思念。然而，夜深人静，绵绵思念又抑制不住塞满心头。张茜是杜宏爱恋了整整十年的中学同学，直到2014年两人才走进婚姻殿堂。边防上不通网络，聚少离多的日子里，新婚夫妻只能靠时断时续的电信信号保持联系。杜宏牺牲的当天中午还与张茜通话，许诺妻子春到雪融时，带她到北疆看一看，看看美丽的额尔古纳河，看看一望无际的大森林。张茜没有想到，第一次到丈夫守卫的地方，竟是陪丈夫回家。整理杜宏留下的一封封来信，读着一句句滚烫的话语，张茜泪水长流，她仿佛觉得，丈夫还在他的连队,这会儿只是静静地睡着了。

　　立春过后,内地已是麦苗返青。再过几个月,大兴安岭也将迎来遍地春色。张茜告诉记者,待到春天到来,她会到丈夫的连队,与梦中的丈夫相会在额尔古纳河畔。她说,漫山遍野的杜鹃花肯定会比往年开得更加鲜艳,因为丈夫的鲜血,洒在那儿了。

> 也许我告别将不再回来,
> 你是否理解你是否明白;
> 也许我倒下将不再起来,
> 你是否还要永久的期待。
> ……
> 也许我的眼睛再不能睁开,
> 你是否理解我沉默的情怀;
> 也许我长眠再不能醒来,
> 你是否相信我化作了山脉。
> 如果是这样,你不要悲哀,
> 共和国的土壤里有我们付出的爱。
> ……

　　沉浸在往昔的歌声里,不知东方既白。

在高原，在雪山，在没有人知道的地方

张海怪

我是国防科大 2010 级技术类学员，2014 年分配之际志愿到边海防一线，七月成为阿里地区边防最前沿的一名基层干部，在一些人的眼中，这可能是分配得比较差的吧。

读书的时候，我们学院和一些学院尤其和指挥类相比还算宽松，刚刚工作的时候，真没想到过肩上的担子会那么重。

刚到单位还没上山，就受到了一系列教育，从进藏先遣连到今日的喀喇昆仑精神。很多人都因为环境的艰苦而慨叹，为产生的一系列常人难以想象的高原反应而流泪，那时候在我心里只是想到了一句话：犯我中华者，虽远必诛，近在咫尺者，弄死你丫的！

我只记住了当时任我们新学员集训队的指导员——差点牺牲在雪域高原的一等功臣反复强调的一句话："没有国界线的地方，我们就是界碑。"那时候我的青春热血油然而生，立志要有敢同恶鬼争高下的决心，在自己工作期间不失守寸方领土。

九月初，我随车队沿着219国道上山，从叶城天路越过数百个达坂，跨上了海拔4000米以上的征程。那时候我们人多，全程坐的东风后车厢，同行的兄弟嘴唇紫紫的，我对面的兄弟一直用手指揉着太阳穴，手指甲都抠进肉里了。到了目的地，很多人失望坏了，我却把这看作新的起点。

只要是东部城市，都可以和这里在版图上构成对角线。这里和北京有三小时时差，是无人区，不通任何快递，手机信号自己发，经常停水电。水质极差，喝了易结石，洗澡全身起包，冬天最久两个月没洗澡。年均气温零下二十三摄氏度，六月份还能打雪仗的地方也就是这儿了。

中秋节，我上山到了我奋斗的地方，向我的指导员报到。他是湖北人，居然比我大十岁，看着是很踏实的人。他给了我几块月饼，客套地说了句照顾不周，多担待。

一般到了单位，第一个连队主官对你今后的发展影响会非常大，我的指导员严谨笃实的品格深深感染了我。他是个好干部，他刚任职时候的指导员和我集训时的指导员是一个人，那个一等功臣。

第二天，他就跟我介绍这里的情况，他很懂战略，很懂军事。他带我在周围看看，为我介绍周围的地理环境、工事、历史。他告诉我这里在新中国成立前曾是农奴主部落，也曾经是1962年的战场。他说，以前敌人入侵的据点，如今已经成了我们的家，这里可不能再丢了！我握住他的手，真心表态：您放心，我是科大人，又是喀喇昆仑精神的继承者，有我在，丢不了！

上山还没休息两天，我就被放在了最重要的岗位上。那时候每天只发电两小时，手机信号每天十点开始有，上午十二点就没了，还好我带了很多书，就做了几个课题研究（没坚持下去，可惜了），给我带的兵讲讲课。最开始，指导员说，这帮熊孩子很讨厌，很难带，你有个心理准备。给他们上课果真被雷到了，各种问某国是不是拉屎不用纸，让我介绍某国神油文化，让我哭笑不得。不知道在这样封闭的地方，他们脑洞怎么还那么大！

这里九月份山上还有格桑花，但是一进入十月就进入冬季了，每天都是十级以上大风，最低气温低于零下二十摄氏度，最高气温也在冰点以下。

我尽我的全力帮助同胞们，让他们过上更好的日子。这里有几家藏民，很可怜，老一辈说他们在这里的时候，有几家藏民都不知道西藏解放了，还拿着羊送给他，说毛主席派金珠阿米拯救他们了。我把妈妈给我买的羽绒内衣、冲锋衣、护膝都给了最可怜的腿关节伤得很厉害的老奶奶，结果晚上自己徒步走十几公里的时候差点跪下。

说到晚上走路，高原的拉练不等同于内地，这里的海拔相当于走路负重四十公斤。第一次带他们走，我都是走到最后，找了借口说留意一下掉队的兄弟。有时候天公不作美，夜间天气极其寒冷，甚至达到零下四十摄氏度并伴随大风,这对我们所有人都是考验。我们由肩并肩变成相拥而行,甚至同袍相互取暖,生怕被风吹跑。

在路上,我给他们唱《乌兰巴托的夜》,蒙古族小伙子直接哭了。他是个吉他弹得特别好、高原三公里跑十分钟的汉子。我说你哭什么,他说家里的房子就要盖好了。除了唱歌,根本没人有心思聊天,我胃好不怕,其他人说话就会灌进一肚子冷风。最煎熬的还不是走山路的过程,而是到了目的地,身体微微冒着汗,冷风一吹,那感觉,绝了。

我看他们都蜷缩成一团,就过去用我的大衣轮流把我和他们裹在一起,哈着热气感受着他们瑟瑟发抖的身体,像受了惊吓的小猫一样,就这样把他们都温暖一遍。其实最容易冻到的是脚,总是冻得僵硬,痛到发麻。有一次,一个战士说他脚指头要冻掉了,我就让他把鞋子脱掉,把他的脚放在我怀里取暖,一边用手搓着他的手。

当时决定来这里,老妈不是很愿意,老爹却非常支持,觉得年轻人就该这样,把我海夸一顿,以党龄比老妈党龄长的革命前辈的身份把老妈说服了。他说别人家的儿子就不是家长的心肝宝贝了?老妈平时唇枪舌剑,京腔京骂那叫一个地道,被我爸憋得无语,只是默默流泪。

工作后,老爸最常说的就是注意安全,你那里就是千钧一发,一触即发,根本没人给你演习的机会,也要有随时为国捐躯的准备。我也没有报喜不报忧,和老爹也实话实说,编瞎话他也能问到这里的情况,没必要。老妈说的就感性很多，说你××阿姨还惦记你呢，回来要请你去吃烤鸭，你××阿姨要你好好学习，没事看看书，唠叨半天。她说，你背后有无穷的力量，你身前是厚重的国土要你守护，身后有千千万万个母亲给你做支撑，你是我的小英雄！

我的家庭一直是我藏在最深处的温馨，慢慢变成了一种痛，但又是昆仑山冰冷环境的一抹暖色。

刚工作的时候，我从我房间窗户往外看，有个小孩子一个人坐在湖边，静静地。我跑出去，坐在他身边，和他聊聊天，我问他在干吗，他就说："每次，我有什么话想对妈妈说，我就会告诉湖水，然后捡起一块石头打个水漂，妈妈就能听到了。"我感动地拍拍他的肩膀，随后，我捡了一块最漂亮的石头，甩出了一条漂亮的抛物线。一片湖，就足以倾听我们的心灵，小孩子有什么话都会讲给湖水听，想家了，受委屈了，就让湖水包容着他的泪水。

我们连长是个有着忧郁气质的眼镜文青，我开朗的性格正好跟他互补，他有时间就找我聊聊。他说，我们不怕高原反应，怕的是高原本身，它给我们带来了无限的落寞，一种外界难以理解的孤寂。记得我曾在半夜睡不着的时候没有重复地数了整整一千颗星星；曾看了一天湖水，记录它一天变幻的颜色；也曾和羊说话，吹口哨吹到口干舌燥。我感觉这是对我最大的人生历练。

其实不通快递还不算可怕,我们最怕的是大雪封山,小半年没有物资送上来,没有新鲜蔬菜,只有四大名菜:白菜、土豆、萝卜、洋葱,那段日子太难忘了。每天我们都盼着会不会有车突然上来,战士们各种念叨,我要吃生菜、韭菜、油菜、芹菜、菠菜、鸡毛菜、空心菜……叨叨得我耳朵都起了茧子。

我说这里只有炒白菜、泡白菜、腌白菜、烧白菜、煮白菜,冬天过了一半,白菜都烂得没法吃了,尤其是下了几场暴风雪,菜冻坏得更快,连白菜也没有了。我想方设法让他们吃点好的,尝试着用奶粉兑水放在窗外做个冰激凌,但第一次做就让狗给吃了,第二次做失败了,就没有以后了。炊事班也不愿意做那老几样,他们不抱希望地等待着生活的改善,我很焦虑。

没事我就陪他们打扑克,玩儿烂了好几副扑克,基本上一摸我就认得哪张牌。电脑里不多的几部电影大家也反复看了很多遍,基本上台词说上句大家就接得了下句。那时候,我经常和年轻点的战士说,与其等待着狂风暴雪过去,不如学会在狂风暴雪中飞翔。这句编来鼓励下属的话对我自己也产生了一定影响。

很多人都说在这样的地方躺着都是奉献,我更坚持是苦中作乐、苦中作为,这样才更对得起自己的青春。

有几次几乎走到生死边缘,看到了死神的影子。

一次是去年年底，在高海拔工作过度疲劳，加上之前没有重视疾病的征兆，体温突然飙升到四十多摄氏度，几近昏迷状态。醒来的时候发现大家都在身边陪着，我的逗比战友也在，赶紧掏出手机给我俩拍了自拍，然后说你还活着，真好。是，活着真好。最近我得了肺炎，不过还能够活蹦乱跳，休息一阵应该又可以继续奋战。

这里真的给了我很多很多，我对这片土地的的确确抱有感恩之心，就用我发在微信朋友圈的一段文字结尾吧：

"在这条路上来来回回十多个月了，现在路边开满了红柳花，黑夜也挡不住娇艳的春光。今天兄弟给了个数据，5900多米，想让它变成人生的新的生存高度，而不仅仅是体验高度。在这个别人看不到未来的地方，我总是在盼望着明天，遥遥地守着新的希望。"

墨脱的路

范提提

"不把领土守小了,不把领土守丢了。"

这是墨脱某个边防部队的排长时常说起的一句话。他和他的战友在那个几乎与世隔绝的地方,守护着这个国家。如果不是亲身到达,根本无法体会到,在人迹罕至的边防巡逻线上,"祖国"二字竟如此沉重。

很幸运,我有机会和央视《热血边关》节目组一起来到墨脱某个边防部队,感受这里的无畏与深情。

1

318国道,千里川藏线。这是无数人进藏出藏的路,也是西藏地区五十多年来不可替代的一条经济命脉。在此之前,从拉萨到四川雅安,冒风雪严寒,靠牦牛运输,一年只能往返一次,骑马也需跋涉半年以上时间。而现在,只需短短几日。

这是解放军付出了 4963 名官兵牺牲的代价，在雪域高原修建的长达 2432 公里的川藏公路，平均每公里都有官兵献出宝贵生命。

所有的牺牲都是那么猝不及防，但有着与大自然较量时所伴随的必然。他们用着简陋的工具，征服十余座高山，跨越金沙江等天险急流，与冰川、沼泽、塌方、泥石流等无数障碍达成和解，成就这条悲壮的生命通道。

在波密，我们遇到了一位学员排长，二十岁出头。我问他："你是分配过来的还是自己选的？"

排长递给我一块灶坑里烤的红薯，露出一口白牙说："自己选的，我毕业排名第二，能优先挑选。"

"为什么来这？这么艰苦！"

年轻的排长拍拍手上的灰，笑得有些腼腆："我们很多人都是志愿戍边，大概是因为这儿的景色好吧。"

的确，这里很美，南迦巴瓦峰的雪线在阳光下熠熠生辉，恨不得要照进人的心里，外面那些嘈杂拥挤的风景跟这里比少了许多灵韵。

带车的齐干事指着对面的雪山对我说："你就看那座山，每天它都是不一样的，有时候战士们有心事，跑到江边对着山吼两嗓子，就什么都好了。"

后来我才知道，他今年二十五岁，去年军校毕业排名第三，也是志愿来戍边。

这样的人还有好多，他们仿佛拥有天地，却又放下天地；拥有自由，却又放下自由。

在这儿的官兵讲得最多的就是西藏很美，在这当兵有意义。我总在想，什么是美？什么是意义？

这些人本可以选择更加优越的生活条件，却在最好的年纪选择了最偏僻的角落。

他们说习惯了就好了。有一个朋友告诉我，这种习惯很可怕，他觉得会降低自己对生活的欲望，会让他丧失斗志，甚至丧失追求更好生活的能力。

其实这么讲也没有错，但是"有些事情总要有人去做"。这是同行的马班长告诉我的，他口中的"习惯了"其实并不是丧失了对更好生活的追求，而是有能力适应一种生活。

哲学家说，一个人知道自己为什么而活，就可以忍受任何一种生活。

2

从哈尔滨到三亚的高铁动车只需十二个小时，而我们从波密到墨脱却用了整整两天，因为去墨脱的路，又塌了。这种障碍，在墨脱是一种常态。

同行的马班长宽慰我们："现在已经很好了，2013年通公路前，有些准军嫂联系不上自己的男朋友，就想来看看，可才走到多雄拉，就遇到大雪封山，当地百姓谁都不敢带她们进去。"

据统计，2013年中国全国铁路营业里程已达10.31万公里，全国公路总里程已达435.62万公里，全国内河航道通航里程12.59万公里，全国共有颁证民用航空机场193个……

没错，在距1988年10月31日中国第一条高速公路沪嘉公路通车后的第二十五年，在交通体系贯穿全国的2013年，墨脱县也终于在这一年的10月31日通了车。

班长一边给我找着最新的杂志（其实是半个月前的了），一边笑盈盈地跟我说："得感谢这条公路还有网线，不仅带来了一个月内的杂志和报纸、带来了新鲜热乎的消息，还治愈了我们这连医学界都手足无措的'墨脱综合征'。"

"墨脱综合征"是戍边官兵们自己发明的词，班长告诉我："这种墨脱独有病症的临床表现是语言能力下降、对新事物反应迟缓、沟通能力减弱……而发病的原因，就是由于长期与外界隔绝，过度闭塞。"

尽管我做足了墨脱有多落后、多辛苦的心理准备，可还是被"墨脱综合征"惊到了。

马班长解释："主要这儿的路太难修了，以前七到十月才季节性通山，电话线常断，也没有网络信号，沟通就靠开山的人背着信出去，但很多都是时隔数月的,而再背着报纸和杂志回来,我们看到的不少都是一年以前的了,但 2016 年 10 月有了网络以后就彻底好了。"

2016 年才有网络是什么概念?那时候智能手机早已普及,智能手机市场争霸不停,移动互联网竞争白热化,社交网络每天生产的信息无法用数量来统计……而他们直到 2016 年才联网。

公路开通意味着墨脱将不再因大山阻隔而远离世人的视线,可时隔整整三年,这里的官兵们才盼来了网络信号。一直以为 95°E 和 120°E 的时差是 1.6 个小时,而事实上的时差不止几个小时那么简单。

西藏把它唯美的一面留给了向往它的世人,却狠心地把绵延无尽的孤寂和地荆天棘留给了驻藏官兵。

再小的孤独,乘以三百六十五都很庞大。究竟要有怎样的情怀,才能如此意志坚定地驻守?

而如果耐心寻找,你还会发现,在社会如此快速发展的当今,墨脱有一个叫作格林村的小地方,那里竟能够找寻到上世纪那种原始的野力。所有刚来这儿的年轻官兵,仿佛都被下了蛊,很少有人打破三月内被女友分手的魔咒。

因为在格林 2016 年通车以前,搜索信号要爬到最高的一棵树上再支一根杆子。都已经 2016 年了,现代交通文明和通信文明的发达,在这里几乎看不到缩影。

"以前有学员毕业到墨脱,给女朋友写回信,可女孩收到这封信时是来年七月,已经嫁给了别人。"这个故事是团长告诉我们的,他说这不是段子,在这里很正常,没路没信号的故事,就发生在墨脱通公路前的那些年。

3

有人说,在到过墨脱的人面前不要言路。意思是这世上再没有比到墨脱更难走的路了。

桥梁29座、涵洞227道,跨越波斗藏布江、金珠藏布江、西莫河等六条江河,通过隧道穿越嘎隆拉雪山……复杂的地质条件,让这条年轻的公路十分脆弱。

我们沿途偶遇的一位修路工人哭丧着脸对我们说:"我家就在成都,修了四年路,四年没回家了,可是这路年年断,时不时就塌,我感觉我回不去了。"我们真的要感谢中铁十局的修路工人,路边随处可见的一个个帐篷,就是他们为了抢修路段随时枕路而眠的装备。

关于路的挑战和惊险,这里的官兵最有发言权。他们说有一条更让人绝望的巡逻路,他们把它命名为"绝望坡"。但是不亲自经历一下,真的很难相信会有那样的艰难。

之前成为热搜的墨脱蚂蟥被质疑成卖惨宣传,甚至有网友质疑我军的后勤保障。我问老兵怎么看，老兵抬头怔怔地看着我："什么怎么看？有啥好解释的？懂的人自然懂。"

他说话的语气中带着惊讶和怀疑，惊讶的不是个别网友们的不了解，怀疑的也不是大众对他们的评价，他是在用语气质问我——你怎么还会问出这种低级问题？

是的，这些东西他们不太想跟外面的人争论，但当我真正走在他们走过的路上时，感到一阵阵的羞愧。没有经历过墨脱边防巡逻的人，没有发言权。我们似乎太缺乏感知他人之苦的能力，以至于说出"何不食肉糜"这样傲慢的话。

蚂蟥甚至能够顺着战靴牛皮的纹路往里面钻，夏天时经过蚂蟥出没路段，有的官兵帽子上最多能掉将近一百条蚂蟥。有网友说可以穿长筒袜、包保鲜膜。

但是，对比海拔跌宕起伏500至5000米、需翻越4700米的多雄拉雪山、穿越植被茂盛的原始森林、跨越四十多条激流飞瀑、攀爬二十多处的悬崖绝壁的巡逻路，于战士们来说，比起减少负重、行动便捷自如，蚂蟥还重要吗？

没有经过这样的巡逻，不会知道有很多比蚂蟥更值得在意的东西，不会知道带着细沙的雅江水或冰雪积水做出来的大锅饭也挺香的，也不会知道头顶遮一层塑料薄膜就着树叶铺睡袋其实也能睡得挺香的。

4

在这里,九七年、九八年出生的小伙子已经被称为"老墨脱"了,但他们也只是刚刚成年,在父母眼里还是孩子。

前段时间,国防部发布了一个视频,里面有一句话:"青春不只眼前的潇洒,也有家国与边关。"我想他们应该就是绝对的主角吧。

一腔孤勇,远赴边关。从此,"家国"这个词催化着他们的成长。这个世界上有许多事他们不喜欢做,但又坚持去做,或许这就是责任的全部意义。

排长说营里有一个老兵,被称为"隐形富豪",家里面有很大的产业,但在这儿戍守了十几年,明明生而有翼,却甘愿低姿匍匐。

"有些很苦的日子其实一点都不难,因为我们知道它会变好。"班长说道,"我们中的大多数并没有觉得自己委屈,因为我们做的事情真的很重要,很有意义。"

也有人说他们工资待遇高,反正都是为了挣钱,不能总是拔高他们。但如果真的来一次这里,会为这句话羞愧,你会觉得给他们多高的工资和待遇都不过分。在我们生活的这片土地上真有那种"躺着都是奉献"的地方。

在这个戍边营里,先后有二十九名军人牺牲。他们当中大部分是倒在巡逻途上。张洪万翻雪山突遇雪崩,姚琳被巨浪卷走,焦沽银被毒蛇咬伤死亡,饶平为救战友被泥石流吞没,梁昆炜在巡逻途中被滚石砸中头部……这些名字和背后的故事让我们悲伤,唯有敬意与羞愧。

既然这里是深山老林的无人区,那还要巡逻吗?当然要!

巡逻不是为了告诉外面的人西藏边防有多苦,也不是秀官兵们的野外生存能力,而是要告诉所有人,即使这里荒无人烟,但这里叫中国。

营里有一座烈士陵园,所有的墓碑,都坚定地朝着岗巴拉巡逻线、中印边境的方向,他们的英魂如丰碑一样驻守着国门。

5

返程时一位参加过阅兵的藏族干部送了我们一程,我说:"措哥,你本来可以成为一个帅气的偶像派。"

他一边开车一边侧过头看我说:"为什么?保家卫国不是更光荣吗?部队里有很多人都是想在战争中实现自己价值的,是骡子是马拉出来遛遛就知道了,是好汉是懦夫试试也知道了!"

军分区的副参谋长对我说:"不要总说墨脱苦,多说说林芝地区的美呀。说说我们的官兵,他们也是很帅气很前卫的,说说我们的生活,也是有很多乐趣的。"

团里的政治工作处主任说:"不把领土守小了,不把领土守丢了。"

同样的话,我在与墨脱年轻的藏族排长巴桑聊天时也听到过。站在这片土地上,"祖国"二字比任何地方都沉重。

在他们戍边期间,边境没有丢失一寸国土,边境没有燃起过一丝战火,没有一个百姓因为身处边境而受到欺辱。

他们很少出现在我们的视野里,却在许多人迹罕至的地方留下了足迹、汗水和鲜血。因为驻守西藏,从此,他们的生命也有了高于常人的海拔。

我们走的第二天,听说又有一批官兵要进山巡逻了,那是一条我没有走过的路线,是我不知道的地方。对别人的祝福是前程似锦,对墨脱戍边营官兵们的祝福,是一路平安。

临别时,我嘱托朋友注意安全,朋友回了句"放心,老江湖了"。没错,江湖路远,但那是我们无法抵达的江湖,是他们生命守护的故乡。

唯有祝福他们,愿更多的人关心他们,至少知道他们的存在。

昆仑山好荒凉，三十里营房是好地方

张丹

五年前的这个时候，我从西安通信学院毕业，分到了新疆军区某边防团，成了一名边防军人。那时候，一起下来的新学员中有一个跟我很有缘分，生日比我晚两天，年龄比我小两岁，国防科技大学毕业。他叫张斌，我叫张丹。那时候，大家就开玩笑，我们两个，一个文武双全，一个赤子丹心，我俩做搭档，没有打不赢的仗。真没想到，在后来，我们不仅真成了搭档，还结下了生死与共的友谊。

1

岗前培训时，我是他的班长，每天晚上，我们都聊到很晚。他和我一样，是志愿建功边疆的热血青年。那时候，昆仑山就好像戴了一层神秘面纱，我们只能从文字和影像里知道，这里是风的世界，雪的天堂。

我问张斌："你怕不怕上昆仑？好多兄弟可不敢去啊！"

他跟我说："不怕吃苦，只怕白活，我要上昆仑，一起上去吧！"

这时候,一个三期老班长过来了,唱起了"昆仑山好荒凉,三十里营房是好地方。好地方,好风光,好就好在有姑娘"。声音苍凉浑厚,好像把我们带到了那荒芜的境地。

班长最后说了句"年轻人,昆仑山什么样,还得你们自己去体会",然后就走了。我们再也没见到过那个班长,昆仑山对我们来说更添了几分奇幻色彩,我们对它更加敬畏。

此后,我和张斌晚上总是到训练场加练,强健体魄,为上高原打基础。

培训后,我们两个都分到阿里地区的某个边防连,我是排长,张斌是翻译。那时候,连队的人文气息不够,他找到我,要在连队开设讲座,他负责外语、战略知识等部分,我负责军事、政治、历史等部分。我们把课堂搬到了雪山下湖水边,不得不承认,张斌的课真的很精彩,每节课都是满堂彩。我甘拜下风,认他当了老师。很快,连队的人文气氛就活跃起来了,我们两个所在的前哨排更是在年底评上了集体三等功。

2

还记得去年年底,那个雪夜,我们走在巡逻路上,凛冽的寒风把玻璃碴一样的雪粒吹起来,砸在我们的脸上,像刀割一样痛,我里里外外穿了七八件衣服,却像赤身掉进冰窟窿一样。

我带领着队伍,不断提醒大家把腿抬高,大甩胳膊,增加热量。说话的时候就像嘴里塞了一团棉花,听着大家吭哧吭哧的声音,就像年迈的老牛一样。我和张斌并排走着,头昏得难受就往他肩上靠一靠。

"斌哥,你累不累?还有劲儿就给大家唱支歌吧!"我想鼓舞下士气。

"好,我唱!"他清了清嗓子,"十五的月亮,照在家乡照在边关……"声音荡在远方的高山,再折射回来,那么辽阔,那么凄凉。我鼻头一酸。

歌声未落,队伍里传来哽咽的声音:"谁让你唱这个了!"

我低声吼着:"来点振奋的!"

"我背首诗吧!"他喘着粗气,不按照断句标准尽量大声朗诵着:"迎着飞雪,紧握钢枪,我们挺在千里边防线上,冰山当作障碍跳,狂风呼啸我乘凉,毛主席派我守边防,千难万险无阻挡。"

这时,雪突然停下来了,嘹亮的声音在群峰中回荡,这一支高原劲旅犹如海燕在白茫茫的雪海展翅飞翔……

到了目的地,已经过了五个来小时,我们的水都冻成冰坨了。这时,张斌从衣服里面掏出一瓶矿泉水,大家都目瞪口呆,我不禁夸了一句:"国防科大毕业生就是机智!"

他把水扔给我,还有他的体温。我传给了兄弟们。他们从排头传到了排尾,只剩下一瓶底的水了,那个孩子看着少得可怜的水,又看了看两名干部,犹豫不决,不知所措。

"喝完!"没想到我俩异口同声地喊出这两个字,默契地相视而笑。

接着,他偷偷躲到大家视线注意不到的地方,我跟了上去。他捧起一把雪就灌进了肚子里,回头看到我震惊的样子,又捧了一些给我吃。雪从喉咙咽进去就像干吃一把辣椒面那么难受,但是过了会儿,又是那么滋润,那么甘甜。他眉毛上的白霜点燃了他如炬的目光。

3

经历了那次风雪交加的考验后,没几天,张斌就病倒了,高烧四十摄氏度,一直昏迷着。虽然医生说没啥事,再观察观察,但是我内心百感交集,不自觉地把张斌的意识昏迷和死亡联系在一起,因为阿里高原带走了太多太多年轻鲜活的生命。

张斌安安静静地躺在床上,听着他不太均匀的呼吸,我想起了我们两个总是一起比黑、比丑的情景。我总说他的脸比炭还黑,每次视频会议的时候五官都看不到了。他以我的脸上到处都是褶子形成了哈密瓜的纹路反驳我。我此时再一次认真地看了看他的脸,又对着窗户看了看自己,这哪是二十多岁的人应该有的一张脸,那就是一张老脸,写着坚定,写着刚毅,写着忠诚。

我看到他嘴角微微地动了动,我赶忙跟他说:"斌子,你喝口水吧!""你饿不饿?""你手机有好多未接来电了!""兄弟,你喊我一声丹哥好不好?"然而,他始终沉默,依旧紧闭双眼。几个小兄弟每天在他身边守护着他，寸步不离，经常顾不上吃饭。其中一个他最疼爱的战士忍不住抱住了他，流下了眼泪。我也一样。

第二天，他开始左右乱动了，他把被子踢到一边，看到他露在被子外的脚，我的瞳孔放大了。密密麻麻的冻疮，三个脚趾的指甲盖都掉了，只剩下了鲜红的血丝。我看不下去了，眼泪唰唰地流下来。

那天下午，他突然醒来了，揉了揉自己的脑袋，我喜出望外，情不自禁地吐了句脏话："你他妈的，吓死老子了……"他傻傻地看着我，语出惊人地说："把考学的书拿来，几道题还没给他们讲完……"在这里，我骂得最多的是他，能让我落泪的也是他，给我无尽的精神力量的还是他。

高原苦，风雪无情，可是，我们真的在这里扎根了。

在科学家判定的不适宜人类居住的地方，却孕育出了如此真人真语真性情。我们的友谊也永远镌刻在了高原的山岳上，像这里的冰雪和星空一样，纯粹而广阔。

多年后，不论我在哪里，我依然能记起来，我们两个在飞沙走石天昏地暗的风季里，在看不见尽头的干冷的冬天里，在雪粒敲打着钢板房顶的深夜里，在大雪忽然飘飞的六月的黄昏里，肩并肩，大步向前地走下去。

三

拥抱疼痛的日子

一个黎明正从我的心口往上升

曾经无数的黑夜都值得付出真心

  ——余秀华《我们爱过，又忘记》

沉默的大多数,是那些士兵

守一

1

我报名参军那天,同学小许跳进池塘淹死了。准确地说,他是被十几个提着砍刀的年轻人撵下去的———一名成天厮混的技校生,在一场群殴中终结人生,在故乡那座小镇并不罕见。

当天下午,母亲就拖着我到了武装部。

那是2001年。当年全中国有六百多万下岗职工,作为他们的子女,参军是逃离工厂的最好选择之一。

来自底层,是那个年代士兵们的普遍标签。

我在火车上遇见一个战友,他一脸仰慕地望着我说:你是职高(技校)生啊,真厉害!

失意的打工青年、下岗职工子女、难以管教的纨绔子弟以及未成年的小家伙……在海军的某座新兵连里相遇——我们集合于军旗下。

这样的士兵注定是沉默、隐忍的一代,如果没有当兵,他们中的大多数都会被时代的洪流冲得不见踪影。当然，也包括我自己。

2

阿亮是我在部队的第一个朋友，山西人。这个长得人高马大的家伙，经常会拉起衣服让我看他肚子上的伤疤，那是他酗酒的父亲留下的。新兵连第一次五公里测试时，阿亮跑了第一名。

当天晚上，他守着服务社五块钱一分钟的座机，哭着给父亲打了二十分钟电话，来来回回其实就一句话：爸，今天领导表扬我了。

这大概就是所谓的存在感吧。

我的存在感隐藏在一间两平方米大的仓库里。那是入伍九个月之后，我被分到一艘岛礁补给舰上的公务班（全班只有我一个人）。那也许是军舰上最无足轻重的岗位了，每天的工作只是一天三次打扫餐厅卫生。

幸好我有那间在水线以下的放清洁用品的仓库，它狭小而隐蔽，常年被老鼠、蟑螂和跳蚤占据着。

我把它变成了自己的书房。

别误会，我不是想考军校，我只是无聊，想躲在无人处看些闲书、电影或者做些剪报。世界那么辽阔，总算有一个角落属于我。

3

整整八年，我喂养着仓库的跳蚤，而仓库喂养着我的青春，顺带着把我培养成了一名军事记者。

有一天，舰上一位老班长来找我，他站在我办公室外迟迟不敢进来，我站起身来迎接，他才抓着门框上的木头支支吾吾地说："记者，我明天退伍了，你那篇写我的报纸能找一份给我吗？"

老班长是南沙最优秀的小艇操舵手，是当年我们那些新兵心中的"大神"，而那一刻，他却像个孩子般谦卑地靠在门边，想要收藏在我看来无足轻重的"豆腐块"。

那份报纸也许就是他的"存在感"，是他在部队留下的"声音"吧。

这让我想起了阿亮，想起了他那一句"爸，今天领导表扬我了"。

4

那个时代的中国军队也和她的士兵一样，在孤独与失落中试图发出自己的"声音"。

那个时代的南海舰队驱逐舰部队只有一艘深圳舰堪称现代化的战舰，剩下一水的051型驱逐舰，背着笨重的"大圆筒"导弹架巡航南海。拥挤的舰体上，水兵们蹲在甲板上用餐，偶尔仰头就能看见外军的侦察机从头顶飞过。

我们都曾是沉默自卑的一代啊！

2016年4月，我作为随舰记者和中国海军最新型的导弹护卫舰出岛链训练，一路上都有外军的舰机跟踪，战斗警报此起彼伏。

穿过宗他海峡时，我站在蒙古族操舵女兵希林塔娜身后，看着二十一岁的大学生士兵面对浩瀚的西太平洋，每一个口令都清脆如铃。我突然想起二十一岁时的自己，还躲在仓库里无声地忍耐呢。

多庆幸我们熬过了漫长的沉默的岁月，见证这星辰大海的远方。

请把我的名字，写在你的飞行服上

珩君

这是一个特殊的群体，他们也曾驾机翱翔，飞行是他们的梦想，但他们却空中折翼，人生不得不从此转航。

1

那是五月份巴蜀大地典型的气候，能见度较差，云层很厚，雨有一滴没一滴地下着，天气不好，如同我的心情。耳朵里朦朦胧胧地听着气象员报天气，还有大队长下达的开飞前指示。今天是检飞的最后一天，结果意味着什么，我了然于心。

"930，不要紧张，跟谁飞都一样，把心态放平……"师父的话还在耳畔。

我喜欢这架机，它的代号和我的代号一样，我跑步到它面前，标标准准敬了一个军礼，放好图囊，然后上机，关、戴、调、系、查、开、松，一气呵成。

"930 请求起飞！"

"930可以起飞！"

"930明白！"

"930起落架放好着陆！"

"930可以着陆，目测跑道！"

"930明白，跑道！"

"930，还有×分钟，你可以再飞一个起落！"

"930明白。"

"明白"两个字还未完全说出口，我早已满含泪水，我知道这也许是我人生中的最后一个起落，这×分钟也许是在飞机上的最后×分钟。

在这短短几分钟里，我想着第一次登机时的欣喜和激动，想着自己三年来奋斗的汗水，都一一化作脸上的两道泪痕。庄重的推杆、压杆、判断航线宽窄、修正，尽自己最大努力做好最后一次飞行，为了师父，也为了我自己，更为了自己追逐了三年的青春。

2

你知道吗，在部队里有一种经历叫停飞，有一种身份叫停飞学员。

曾经热播的《真正男子汉第二季》讲述了飞行员是怎么炼成的。外面的人看热闹，可我不敢看，我怕我一看就勾起回忆，我怕看到我深爱的蓝天而痛苦得不能自拔。

可停飞学员的忧伤有谁懂？

也许是两年前、三年前抑或四年前，一群带着美好的心愿、怀着报国热情的热血青年来到北国春城，来到南湖之畔，迈开自己飞天征程第一步。

经过两个多月的强化训练，我们不知不觉中爱上了"三千四百单双杠，旋梯固滚小五项"的单调，经过接下来的基础理论知识学习、跳伞训练、心理训练、意志品质训练、抗荷训练、游泳训练、野外综合训练及生存训练，羽翼渐丰。

两年的时间转瞬即逝，转校如约而至，带着母校的嘱托和关爱，奔赴离梦想更近的地方。无论在南疆故土还是在北国雪原，无论在首都锤炼还是在西安淬火，我们只为了完成从飞行学员到飞行员的蜕变，为了飞天的梦想拼搏着。

3

在那一个多月，大家精神都高度紧张，不敢有丝毫的懈怠，深夜还有同学拿着仪表板在阳台演练。学得慢飞得差就要被淘汰，我们都心知肚明，都在暗暗和自己较劲，一遍又一遍地背记程序、背记数据、背记特情，一遍又一遍地地面模拟演练，下机后马上总结反思、记下师父在飞机上说的话，接着讲评……连洗澡的时间都挤不出来。

虽历经艰辛，但总有人要离开蓝天的怀抱，挥手告别雄鹰的行列。他们都说停飞了就解脱了，我没有多少解脱的感觉，有的是太多不舍，舍不得那身蓝色的飞行服，舍不得那个从未获得的光荣称号，舍不得师兄弟情谊，舍不得梦想的航线从此转航，无法再赴蓝天之约。

短暂的飞行生涯结束了……

师父告诉我结果的时候，我很淡然，轻轻"哦"了一声，仿佛早已想到有这么一天，平静地跟教员和师兄弟们告别，收拾行李搬离飞行大队。师父怕我想不开，跟几个教员一起开导我，我若有所思地点着头，没想到这一天来得这么快，虽然之前模拟过好几次停飞后的种种情形，但毕竟模拟跟现实不一样。

在师父和战友们面前，我脸上淡淡地微笑着，说"没事，没事……"，不知道是安慰他们还是安慰我自己。我怕我的情绪会影响到他们，也怕他们为我担心，但当我师兄把我的行李放好跟我告别的时候，我再也忍不住了，抱着师兄边哭边说："你在飞就是我在飞，一定好好学，不仅为你自己，你还承载着我的飞行梦想……"

4

没有经历过，你体会不到梦想破碎的无助，体会不到那犹如被生母抛弃的绝望，体会不到从空中到地面何去何从的茫然。都说飞行的路太窄了,飞行的圈子太小了,停飞后选择的路多了,却也变得不知道何去何从。好比飞行的时候走的路两边都是围墙,只能心无旁骛地往前走,一心想着飞行;停飞后两边的墙倒了,路是多了,却不知道哪一条属于自己,该走哪条。其实,我们从不夸大也从不渲染停飞的苦痛,只愿把它久久地埋在心底——我曾经来过。

我不愿意说我们是被淘汰者,也不愿意说我们是失败者。停飞了,我们依然是好样的,看着之前停飞的先辈们在自己平凡的岗位上干出了不凡的事情,仿佛看到了新的希望。

"谁先调整出来,谁就能赢得先机,谁就离成功更近一步……"在领导们一次又一次的谈心中,在身边人的鼓励下,我认为,必须做出改变,不能让爱我的人担心,我必须尽快转变身份,进入新的角色。我坚信,虽然经历短暂的低谷,但终会迎来另一个巅峰。只要还穿着这身军装,只要还有一颗红心,我又有什么放不下的呢?

5

我渐渐懂得了,我们首先是军人,其次才是飞行学员、停飞学员或飞行员,不管飞与不飞,我们永远是雄鹰,我们永远都有高傲的鹰的魂,哪怕翅膀断了,我们依然能飞翔。我们努力过,我们飞翔过,而且我心依然飞翔着,"停飞不停志""停飞也是再次起飞"是要我们用行动来证明的。

师兄弟们,听说你们单飞了,飞夜航、飞航行了,又增知识、长本领了,真替你们感到开心。你们看,我们也学到了很多新技能,结识了很多新朋友,每天也过得很充实。

当你们起飞的时候,请把我们的名字写在你们的飞行服上吧,让我们和你们一起展翅翱翔。我们默默祝福着你们,静静地看着你们起飞,等候你们平安落地。

海军飞行员亲述：我们为什么会掉飞机

龙哥

1

"尾后六点钟，猎杀愉快！"

冲我说这话的是飞行员L，他边说边潇洒地打了个响指，算是完成了对我这个"菜鸟"的"挑衅"。

所谓尾后六点钟，是指我方机首正对敌机尾部方向——这是理论上的"必杀"角度。当然，L最终还是没能得逞，虽然他的歼-11B撵着我的歼-8兜了N多个圈。

那是2013年4月，海军三大舰队精锐飞行员齐聚一堂，进行海军首次自由空战对抗。

我最后一次见到L是在他的葬礼，他和燃烧的战鹰一起陨落在北方的某片旷野。

葬礼上，嫂子拉着我的手说："小龙，你哥的身子都没拼全就火化了……"

在场所有人都哭了。

2

一次我正在进行飞行训练，塔台突然要求立即返航进行安全检查，降落后才听说一架战机在夜间训练中失事，还好飞行员成功跳伞。

离地三尺险。经历过见证过这些事故，我不能说自己内心没有一丝忧虑。

可是谁也不能为了安全而放弃对战斗力的追求。战斗机飞行员是为赢得战斗而生，安全并非首要考虑，甚至经常要冒险去突破战斗力极值。特别是海军航空兵广泛开展自由空战以来，高度差取消，带来巨大训练效益的同时，也给飞行安全带来了更严峻的考验。

你可以想象一下，当空中格斗不再有至少500米的高度间隔，时速超900公里每小时的战机，仅有以机身为圆心直径300米的"安全球体"范围不准对手侵犯……

而很多时候，杀红了眼的飞行员甚至会忘记"安全球体"的存在。

在两分多钟的空战中，规则要求战机被对方锁定之后，至少要飞出五个G以上的载荷（即承受身体五倍的重量）才能判定摆脱。这迫使飞行员不断地飞出极限数据，也增加了飞行员产生错觉的概率，甚至会引发灰视或黑视，这是最危险的时刻！

我曾在塔台用耳机听过自由空战中飞行员粗重的喘息，那就像溺水者的呼吸般剧烈，是抵死相搏训练的证明。

3

海军飞行员姜涛牺牲的周年纪念要到了，他是我的同学。

现在我还记得他在寝室里唱《保卫钓鱼岛》的模样，那是个多么开朗阳光的家伙啊！一架冒着黑烟的战机把他和学员鲁鹏飞一起带走了。

经历了那么多生死，如果你问我还会飞吗，我只想说，战斗机飞行员最害怕的不是训练场上的坠落，而是在战场上坠落于敌人的机翼下。

我的战友们刚在两天前驾驶着战机，驱离了抵近永暑礁12海里的美国军舰威廉·劳伦斯号。

请相信从最残酷的空中格斗中走出的海军战斗机飞行员。

我不知道下一次事故潜伏于何方，我只知道每次上飞机前，都会想起L的那句"尾后六点钟，猎杀愉快"！

我不在乎他人如何评价我们的飞行或陨落，我只想成为敌人"尾后六点钟"的死神。

永不退缩，永远飞翔。

八一，不是一个节日

孙礼

建军节那天，我在朋友圈里看到一位朋友发了这条祝福："祝所有军人节日快乐，所有军嫂幸福安康。"紧跟着的第一条评论是："和平年代，当兵真爽。"

国土辽阔，人心纷杂。庞大的体量和人口赋予这支军队复杂的观感，就如同养育它的祖国一样。一千个人心里，就有一千个军队的模样。

我所认识并认同的这支军队，没有节日。军人枕戈待旦，在边疆哨位，在远洋辽阔，在长空万里，无分昼夜，唯有警惕警醒，何来节日？

在藏区最艰苦的边防前哨，一位老兵曾这样和我说，这里离家万里，却是最能感受到"祖国"二字的地方。每一次报告对方的动态，每一次向对方拉起越界警示的标牌，那一刻，都能真切地感受到——哦，我现在代表的是祖国，我不是一个人在战斗。至于节日和属于节日的那些庆祝和狂欢，远在边疆的他无法享受，他只是沉默守卫。

我认识的另一位班长，当兵前是一个"文艺青年"。他的梦想是写一本自己的书，拍一部自己的电影。后来他来了部队，成了一名普通士官。没有什么惊天动地的业绩，每天出操跑步，端枪瞄准，日子就这么一天天过去。有一天他打电话说，他没有忘记自己的梦想，虽然生活和他想象的不一样，但有一天他脱下这身军装，还能完成自己的梦想。如果有那一天，我会是他作品的忠实读者。

和他们相处久了，你会感受到那些青春在千万座营区里沉默流逝，很多个人的追求和梦想被集体的力量约束起来，他们成了一支军队。

但他们的人生只是被打断，而不是结束。在墨脱边防，我认识了一位年龄超过三十的连职干部，他说："再过两年我就该回家了，回到我阔别很久的家乡，但从当兵到现在十多年，除了当兵，我什么都不会。"那一刻我感受到的是铺天盖地的命运感。他们终将离开，这是大部分中国军人要面对的命运，两百余万中国军人中的大多数，他们在军营里度过人生中最美好的青春时光后，都将离开这里，重新回到广阔的社会生活里去。

那时，他们将重新开始一个普通人的人生。军旅生涯留给他们的是对社会的陌生感，还有藏在记忆里的关于这段军旅生涯的骄傲和遗憾。

今天我更想告诉你另一个故事，是一个十年只回了一次家的故事，发生在铁路还未提速的年代。

主人公是老罗，不是卖手机那个，也根本不会耍贫。我认识老罗的时候,他已经在海拔五千米的青藏高原腹地干了二十年兽医。

老罗照料着骑兵连的一百多匹军马,不过在过去的这些年里,不仅军马的事归他,牧民的马生病了也找他,妻儿老小生病了找他,甚至女人生孩子也找他。你们别笑,在他所属的地方,看似缺少幽默细胞的老罗是最不可或缺的人之一。

老罗要回家前,兴奋得像个孩子。他揣好了假条,从营门旁的哨兵身边走过时,他觉得哨兵的脸上似乎都在羡慕地笑着。老罗搭上了去果洛县的车,因为只有那里才有去往省城的班车。那时,果洛一周有三趟往返西宁的长途汽车,老罗在果洛等了一天,坐上了车,在高原国道上又颠簸了两天一夜,来到了省城西宁。

那时铁路上跑的还是绿皮火车,也没有网络售票一说。老罗在西宁火车站排了三天队,终于买到了一张前往郑州的火车票。但几天的铁路颠簸还不足以让老罗到家。他要在郑州继续排队买火车票,去山东老家的县城。最后老罗坐上突突突的三轮机动车,终于到了老家的村口。

十年没有回家的游子,现在回到了家。他的父亲早早地就等在了那里,他和老罗说的第一句话是:"儿子,你们部队来电报了,让你赶紧回去。"

这时老罗已经是一个十年军龄的老兵。老兵老罗跟着父亲一路回家,进了家门,看见满桌比过年、办酒还要丰盛的饭菜和坐在一旁落泪的母亲。老罗连头都不敢抬,他甚至不敢正眼看一眼十年未见的爹娘。因为再多看一眼，他就要流下泪来。

直到吃完饭，他依然不敢说话，不敢回头，又踏上了返程的道路。他将再一次经历前面的旅程——老罗要在那个铁路还没有提速的年代再一次几乎横穿他祖国的土地，和生养他的故乡和父母再次后会无期。

虽然现在已经过去多年，我始终记得老罗回家的那条路。

又想起开头的那句评论，"和平年代，当兵真爽"，如果他真的以军人的身份在高原、边防、海岛体会过，他会感到羞愧。对于军人来说并不存在"和平年代"，只有枕戈待旦，警醒警惕。

在这个充满廉价祝福的日子里，我不愿意送出另一个无意义的祝福。因为我知道这些祝福不一定会实现，军营里最普通的士兵和干部，只有"奉献"二字是最真实贴切的。他们过去如此，在每一个八一都是如此。

在我心里，八一不是一个节日，它是一个沉甸甸的纪念日。我会想起那些青春的面孔，他们将青春留在了这里，在这个日子里，我们能做的，只是记住这无数段青春。

十年后，我终于"逃离"了汶川

口述·李营长　整理·武夫

汶川地震十周年祭的前夕，朋友给我发了一篇文章，讲的是在汶川救援中牺牲的飞行员李月的家人后来的情况。

看完后，我点了根烟，又想起了十年前废墟下的那个小姑娘。

转眼间，汶川地震十年了。

十年来，我一直试图遗忘，一直试图回避，一直不忍回想。

十年如梦，今朝方醒。

1

2008年5月12日，离我和未婚妻约定领证的日子还有两天。为此，她提前来到了我所在的驻地。

然而，地震了。

我疯了似的想要请假出去找她，但是此时此刻，部队封假了。全员战备，准备救灾。电话无法拨通，短信未能送达，经过了漫长慌乱的等待，她惊慌失措地来到了营区找我。

我把她安排在部队招待所，随即跟随部队前往重灾区救灾。

走的时候，她一直哭着问我："地震了，你要去哪里？我怎么办？"

我说："我也不知道要去哪里，要去救灾，你等我。"

她说："一定要注意安全，我等你回来结婚。"

2

没有路，没有情报。只有不断的余震，只有废墟，只有落石……

当时只知道震中汶川，上级让我们往汶川方向挺进。

作为特勤班长，我被安排在侦察组，负责开路、探路。道路中断，车辆废弃在路旁，许多地方只能靠爬。不分白天和黑夜，一路急行军。沿路是被巨石砸中的车辆。我们不知道下一次余震何时到来，我们不知道下一颗巨石何时滚落，我们不知道那些看似坚固的通道是否会在下一秒坍塌。

近距离接触了突如其来的生死，仿佛自己的生命在此刻也已经不再重要。穿过一片峡谷前，领导让我们停下来，写遗书。

这是我这辈子第一次写遗书，突然意识到，这一步，迈下去有多重。

3

徒步两天两夜，到达震中附近。

越往里走，越凄凉。

震中的同胞，目光呆滞，惊恐，无助，绝望。我们早已分发完随身携带的单兵干粮，双脚起泡，嘴唇也已干裂。无数次，我们想停下来就地救灾，可我们不能停下来，震中情况未知，前方也许更需要我们。

哭声、喊声、鲜血、凝固的褐红……

无数祈求的声音，拷问着我们，刺痛着我们。

到达目的地，简单休整后，我被编入搜救组。黄金七十二小时，我们已经浪费了太多时间。

4

"叔叔，救救我。"

在一栋倒塌的居民楼里，一位小女孩被压在墙板里，满脸灰尘，睁着圆圆的眼睛对我说。

"别怕，马上就出来了。"我颤抖着告诉她。

没有大型机器，也不能用大型机器。我跟战友们拼了命地拿手挖，想要把周围的石板抬起来，想要把她救出来。

"千斤顶，他妈的千斤顶在哪里！快点拿过来！"

我们不记得挖了多久，也不记得等医生等了多久，我趴在废墟上，透过一个小孔看着小姑娘，看着她一点一点慢慢闭上了眼。

当我们把她救出来的时候,她已经走了。

大哭,痛哭,我从未感觉到如此无力。

"叔叔,救救我。"

这五个字,伴随了我十年。

5

我不记得我们挖了多少人出来了。

有幸存者,更多的,是遇难者。人的生命,在大自然面前真的很渺小。

一周之后,大规模的救援停止了。空气中弥漫着的不再是尘土的味道,而是一种令人不适的腐烂味。

路通了,大型机械进来了。挖掘机、转孔机……清理废墟。打通墙体,噗嗤一声,血水冒出来……

我们负责搬运、掩埋尸体。

什么都不想吃,什么都不想喝,呕吐,吐无可吐。

首长下达命令:必须撤下休整,必须吃饭,这是命令!

6

再后来,我们第一批救援部队被安排到物资分发中心,负责给灾民发放物资。

有一天，一位老奶奶领取了物资后给我说："小娃娃，你看到我孙子孙女没有啊，我找不到他们了。他们的爸爸妈妈出去打工，把小孩交给我，我个老婆婆把他们弄丢了，哪个交代哦……"

老奶奶的孙子孙女失踪了，老奶奶受不了刺激，疯掉了。

每天她都来问我，让我帮忙找找她的孙子、孙女。

我想到了那个对我说"叔叔，救救我"的小女孩。

我想哭，可我已经没有眼泪了。

7

一个多月后，我们撤下来了，未婚妻在营区等我。

我以为，一切都回归正轨，一切都结束了。

并没有。

返营后，我申请了休假，在床上睡了整整一周。未婚妻什么都没问我，只是每天帮我把饭放进来，然后把门带上。

她怕我缺乏营养，有一天好心给我煮了一份红烧肉，我看到直接就吐了。

汶川之后，我再也不吃肉。

后来，我跟未婚妻提出分手，我觉得自己这辈子完了。每晚闭眼就是"救救我"，而我什么都做不了。

再后来，部队安排我去疗养，安排心理医生给我们做诊断、做疏导。

感谢我的妻子，对我不离不弃，在我想分手的时候，依然坚持。

8

后来，我被评了二等功，抗震救灾模范。

再后来，我提干了。

这些年，我从不向人提起救灾的那些经历，我拼命工作、训练，我觉得那些经历并不光荣。那是悲痛，那是无助，那是梦魇。

军人的光荣不应该建立在同胞的悲痛之上。

十年了，我因汶川写了遗书，我也因汶川受了伤，我还因汶川做了无数噩梦，我同样因汶川立了功、提了干。

十年来，我分分秒秒都在努力：训练标兵、大区比武第三名、集体二等功。我唯一想做的，就是"逃离"汶川。

9

十年后，我终于有了自己的女儿。

我在手机里，看着她牙牙学语，又想到了那个小女孩。

我突然释怀了。逝者已逝，活着的人要好好活下去。

小姑娘，对不起，叔叔真的尽力了。

小姑娘，别害怕，天堂没有痛苦了。

汶川十年，如梦方醒。

我一直想回避，一直想摆脱，最终发现，它其实早已成为我生命的一部分。

无法逃避，无须逃避。

10

如果说，汶川地震是一场国难，那么十年前的我，与14.6万名战友和百万同胞一起，赴了国难。

我们，做了应该做的事。

汶川之后，直面生死；汶川之后，热爱生活。

我的战友，牺牲在遥远的非洲

李苏鸣

军械处原处长逢勃转业离队前来到我的办公室，小心翼翼地掏出两枚铜光闪闪的弹壳。

逢勃说："这是境外警卫小组赴索马里前，张楠试射高精度狙击步枪时留下的。我就要离开部队了，知道您一直牵挂着这个好兵，这两枚弹壳送给您做个纪念吧。"

这是国产 CS/LR4 型高精度狙击步枪专用的 7.62×51 毫米铜壳全铅芯狙击弹的弹壳。接过弹壳，清脆的叮当声里似乎延宕着渐行渐远的旋律：

"如果祖国需要，我就是一颗上膛的子弹……"

这是张楠出征前留下的铿锵话语。我和逢勃沉默良久，泪眼婆娑。

当年，为全力保障境外警卫任务，总队决定把仅有的一支高精狙调整给驻索马里大使馆警卫小组使用。特等狙击手张楠自然成了这支高精狙的新主人。

张楠爱枪，他曾踌躇满志地在日记中写道："那支高精狙一定是属于我的！"在这位狙击手心目中，狙击步枪是他的第二生命，拥有这支狙击步枪也是他对远赴天堂的姐姐的承诺。

入选境外警卫小组之前，张楠的姐姐张婧被病魔夺去了年轻的生命。张婧弥留之际，张楠向她许诺，一定要考上境外警卫小组，一定要拥有那支高精狙。姐姐欣慰地笑了，安详地走了。

从那天起，张楠便合上日记本，连续数月深埋着痛楚的心，疯狂地搏击在训练场上，用淋漓的汗水掩饰苦涩的泪水。他终于如愿以偿地实现了承诺。在特警学院集训时，张楠多次用姐姐的QQ号给父母发去温馨的问候。爸爸妈妈知道，这是儿子也是女儿的关爱，这是来自人间也是来自天堂的慰藉。

境外警卫小组出征前，我到训练基地为官兵们送行。一同前往的逄勃处长把高精狙送到张楠手中并组织试射。这款狙击步枪使用寿命为3000发，专用弹价格不菲。试枪时，惜枪如命的张楠没舍得多打，只装填和击发了两发子弹。站在一旁的"枪械迷"逄勃，拾起了这两枚弹壳，作为纪念品珍藏。

后来，张楠带着这支枪出征了。

2015年4月14日，张楠在观察、狙击战位上被恐怖分子的流弹击中，血瞬间染红了枪身。但是，仅仅二十八天之后，张楠又重新走上了阵地。不料，当年7月26日，一声震耳欲聋的巨响之后，张楠再一次遇袭，而这次，他没能再回来。

张楠在索马里遭遇恐怖袭击壮烈牺牲后，逄勃便常常取出这两枚弹壳细细端详、静静缅怀。转业前，他读了我写的一篇追思张楠的文章，便决定把这两枚弹壳赠送给我。

此后，这两枚精美的弹壳便一直立在我的办公桌上。它们没有伟岸的身躯，却时常在我的轻轻敲击下叮当作响，有时像清新灵动的士兵小唱，有时如苍凉悠远的边塞羌笛，有时似婉约缠绵的思亲情曲，更多的时候，俨然好兵张楠领唱的一曲雄浑军歌。这两枚会唱歌的弹壳一直激励着我，告诉我什么是好兵，怎么当好兵。

在张楠牺牲的纪念日，我又一次轻轻敲击着两枚弹壳，闭目静思，把那血与火的瞬间拉回思绪。张楠有如砰然出膛的子弹，弹道好似他短暂的青春轨迹。弹头精准地奔往既定目标，义无反顾地冲向生命的尽头。燃尽了最后一粒助推火药的弹壳，无怨无悔地叮当落地。

想念张楠，让子弹再飞一会儿，再飞一会儿……

弹壳叮当，壮歌亦然。

纵然军营是一杯苦酒

魏弢

纵然生活是一杯苦酒，我们也要笑着把它饮下去。这是比我们早一些年代的某位作家说的。现在的人，物质生活虽然不苦，但是精神上的苦闷，却比以往更甚。

此次前往西藏一千多公里的行军，给我印象最深的是在西安火车站那半天。解放大卡在盛夏的热浪中呼呼奔驰了两个多小时才到目的地，大家下车后，放好行李就匆匆往四周觅食去了。

我料到火车站附近买不到什么实在的东西，但又想到灰灰还在车站广场给大家看行李，所以就勉强在附近找了家面馆，买了两份打包的面。火车站的文化大家是知道的，我拎着两碗面，在一片叫卖声和小旅馆的拉客声中匆匆返回到广场上。

尽管我也感到不太自然，但管不了那么多了，折腾了半天，我们又渴又饿。一回到广场我和灰灰就大口吃将开来。火车站的行人如流水一样，他们看着我们，就像看两个穷酸的民工。可是我们没有工夫理会那些闲人，自顾吃着两碗并不好吃的面,还一副很香的样子。

那天实在是热,豆大的汗珠顺着人脸直往下滚,灰灰不时夺过我手里的喷水器朝自己脸上喷几下。很快,一碗面见了底,他从兜里摸出纸给我撕一半,揩去脸上的汗水和嘴角的辣椒油,再喝一口冰水,我们十分满足。

进站很让人气恼。我们每个人有三件行李,每一件都超过了铁道部规定的携带上限,没有专用通道,我们只能带着这么多东西和其他旅客挤。过检、候车、上下站台,每往前挪一步都相当艰难。有的人行李拿不了,只能放在地上用脚踢;有的一次拿不完,来回跑了好几趟才进到站里。这是我所经历的最憋屈的一次乘车,只有短短十几分钟,但每个人都累得像狗一样喘气。

好不容易上了火车,可列车员却告诉我们,车上根本没有地方放我们如此多的行李。眼看火车就要开了,我们把百十号人的东西一股脑全堆在过道、洗漱台和厕所。有的背囊里进了水,有的行李包被拖烂了,被子和衣服上沾满了污垢。可是在这个时候我们无暇顾及,因为满节车厢里都是老百姓的嫌怨,我们干扰了大家正常的乘车秩序,只能连连道歉。

从西安到西宁,从西宁到格尔木,我听了一路的抱怨:关于军人这个职业,关于部队这个体制,关于我们自己的单位。我丝毫不怀疑他们所说,但是我也知道,抱怨解决不了任何问题。何况,抱怨也不是一种可取的态度。青藏铁路沿线这么美的风景,为什么不去欣赏呢?

青年时期到过藏北高原的女作家毕淑敏说:"我对生命悲观,但对生活充满热爱。"我由衷地赞同她这句话。

在西宁等候转车的时候,我请了三个小时的假去了市里最热闹的水井巷。在格尔木基地休整那天,凑巧是8月1日,我找了辆摩托车开到了市区,弥补了两次坐车经过格尔木却始终没能好好领略这个高原城市风貌的缺憾。

现在,我们上到了海拔4300米的山上。这里高寒缺氧,刚上来那两天,大家的头痛得像要炸开似的,好些人被送到急诊帐篷吸氧。山上温差很大,热的时候皮肤都能晒裂,冷的时候穿棉袄都还发抖。这里空气很干,每天洗脸都会看到有人鼻子出血。有时候,遇上特别大的风沙,连5000多米高的雪峰都会被染成黄色。可是,即便如此,生活依然得继续。正如那被污染的雪山,经过一夜降雪,第二天它又恢复纯白。

这样的环境也许算得上苦了吧!可是,我知道有很多人比我更苦。比起在山顶上骑马放牧的藏族孩子,我幸福多了;比起在班公湖哨所守防的斌子,我幸福多了。在我们营地前20米,是青藏公路,再往前400米,是青藏铁路,在我的身后,有无限延伸的高压线塔,这些都是让人肃然起敬的工程。跟当年建造这些伟大工程的工人相比,我幸福多了。

晚上,月亮升起来了。高原的月亮看上去是扁的,但是却格外地亮。

我静静地趴在床铺上，希望能听到一两声狼嚎，然而除了雪山下车轮撞击铁轨的轰隆声，别的什么也没有。我一时半会儿睡不着，不由得想起了大二的那个暑假。

对于高原，我有一种深沉的热爱。2012年，我去西藏旅行，领略了大美无言的雪域风光。我爱那荒凉的山，爱那瑰丽的湖，爱那清冽的雪水，甚至爱飞舞的沙尘。这次，我终于能在这里暂住几个月，和大自然亲密无间地拥抱，感谢机缘！

最后，我想缀上一首胡诌的小诗作为结尾：

> 这里的牛羊特别地肥，
>
> 这里的雪山特别地美，
>
> 这里的风沙吹得人张不开嘴。
>
> 有一群可爱的人，
>
> 他们把家搬到这里。
>
> 他们的西瓜特别地甜，
>
> 他们的笑容特别地真。
>
> 纵然生活是一杯苦酒，
>
> 但我们笑着喝下了它。

军营这座城

邵风

2015年8月,我当兵的第八年,还有四个月就要离队了,我站在军营这座城的城墙上徘徊。

自从两年前开始夏季征兵以后,之后的退伍每年要分两批,八月底一批,十一月底一批。那我肯定是第二批了,我们将在冬天离开,正如我们是在冬天来的。从第一个冬天到最后一个冬天,我将完整地为部队服役三十二个季节。

我总在想,军营是座城。记得当二年兵的时候,我曾花半年的时间,断断续续地读完了钱锺书的小说《围城》。我跟我的战友说,军营真像一个围城啊。战友说:"围城是啥玩意儿啊?谁围谁啊?"我说:"就是军营把我们围起来了,外面的人想进来,里面的人想出去。"战友貌似明白了,似乎也没明白,他依然和我一样每天该干吗干吗。

而我面对这样一座城,陷入了沉思。回想起自己当兵这八年,大概就是一个"进城—想出城—特别想出城—城里挺好—不想出城"的过程。

第一年,列兵

我是一个来自山东小城市的兵,高中毕业,一心想考军校,成绩不好没办法,连分最低的军校都没考上。怎么办?进入了人生低谷!晃荡了几个月决定去当兵。

当时就是想去部队,那是2007年,《士兵突击》已经在大江南北火了一年了。我最喜欢的角色是吴哲,想当那种高学历高技术的特种兵。我决定曲线救国,到部队再去考军校。于是,我当兵到了黑龙江,冰天雪地的,张口就是冰碴子。我就这样进了城,开始了痛苦的一年。

第二年,上等兵

进城之后不适应,东北太冷了,我大病一场,打一个星期吊瓶都好不了,没有办法,受着。忍着忍着就觉得忍过去了,打通任督二脉也就如此吧。之后就再也没有生过病,真心喜欢上了那个地方,训练也越来越不感觉累了。

第二年终于有了考军校的机会,我把这当成救命稻草,感觉自己这辈子还是不甘心只当一个兵,于是拼命地复习,每天少睡两个小时,连长、指导员也很够意思,很支持我考学。结果那年名额少,自己考得也不行。名落孙山,梦想破灭。想走,又不舍得。据说士官还能再考一次。

第三年，下士第一年

经过长时间的挣扎，我终于决定转士官，拿的钱终于从所谓的津贴变成了工资，每月可以攒下那么一点了。有一次给爸妈寄回去两千块钱，半夜竟然哭得稀里哗啦，感觉自己真是不孝顺。这年又考军校，我再一次名落孙山。

想到爸妈年事渐高，自己也逐渐到了成家立业的年龄，整天在部队平平淡淡也没什么前途，突然想回去。可是既然转了士官，就得干满这三年啊。那时候真是焦虑，想回又没办法，在部队里又找不到什么希望。终于有了一次休假的机会，回家十天不到就被召回了。跟爸妈说，我想回家。母亲不说话，父亲则让我认真地干完这三年。

第五年，下士第三年

上一年的孤独莫名其妙地消解在忙碌的训练之中，这一年由于我偶尔写的一些小豆腐块文章登了报纸，竟然被团里选为基层通讯员。突然发现我的新生活开始了，我开始写身边的战友，写连队里发生的故事，然后投出去，一年之内竟然发表了十几篇长短不一的文章，不免有些沾沾自喜。

这一年我在营里面当通讯员和文书，有时候给团里上报一些稿子，有时候给营里的战友拍拍照片，换一种角度观察军旅生活，竟然不想走了。于是在退伍前夕，我决定不走了，转了中士。

第六年，中士第一年

这是踏踏实实的一年，认真训练，认真采访，认真写稿子，认真读书，这是最有成就感的一年。因为自己的表现好，年底立了三等功，然后被正式调到团部当报道员。我更加认真地采访，写稿子，因为自己了解基层，了解战士，文笔也说得过去，于是得到了大家的认可。我再也没有考虑过走的事情。这一年工资又高了一个档次，过年给家里寄了五千块钱。

第七年，中士第二年

这一年日子过得好快，一切都像飞一样，不知不觉就过去了。这一年战友给我介绍了一个驻地的女朋友，姑娘很好，我们每星期见一面，两个多小时，看个电影或者吃个饭。我发现那是个可以永远在一起的姑娘，沉浸在爱情之中的我感到幸福的日子不远了。

但是慢慢地，姑娘的家人反对了，他们认为姑娘跟我不合适，姑娘也慢慢疏远我。我伤心了几天，也逐渐释怀了。这一年过得太快，以至于没来得及好好感受爱情，爱情就结束了，这一年也结束了。

这一年，休假回家，我跟爸妈说，自己想结婚了。

第八年，中士第三年

这一年我决定退伍了。服役八年，感觉这一段人生是时候终结了。工作训练一切照旧，只是心比原来平和多了。快到离开的时候了，我发现日子越来越快，回想起这将近八年的生活，简直跟做梦一样。我人生中最好的八年都放在了这里。

年初涨工资，补了好几个月的钱，我又给爸妈寄回去一万块钱。现在开始掰着手指过日子，希望能多留几天。

唉，部队这座城，现在我真不想出去了。

我知道，四个月后我真的要出城了，我也知道，等我出城以后肯定天天都想念这座城。

可命运就是如此，命运把我放在了这座城里。起初我想出来，想得发疯，后来又不想出去了，等我出去之后，又想着回来。这就是部队这座城的魔力。

我知道和我一样的人很多很多，我们有些在城里，有些在城外，还有些正在城墙上不知所措。

对不起,留队了

进击的土豆

中士刘继鹏从指导员房间走出来的时候如释重负。

中午的阳光烤晒着营区,毒辣的阳光让他感到眩晕,他便用手遮挡了一下眼睛。他看着营区门前那几棵桂花树,那是他当兵第二年的时候老连长带着他们栽下的,如今已经枝繁叶茂,一簇簇蕊黄的小花躲藏在墨绿的叶子底下,给这个营区百十号人偷偷送来清香。

老刘回到班上,战友们都午睡了,只有下士王帅在储藏室里面整理器材。这个来自湖北的小伙子是老刘带的新兵,四年了,如今小王虽然也成了老兵,但依旧那么勤快。老刘并没有打扰他,而是径直走到自己的床前,掏出那个部队专用的手机,给远在山东的媳妇发出了一条短信:"对不起,留队了。"

事实上,就在半个小时前,刘继鹏已经想好了很多理由才毅然决然走进指导员的房间。这些理由包括,他和对象谈恋爱三年、结婚两年,但和媳妇在一起的时间加在一起不到三个月,以至于直到今天他们还没有孩子。还有他苦命的父亲早在他上小学的时候就出车祸离他们母子而去,家里面一直靠着母亲在操劳,如今是时候回家去孝顺母亲了。

"老刘,你可想好了?"指导员得知老刘的来意,把手上的烟头掐灭了。

"今年连队有三个套改三期的名额,你去年军事训练成绩一直不错,还在军区比武得奖了,今天上午连军人大会上,我们可是把你上报为排名第一的推荐人员。"

"指导员,我想好了,我家里面确实有困难。"

"那好,你把这张退役申请表填了吧。"

指导员从办公桌的抽屉里面拿出了一张表格递给了老刘。他接过这张表,从口袋里面摸出笔,走到指导员对面那张桌子旁边坐了下来。

申请表的第一项是姓名,老刘认真地写下自己的名字。他叫刘继鹏,"刘"是他老爹给的姓,"继"也是辈分,唯独这个"鹏"是父母起的,寓意大鹏展翅。

第二项是出生年月:1986年3月7日;入伍年月:2006年11月。是啊,今年二十八岁的老刘已经在部队服役八年啦。他想起当年那个小刘,经历了两次高考失败最终要被迫走上社会,然而查到成绩的那个夜晚,小刘告诉母亲,我要当兵去,我要在部队考上军校,出人头地。2006年那个冬天,他从武装部把一套崭新的衣服领回家,一个星期之后,他踏上了南下的火车。

当兵的第二年,老刘参加了一次考学,结果名落孙山。他懊悔极了,感觉自己的人生没有什么希望了。那时候老连长跟他说考学失败并没有什么，并不是只有上大学当干部才有价值，把一个兵当好，或者说当到极致，同样能受到大家的尊敬。于是老刘把二十多年所有的怨气、怒气和晦气都洒向了训练场，他取得了很多成绩，登上了领奖台，那一年他入了党，转了士官。所以，"政治面貌"这一栏，老刘写下了"党员"。

退役申请这一块，给的空位比较多，老刘把自己准备的那些理由编成了五条，按照部队常用的公文格式写下：一是本人年龄偏大，不适合在部队服役；二是家庭条件困难，需要回家照顾父母；三是……当兵八年，老刘当了五年班长，早就掌握了这些部队制式话语的使用方法。

老刘在"奖惩情况"这一栏停了下来，处分嘛，确实没有过，这些年虽然也有开小差的时候，但还不至于被处分。至于荣誉，那确实需要好好回想一下。

老刘记得他得的第一个荣誉是新兵连的时候被评为优秀训练个人，得了一次连嘉奖。后来考学失败之后的大半年，他在团比武中得了第二名，那一年被评为优秀士兵。当班长的时候，他们班在全连是尖刀班，得过集体三等功。后来他被推荐去参加基地信息化比武，那段时间他不吃不喝地背题库，找资料，练操作，最后他成为这个基地历史上第一个获得第一名的战士，团里面给他记了三等功。中士第二年，老刘所在的团转型，新装备入列，他被团里面抽调去兵工厂学习新装备的操作使用。回来之后，他和其他技术骨干一起花了两个月的时间编写了操作规范和培训教材。这一年,他进入基地优秀士官人才库……

眼看"奖惩"这一栏已经被挤满了,老刘把字号再缩小一点,继续把这八年的经历罗列出来。

老刘把填完的申请表递给指导员的时候,他自己也感到有几分不安。指导员看着他写下的满满当当的字叹了一口气,只说了一句:"最底下那个申请人签字,你忘记写了。"

他接过自己写下的《退役申请表》,看到"退役申请"那一块寥寥无几,而"荣誉"这一栏却格外多,突然觉得自己可能要干点什么,于是他对指导员说:"指导员,我再考虑考虑。"

老刘给媳妇发出那条短信后不久,手机传来嘀的一声,是一条新的消息,上面写着六个字。

"没关系,我等你。"

……

如果你在看我写的故事,那么我告诉你一个秘密。老刘并不是个虚拟的人物,其实就是我,只是我不叫刘继鹏,我的军衔也早已经不是中士,我想过些日子可以给你讲一讲那个关于"我等你"的故事。也许这并不只是我的故事,而是我们这群人的故事,无数个"对不起"的背后有着无数个"我等你"。

穿着军装长大

韩诗元

1

天天之所以叫作天天,是任性的军校同窗们给他起的昵称。其实他觉得自己很不喜欢这个有点娘娘腔的名字,却总是没办法拒绝。

天天从小家境优越。好多年前,爷爷为躲饥荒前往沿海,拖家带口做起生意,披荆斩棘闯出一番天地。所以,生活于天天来说从来不是选择题,因为他不需要选择。每一天都是放在钟摆上的活法,既自然而然,又理所应当。直到某一年某一月,天天被爷爷带到天安门现场观看阅兵。他发现那群同龄人竟是如此气宇轩昂,傲娇如他竟也不免生出自惭形秽的感觉。

他问爷爷,他也能当兵吗?爷爷说,当然可以。可既然要当兵,何不当个军官去。就这样,天天考上军校,穿上军装,从此成了伙伴眼中的圈外人儿。

在军校,天天发现比起其他战友的"父母诰命"或者是"人生意外",

他的从军理由更带着一种无知无畏的精彩：我这是渴望和追求，是为了人生为之奋斗的某种东西。

其实初入军校的时候，天天还是很不适应的。他不知道该怎么形容那种感觉，那是种被压抑被控制住的生活状态。跟人本能地抑制住某些情感不同，这种自外而内的压力让人压抑了本性，放大了欲望。

第一次叠方被，第一次五公里，第一次剃板寸，第一次正步一二一。还有，第一次洗澡。那是彻底的坦诚相见，天天发现大家都有些不好意思。可相比浑身酸臭，在这一周一次的十分钟内，谁都脱得飞快。回到宿舍，看着不大的房间，摇晃的高低铺，吱呀的电风扇以及狭窄的阳台，天天自嘲地笑笑：你可真是自讨苦吃。

那年寒假，儿时伙伴们都来祝贺。没有崇拜，大家更乐意听他吐苦水。天天把一天拆成两半用，白天送给朋友，晚上留给游戏。当把所有能玩的玩了个遍，再也找不到能引起他兴趣的东西时，他才发现吸引他的，不是那些陪吃陪喝的人和好久没做的事，而是那些可自由支配的时间和意愿。天天开始对当初的选择产生疑问，如果这种生活并不是他热爱的，如果他所坚持的，只是出于一种不愿承认的固执而非本心，他该选择走，还是留呢？

2

爷爷经常对天天讲，人一直活得太完美，那才最是索然无味。

军校里的确都是一群自讨苦吃的年轻人，这里的精彩都是外人看来的，其实再平淡再平凡不过。朝九晚五地完成功课，每天睁眼闭眼都是疲累。一门科不许挂，一节课不许翘，还有雷打不动的体能训练和各类教育，常常有人在高数课上一睡不起。

不能正大光明把妹泡吧，只好拽过棉被埋头空喊；没有花前淑女月下相伴，只有三五基友呼天抢地；就连打架都讲起了组织纪律，谁先手，谁后招，谁谁直捣黄龙下阴扫腿。天天每每回忆起这些年来吃过的苦，却总携带着那些基友放肆的笑。他突然觉得，就这样一直下去，挺好。一群年轻的心聚在一块，约束掉些许放纵，沉寂掉些许张狂，却收获了真情。

爷爷去世的时候，由于是非直系亲属，天天没有请上假。可他没有哭，因为很多兄弟在身边，他觉得不好意思。周末外出的时候，他买了电影票，一个人躲在后排的座位上狂抹眼泪。天天觉得，要不是军校几年，他不会像如今这般坚强，能扛下这种悲伤。再往后的日子里，父母用比生他还快的速度把爷爷留下的家底挥霍一空，让未出校门，还没来得及成为高富帅的他，变成了彻头彻尾的穷光蛋。

天天没有忘记一个女孩，那是他的初恋，是一个高挑的披着长发的姑娘。自从他不再是从前的他，她也不是从前的她了。当一切都没有了的时候，天天突然发现让他一无所有的原因其实就在自己。因为他不能让自己散发光热，所以这辈子始终都在享受他人的余温。天天变得比以往任何时候都要努力。毕业时,他拿到校优秀毕业学员荣誉,一枚三等功奖章挂在胸前。

可聚光灯闪耀,酒桌上酣畅,摇摇晃晃扑倒在床后,他发现自己还是一无所有。

3

天南地北,五湖四海。从哪来,回哪去。这是既定规则,也是国之所需。

天天发现了战友的改变。从前是一有空就刀塔传奇,杀他个昏天黑地,现在是奔去图书馆大肆"侵略",借到数量上限。从前是陌陌微信网络小说,你好哈喽么么哒,现在是考级考证,一门心思求几块敲门砖。天还是那么蓝那么亮,可空气里始终弥漫着一股子紧张气氛,压得人喘不过气。

有的人走了,有的人留下来。让他们走的原因很简单,因为他们不想留下;可让他们留下的原因却很复杂,复杂到难以揣测。天天问过很多人,你们既然不热爱这里,为什么还要留下来?不少人回答他,因为脱下这身军装,他们也不知能再做什么。既然没有勇气对当初的选择说不,那么就改变自己。

分配的时候,天天申请到了离家最远的地方——新疆。那是一片完全陌生的地方,没有亲人,没有朋友。胡杨深深扎根的土地上,满是滚烫的沙粒。他回想起告别前的那一天,所有人整齐列队,互诉衷肠。天天看着他最好的战友哭成泪人，满目柔情，抱住他说："这是我自己的选择，不怨你。记得替我活得幸福。"

有谁生来就是为奉献，又有谁生来就是英雄？天天在新工作开始之前，报了个当地的旅游团。这是朋友为他介绍的地方，名叫海子。四周是耀眼的金色沙漠，内里是遮天蔽日的绿色杨林。在这片神奇的沙漠绿洲里，白日里沙子被炙烤得发烫，游客就躲进海子划船畅游。夕阳西下，气温骤降，游客就躺在尚有余热的沙漠里或日光浴，或小憩，看四脚蛇从指缝间飞速穿过。

是个人就会受伤，会孤独，会感受到此起彼伏的悲和喜、苦与乐。每当这个时候，潜藏在人内心的一幅画面便会闪现而出。痛了，便能躲藏其中。从那里回来，天天就把那片海子装在心底。当他在深夜被雪山高原冻醒的时候，当他俯瞰山下县城欢庆佳节的时候，当高压让他鼻血奔涌的时候，当小战士被突如其来的雪崩塑成冰雕的时候，他都恨不得长出翅膀，一头扎进那片海，融化他的眼泪。

4

人一生要做出无数选择，有的选择无关痛痒，有的选择却关乎命运。来到部队，天天问过很多战士来军营的目的，问到最后他不再问了，因为很少有答案让他满意。

天天喜欢雪，喜欢那种白，能融化一切黑色尘埃。可他又惧怕雪，被雪覆盖的厚厚冰层中，有太多奉献出精神和肉体的伟大先烈。天天想起那些已经离他远去的朋友们，重装五公里中晕倒在最后一百米的战士，潜游深海窒息在狭窄管道里的战士，驾驶战鹰和梦一样自由飞翔的战士，还有塔克拉玛干沙漠里被黄沙掩埋的战士，他们生而知道自己选择的是条什么样的道路吗？他们生而知道牺牲与奉献、光明与黑暗、战争与和平背后的意义吗？

也曾妄想着把幸福打包，摇一摇甩一甩，丢给撒欢的小狗。也曾孤独地向明天告白，疯一疯闹一闹，不知道该往哪走。天天送走前一批年轻的战士，又迎来下一批更年轻的战士。他开始整日忙碌，写教案，做课件，用历史和时间告诉孩子们什么是战争，怎么去打仗。他从雪原走下来，组织检查，准备材料，跟着领导跑前跑后。他长大到可以结婚了，却还没准备好谈婚论嫁。他穿上军装依旧像学生一样帅气，笑容迷人，可仍是一个人孤独地行走。

天天还在看着，始终在看着。他看着部队的房子变得更坚固了，看着身上的装备更结实了。他看着越来越多的大学生也来到部队，看着他们拿起枪，模样像他当年一样笨拙。他还看着，看着和平鸽从天安门上空华美地飞过。他看着祖国比以往任何时候都要强大；看着人民比任何时候都要富有；看着老兵眼神坚毅，敬礼的手掌吃力到弯曲，依旧想高举于头颅之上；看着部队政委带着些许悲伤的语气对他说："团长，上面决定了，让我们脱下军装……"

哪有什么完美结局，成为英雄的道路尽头才是鲜花，两旁则是荆棘。你忍受了汗水，却不一定能承受孤独；不计较得失，却不一定能走过起伏。痛的时候，就问问时间，问问刻骨铭心的记忆，问问苍穹之上见过的星星，你后不后悔？

天天想了想，觉得他没有后悔。

马里，你为什么要留下我的兄弟

黎云

噩耗到来，是在 2016 年 6 月 1 日的清晨。

"据中国驻马里大使馆消息，联合国里多层面综合稳定特派团位于加奥的营地 5 月 31 日遭遇汽车炸弹袭击，具体伤亡情况仍在核实中。该营地也驻有中国维和人员。"

新华社的快讯虽然短至六十多个字，但"据中国驻马里大使馆消息""位于加奥的营地""驻有中国维和人员"三个关键词语境，已经暗示我们：马里的中国维和部队出事了。

2016 年 5 月 31 日，中国维和部队位于马里加奥的营地遭遇汽车炸弹袭击，士兵申亮亮壮烈牺牲，至少四人受伤。

中国维和二十六年，悲伤再次来到眼前。

就在爆炸发生一年前的六月，我就在马里，就住在这个营地。离开马里的时候，我把一盒茶叶和半卷没用完的卫生纸留给了住在隔壁的那个兄弟。我知道，这个地方太艰难。

在马里的时候,我看到中国维和医院门口单独放了一个集装箱,就走过去问加奥营地的哨兵:门口的这个涂着 UN 标志的集装箱是干什么的?为什么孤零零地放在中国医院的门口?

哨兵略带伤感地说:"这是一个带有冷藏功能的停尸间。"

在常年温度高达四十五摄氏度的那里,我不寒而栗。转身离去前,我用手机拍下了这个简陋的停尸间,并祈祷:希望这扇通往死亡的门,永远不会开启。

而事实上,这扇门不断地被打开。中国维和医生不停地被派往北边的基达尔或更远的地方,把客死他乡的异国战友接回来,收殓好。

每一次打开,中国维和医院都要举行一个简单而肃穆的仪式,为这些肤色不同的蓝盔战友送行,其场面令人潸然泪下。在马里任务区成立一年多的时间里,牺牲的维和人员将近七十人,为之付出生命代价的国家已经超过十个。

就在 2016 年 5 月 29 日,这是联合国的国际维和人员日,马里仍然发生了袭击联合国车队事件,造成五名维和人员牺牲。选择在这样的日子袭击联合国人员,不能不说,恐怖分子气焰嚣张,其行为令人发指。

客观地说,加奥的这个营地,是我去过的所有联合国维和营地中,最危险的一个。这种危险主要体现在三个方面:

一是营地本身的地理位置。处于冲突区中间地带的加奥,位于撒哈拉沙漠的南缘，首都巴马科通往战乱地区的唯一公路穿城而过，并且自古就是交通要道、战略要地，多派武装反复争夺，内战中数次易手。后来，联合国把维和部队部署到了这里，试图起到隔离的作用。

二是马里当地的安全局势。当地局势相当混乱，尤其是加奥以北地区，十条枪以上的武装派别有一百多支，已经不是正反力量的交锋，而是多方的冲突不断。即便是高度戒备的首都巴马科，2015年在丽笙酒店也出现了人质劫持事件，造成三名中国人在内的十二名人员伤亡。

三是针对联合国的有预谋袭击的比例很大。一有不满，各派武装就对联合国维和力量下手，制造国际影响。联合国在马里的维和行动不满三年，伤亡的维和军人和文职人员已经过百，这个数字在联合国目前正在开展的所有维和行动中，无论比例还是绝对数字，都是最大的。

中国维和部队就是在这样的环境下，艰难地履行着祖国和联合国赋予的维和任务。中国的警卫部队在这里守卫司令部，中国的工兵在这里修建营地和工事，中国的医生护士在这里救死扶伤。

听闻枪炮声，或者看到弹着点腾起的黑烟，在加奥真不是一件稀罕的事情。法国人的支奴干直升机在天上转圈，公路上稍微看到一点新鲜的浮土，就要下车检查——防止埋了地雷。到达指定地点，装甲车和士兵呈战斗队形散开，丝毫不敢大意。

单纯从实战化的角度来说，参加维和行动对中国步兵的实战化意识是一种检验。在这里，敌人是真的，开枪也是真的。

为了防止可能的袭击，在加奥驻扎的中国部队没有大的集会。最多是以班为单位列队点名，防止在敌对武装突然袭击时人员过于集中，造成大批量伤亡。再热的天，也都是按照联合国的要求着装，穿防弹衣服、戴头盔、枪压满子弹。

但不幸和痛苦仍然不被阻挡，再一次发生中国维和行动的悲剧。马里时间2016年5月31日2时50分左右，申亮亮和他的战友司崇昶正执行站岗任务，一辆皮卡车在绕着营区转了两圈后突然加速。申亮亮立刻喊话制止，并指挥司崇昶进行射击。当皮卡车冲到营区外围的一个沙箱时，侧翻起火。申亮亮当即对司崇昶说："你快撤。"司崇昶说："咱俩一块撤。"申亮亮只来得及说了一句："我是主哨！"便将司崇昶推了出去。这时，爆炸发生了……

之后，卞龙（中国人民解放军65307部队司令部作训参谋）第一时间带人前往搜救，找到了被炸飞昏迷的司崇昶和已经牺牲的申亮亮。清理现场时，卞龙在申亮亮的遗体下面发现了他执勤用的枪。

申亮亮直至生命的最后一刻，依然紧握武器。

中国士兵申亮亮，他和第四批赴马里维和部队刚刚完成轮换交接不足一个星期，他是为了人类最后底线的生存与和平，才倒在异国他乡。

1993年5月21日晚，柬埔寨磅湛省斯昆镇，中国维和部队营地突遭不明身份武装分子火力袭击，陈知国和余仕利壮烈牺牲。这是中国参与维和行动最先倒下的两位烈士。

2006年7月25日，以色列军队对黎巴嫩南部希亚姆镇进行空袭，中国军事观察员杜照宇所在的联合国观察哨所遭袭，杜照宇壮烈牺牲。

中国参与联合国维和行动二十七年，截至2017年3月1日，已经有十三名军人，因为袭击、传染病、车祸或意外，永别人间。联合国主持维和行动七十年，倒下的人员超过3400人。

而这一次，马里又要留下我们的兄弟。虽然我们在那里帮助了那么多人，却仍然没有阻挡住邪恶的力量。

可是，这样的袭击真的能阻挡2400名中国维和军人为和平而来吗？

谁又能阻挡中国人的善良和爱好和平的心？

四

心有猛虎，
细嗅蔷薇

长相守是个考验

随时随地,一生

　　　——兰晓龙《士兵突击》

你板正军装的背后,是思儿念儿的爹娘

王雪振

1

2013年春节的除夕夜,我在政治部值班室值班,第一次在外过年,特别想家。当时刚到机关工作,什么事情都不顺,满心昏沉。

过节值班,就显得特别忙,除夕夜更是如此。一直想给家里打个电话,结果几次都因故没打成,等到一切落定,都十一点多了。当我瘫坐在椅子上,呆呆地望着外面的万家灯火,眼睛酸酸的。都说部队过年热闹,可有谁知道,自己过得竟然这样"凄凉"。

定神掏出手机,发现上面有我妈好几个未接电话,心里顿时堵堵的,这年过得……

这下终于打通了。

还没张口,我妈就赶忙问:"孩儿,你忙啥呢?咋不接电话呀?"

我难受得说不出话,一阵沉默。

我妈慌了,又大声问:"没啥事儿吧?"

我的嗓子一阵发堵，但再不回答就不行了，强撑着说："能忙啥啊，刚刚看春节联欢晚会呢，没听到……"

我妈放心了，"噢"了一声，然后就不说话了。在这头喊了几声妈，她也答得不敞亮，肯定是哭了，我的眼睛一酸，泪就落下来了。

儿行千里母担忧，有一个远在边关当军人的儿子，妈妈心里承受的思儿念儿之苦，必定是很深很深。

都说好男儿志在四方，从小到大，总是固执地认为远走高飞才是真正有出息。所以我十二岁就开始外出上学，先是县城，之后市里，最后是天津，年龄越来越大，走得也是越来越远。后来毕业分配，一下子去了新疆，走得更远了。而她的牵挂，也越来越重了。

2

这次回家是由于原计划春节休假的愿望落空了，我妈听到后有些失望，但知道我马上要回去，而且女朋友也要和我一起回，她甭提有多高兴了。

回家前的好几个晚上，我妈总是睡不着觉，我和女朋友到家的那天，刚到凌晨两点她就早早起了床来接我们。

我责怪她，起这么早干啥？

我妈当着女朋友的面，脸有点泛红："太想你们了！"

我听了后,心里一阵难受,我们家那个地方,冬天比较冷,再加上没有暖气,这么早就起床,咋受得了啊!而我妈脸上一片一片的红,明显是受寒的缘故。

我说:"妈,一会儿到家了睡会儿吧。"

我妈说:"没事儿没事儿,一会儿给你们弄饭吃。"

顿了顿,又转头说:"吃完了,你俩再休息会儿,坐了一夜火车,一定累得很。"

我匆忙说:"是卧铺,根本就不累。"

我妈笑了:"卧铺也不中啊,又小又窄,怪乏人嘞。"

这个微小的场景我一直没法忘掉,想起来就特别揪心,我妈总是眼里只有孩子,丝毫不考虑到自己。

我要好好陪她和我爸,尽可能地在短暂的假期里,让他们能够开开心心,一分一秒都不想浪费。女朋友的到来也让他们加倍高兴。反应最强烈的就是我爸,他本是一个不擅长表达的人,总是说两句就没了下句。这次,每当我妈和我俩一起说话的时候,他总会积极地凑过来,然后兴高采烈地插着话,有时候还会闹两句玩笑。

这种氛围让我仿佛回到了小时候,我妈在灶台边上张罗饭,我爸从县城忙完活儿推门而入,然后我兴奋地去帮他支自行车,弄完追我爸的时候,会闻到风中的月季花香。那些温情的瞬间,在回家的日子里被一次次忆起，也使我明白，其实我之于父母，从未走远；父母之于我，亦从未走远……

前不久，我妈和我在电话里聊天。谈到几个孩子的状况，突然间她恨恨地说："当初就不该由着你跑那么远。"

我一阵沉默。

要搁以前，我或许会一本正经地来驳斥她，可是那次我却没有。仔细想想，以前总是奋力地往外走，觉得离家越远越好，殊不知，自己早已将家跑成了天涯，而父母额头上的青丝，也早已夹杂着白发……

3

时光流逝得越来越快，前行的脚步越来越快，忘却温情的速度也越来越快。

在父母面前做孩子的次数却真的越来越少。不是时间可恨，不是工作束缚，更不是自己军人身份的特殊，而是，走得越来越远，渐渐淡忘了，我板正军装的背后，正是思儿念儿的爹娘。

事实上，我曾一度以为当了军人就应该板正坚挺，去奋力拼搏，在金戈铁马中干出一番事业来，这才是真正顶天立地男子汉的做派。可现在我倒觉得，多想想柔软的东西，多想想背后的爹娘，或许会让我们更加明白军装的厚重分量。

因为父母的面孔，其实就是千万人民的面孔；父母的情怀，其实就是千万大众的情怀；父母的期望，其实也正是千万民众的期望。

时刻铭记于心，你板正军装的背后，是思儿念儿的爹娘。

军嫂是如何炼成的

璞玉

一提到"军嫂"这两个字，我便有说不完的话题。有人就问我了，那是谁的故事？还有什么故事？

好吧，我直接承认就是，那就是我的故事。我和爱人之间的故事还有很多，但在军恋这个大词典之中，我们的故事只是沧海一粟，与很多虐心的恋情相比，我们这一路走来也基本算是顺利。如果有人想听，我便与大家回味一下。

1

那一年的夏天，我大学毕业，接到命令被分配到祖国最北的县城。在单位还没站住脚，便来到郑州一所军校进行为期一年的学习，算是为入伍做好最后的准备吧。那时，我成了光棍一条，大学时候处了两年的对象，在我分配之后便与我形同陌路了。

到了军校，接到我哥一个电话。我哥说："咋样，过得还好吧。"我说:"挺好,就是估计不好娶媳妇儿了。"我哥说:"别瞎说,我有同学在北京首都机场上班,我让她给你介绍。"我笑了:"哥,你可别跟我开玩笑,现在的女孩儿眼光都高,更别说机场上班的。"

没几天,哥就给我发了个手机号。他说,这是他同学认真挑选的,姑娘人非常好。我犹豫了很久,酝酿了很久,终于发出了第一条短信:你好。然后,我们便以短信联系(当年微信还没这么流行),聊了大半个月,那姑娘给我打了第一个电话。我说怎么称呼你,她说,她在机场上班有很多好姐妹,她排行第七,就叫她小七吧。我就说:"小七你好。"她笑了,又说:"我们还有小八,往后就没排了,干脆把你排成小九吧。"我也笑了:"好吧,以后我就是小九了。"

2

我们就这样每天打着电话,聊得非常投机。可是我知道,这样的恋情也只是浪费电话费而已。认识两个月的时候,我竟然接到了分手已久的前对象打来的电话。她向我倾诉着以前相处的点点滴滴,声泪俱下,足足说了一个小时,以至于小七给我打电话的时候总是占线。前对象哭了一个小时后,她说,她现在做保险,有一个保险非常适合我,然后又给我介绍了一个小时。我没有买,因为我的确没钱。挂了前对象的电话后,我也没有给小七回电话。我觉得,女人是不太可靠的。

小七后来问我我们学校离新郑机场远吗，我说，难道你要坐飞机来看我吗？她说，就在这个周三，她找人串班，请两天假来看我。我们的宿舍里便热闹起来了。有人说，你还不赶紧出去买几套衣服，瞅你那几身破衣服，我要是姑娘根本看不上你。有人说，你们还从来没见过面，现在骗子多，小心呀。有人说，听说有人专门给饮料里下药，趁你昏迷割了你的肾。

我去找队长请假，本以为队长不会让我赴约，没想到他一口答应，并告诉我：去吧，记住穿便装。谁没有年轻过？咱军人谈个恋爱更不容易，抓住机会。原来军恋并没有想象中那么多的阻隔。

穿着一百多元新买的衬衫，腰里挎着从战友那儿借来的耐克腰包，临走时还有兄弟在我头上喷了摩丝，还有兄弟狠心让我擦了一点儿他珍藏的香水。我就那样忐忑紧张地坐上去机场的车，不时摁摁还在身上的肾，生怕被骗子割走换了手机。

小七就那么款款地向我走来，很优雅，很端庄。说实话，我有些眩晕，有些不敢相信这是真的，甚至更加相信关于割肾的传说。

我们去了动物园，我实在是想不出可以去哪里，动物园也是前几天学员队统一组织去过，我才想到这么个绝佳的去处。所有的动物看着我们，估计都在想：这是谈恋爱该来的地方吗？

终于挨到晚上，我说，要不咱们看个电影吧，没想到小七同意了。

于是我就尴尬了，我可是从来没去过电影院的人，究竟该怎么假装很懂的样子？其实不用装，小七已经完全看出来了。因为我带她看的电影是《南京！南京！》，电影播放时，我是腰杆笔直，双手平放在膝盖上的。她现在跟我回忆起当时的情景还说：你就像个木头一样坐着，傻乎乎的。

她临回北京的时候问我：那你毕业了要到哪儿去？我心中立即回想起祖国最北的偏远小城。可我嘴里说：还不确定呢。其实，即使我现在不告诉她，等毕业之后她自然也会知道，自然也不会再理我。那我为什么要撒这么一个谎？因为哪怕是片刻的爱情，也会让人用力去挽留，更何况是军人这个难有爱情的集体，难道不是吗？

3

毕业之后，我要回那个边境小城了。我顺路去了趟北京，她还是那样款款地向我走来，深情地对我笑着。我说，我要走了，很远。她说她知道，她有机会去看我，她会等着我。

刚到连队没有多久，我就收到她的短信了。那是一条彩信，打开一看，是小七的近照，秀美的长发已经不见了，取而代之的是一头短发。我问她原因，她说："想你想得难受，换个发型，换个心情。"我说："吓我一跳，我还以为你的意思是梁咏琪的那首《短发》呢。"小七让我不要担心，安心工作，等她头发长长的时候就来看我。

有一年的八一前夕，小七请假去了趟医院。她的胃不好，做了胃镜，里面好像有溃疡之类的。她便向单位请了一个月的病假，买了火车票，要来连队看我。车到距离连队最近的一个小站时，天色已经黑将下来，而那里离连队还有一百多公里。营长、教导员、连长、指导员都在机关开会，副营长跟我说，你去接接你对象。我说，这不算私自离队吗？副营长说："别他妈的扯淡了，你让一个年轻姑娘大晚上自己打车过来呀？咱这深山老林的，前不着村，后不着店，多不安全。你只管去，出事我担着。"

我想，部队对于军恋是如此宽容的啊！是否军恋本就是娇弱的花朵，只有众人的呵护培育才能开花结果？

小七走进连队的时候，岗哨站得笔直，深深地敬了个礼。行进中的队伍稍微透出些热闹，战友们不时回头向我和小七张望。小七说："路程太远，也没给战友们带啥礼物。"我说："你能来就是最好的礼物，是你让这个偏远连队的官兵再次相信爱情了。"

连长、指导员开会回来了。他们让战士把最好的招待间打扫出来，摆上了最美味的水果。我说："连长、指导员，咱接待领导也没这大排场呀。"连长说："废话，军嫂到队，那就是最大的领导。"我不好意思地挠头："准军嫂，还没结婚呢。"指导员笑了，拍了拍我说："傻小子，能这么远来看你的姑娘，真心都摆在那儿呢，你要是敢不娶，就别在我这连队待着。"我赶紧说，"娶，必须娶。"小七在旁边听见后羞红了脸。

我们吃饭是和连长、指导员坐在一起的。小七有胃病,吃饭很慢。连长、指导员就一直陪着,非要等小七吃完才肯起身。我说:"连长、指导员,不用管她,你们忙。"连长、指导员就生气了:"咱们虽是个偏远小连队,待客一定要热情,别寒了人家姑娘的心,你小子后悔莫及。"

小七在连队是闲不下来的。她一定让我问问战士们的衣服是不是破了,她的针线活可还不错。她也一定要我带她去炊事班看看,非要露一手厨艺,做一做她家乡的川菜。小七在连队也是浪漫的,她采了江边的野花,非要种在连队的院子里。我们知道部队讲究整齐划一,不能种她采摘的那点儿鲜花。可连长、指导员发话了,小七走之前,谁都不准动那些鲜花,就让它那样盛开在军营。那些鲜花也正如那年我们盛开的爱情。

营长、教导员一定要安排小七吃顿饭,我清楚地记得那是在农历的七月初七。营长说:"今天是个好日子,排长对象这么大老远来,我们都高兴,这杯酒我先干了。教导员说,咱军人跟牛郎织女也差不多,不容易,也祝你们永远恩爱,我以茶代酒敬你们。"那顿饭,我聊到很晚,有些心酸,但更多的是高兴。那一晚,还高唱了一首《爱情的故事》。

小七要回北京了。我让机关的战友帮忙买了火车票。战友二话不说,不一会儿就跟我打电话:"票已经拿到,下铺,给军嫂买票,必须完成的任务。"营长在驻地村子里找了一辆车送小七,并嘱咐要去机关办公的司务长一路上务必照顾好未来的军嫂。我目送小七登车而去,眼中满是不舍。

营长说，没事儿，以后常来。

我想，部队可能条件有限，但给予军恋的支持可能已经是它的全部。

4

我和小七又好久不见，后来我调入了机关，来到了这个小县城。终于有一年，我跟她说："要不你来县城找个工作吧。"小七说："行。"她便放弃了北京的工作，大包小包邮寄了过来，不远千里追寻了过来。

可是，事情远没有想象的那么简单。这个县城太小，工作岗位也少得可怜，基本上当地人已经占领了所有的工作岗位。小七说她不能再这样待下去了，还是回北京另谋出路吧。我说："要不我养你。"小七说："不行。"

小七买了当晚的车票。我忧伤万分地去送她，心中不停地在想：我们的感情怕是要完了，小七这一走，恐怕是不会再回来了，她也太狠心了吧。但我看到小七的时候，她坐在房间的椅子上哭得非常伤心。我抱着她说："你这是怎么了？"小七说："我这一走，咱俩恐怕是难了。"我说："你先别哭，咱们现在就去退票。"

退完票，小七说她饿了。我们来到一个小小的饭铺，点了两碗米饭，炒了一盘土豆丝。小七笑了，她说这饭真好吃。我说："只要咱们永远在一起吃饭，什么饭菜都是香的。"小七的眼泪就又下来了。

后来我准备休假，我就说："小七，咱们结婚吧。"她一愣，可能在她的想象中求婚不会太隆重，但也不会只是这么简单的一句话吧。她笑了，笑得很开心，她说她愿意，而我却控制不住哭了出来，一直不被外人看好的军恋这回有了结果。我又对小七说："可惜我没钱，只有一万块，给你家的彩礼钱都不够。"小七说："没关系，我们一路走来不容易，真为了钱，我也不会跟你在一起了。"

我现在还经常跟爱人开玩笑。我说，你跟我在一起是为钱吗？她说不是，我说，那肯定是因为我长得帅。她说，你自己去照镜子，丑死了。我说，哦，那就是因为我的气质，她笑得喘不过气。

5

我想，军恋绝对是伟大的，超越时空，超越金钱，超越世俗，甚至已经超越了爱情本身。

军恋，绝对是这世上最精彩的修行。不是最优秀的女孩儿，我想她也承受不起这沉重的军恋，不可能走完军恋漫长的旅程。选择了军恋的军嫂们，继续一路同行；渴望军恋的女孩儿们，只要你有真情，军营男儿也必定还你一个美好的愿景！

军人的孩子在手机里

江政奇

我的排长阿文上个月回了一次家，照顾他生病的女儿。女儿安安出生八个月，算上这次回家，阿文总共也只在女儿身边待了二十几天。离别时阿文不舍地吻了吻还在襁褓里的安安，虽然现在她还太小，什么也不知道，但阿文还是担心陪女儿的时间太少，女儿和自己不亲。

参军的第七年，阿文和女友阿静的爱情长跑终于修得正果，在情人节那天领取了结婚证。

阿文告诉我说："你嫂子是我骗到手的。她是个很单纯的人，觉得我对她好就和我在一起了。"

阿文在追阿静的三年里，实际待在一起的时间也不超过三个月。但阿文确实也下足了功夫，每月包月通话时间1600分钟，定期寄点礼物，想尽各种办法弥补异地产生的距离，终于打败其他竞争对手，抱得阿静归。

其实这种爱情长跑对于军人来说很普遍，要跑到终点，自己和另一半都要有超强的信心和耐力。

婚后不久阿静就怀孕了,在家人的支持下他们决定把孩子生下来。平时一向严肃的阿文这时也会羞涩地说:"我们没有刻意要有小孩,但想想要当父亲了,还是挺兴奋的。"

临到阿静分娩,阿文好不容易请了十五天假回家,回家的第九天阿静生了。孩子生得很艰难,前后用了十个小时,这漫长的时间里阿文焦急得连看手机的精力都没有,浑身的精气神好像和在产房里的阿静一样被慢慢地抽走了。孩子生下来后,阿文已经瘫软得连抱孩子都担心抱不稳。之后在欣喜和激动中过了六天,他就又匆匆回到部队了。

再次见到自己的孩子,就是这次孩子生病回去照顾了。这中间的七个多月,阿文只能通过照片、视频和孩子见面。有了孩子的阿文多了许多牵挂,虽然阿静在家做全职母亲,可阿文还是多少有点不放心。

一个军人当了爸爸之后,最辛苦的其实是孩子的妈妈。毕竟孩子太小,两小时要吃一次奶,每晚要醒四到六次。小两口的父母都未退休,阿静一个人带孩子确实很辛苦,阿文能做的也就是给孩子买好奶粉、衣服寄回家。

阿文发挥军人会做思想工作的优势,天天给阿静做思想工作,把媳妇儿哄好。"阿静说她天天盼我回去,回去她会轻松一些。我也知道她特别辛苦,我也很挂念她和孩子。"阿文说道。有时工作忙,晚了一会儿给家里打电话,他心中特别焦急。

阿文说，安安还不会说话，但在视频里可以听到她的叫声很尖，很有力量。上个月生病高烧到三十九摄氏度，阿文在视频里听到安安的声音完全哑掉了，只有嗡嗡的响动。阿文心里再怎么着急，也不能把情绪带到工作中，只能安顿好工作后，又想尽办法才请假回家，帮阿静一起照顾安安。等安安的病好转之后又必须马上返回部队。

"家里出事能回去，哪怕不及时都够不错的了。部队有重大任务的时候，家里再着急也回不去。我以前的连长曾经三次推迟婚期，对象差点都黄了。"

有了小孩之后，阿文确实感到多了很多难处，但是他没有后悔。他说自己还没成年就参军了，没有接触过社会，对怎样当好一个父亲心里也没数。何况作为军人，注定了和家人要聚少离多。不过老婆孩子还是给了自己港湾的归属感。

阿文在部队工作实在太累的时候，就看看宝宝的视频和照片，看见她白白胖胖那么可爱，就会感到满足，觉得心里有了期盼，生活多了奔头。他和阿静在电话里时常畅想以后的生活：再干几年，阿静可以随军，或者等阿文转业回地方，和阿静过普通人的生活。

每个军人都会有当父亲的一天，都要面临阿文遇到的情况。他们不能像普通父亲那样宠爱孩子，必须要牺牲相伴的时间。他们已经许下了对国家的誓言，就不能再给家人更多的承诺。

他们的孩子年幼无知的时候可能见到穿军装的人就会喊爸爸。可是，总要有人成为军人，总要有人担负这样的责任，总要有人要舍弃一些。是他们做出了这样的选择，或者说是命运任性地选中了他们，他们也就无怨无悔。世上极少有两全的事情，也极少有完美的幸福。也许是这些与生俱来的缺憾，让他们显得更美了一些。

正是因为这样，他们的孩子才能在同辈人中骄傲地说："我的爸爸是军人！"

给未出生军娃的一封信

米兜爹

还未出世的孩子：

你好！

这样和你打招呼，其实我已经想了半天，但真正说出口，还是感到有点不自然。不过我确实很高兴，这应该是你人生收到的第一封信，特别是能够出自为父之手，只当作一份礼物送给你。

你妈妈预产期是 8 月 13 日，算了算，距离你来到这个世界还有整整一个月的时间。尽管还不知道你是男孩还是女孩，但爸爸妈妈真心欢迎你到咱家，我们都热切盼望着见到你。其实，对于我们来说，无论"毛裤衩"还是"小棉袄"，我们都爱你，只希望你健健康康、平平安安。

"米兜"这个名字，是我起的。因为今年是鸡年，鸡喜欢叼米吃，就想了这么一个可爱的名字。其实，大名我也想好了，暂时保密，爸爸在这里给你卖个关子。

虽然你现在看不懂，也听不懂，不过没有关系，我先写下来，等你长大了再看。先给你介绍一下咱们家的成员，我是爸爸，当兵的，有十几年军龄，算是个老兵，简单总结自己的军旅人生：待过基层，进过机关，上过高原，去过边疆，到过北京，住过乡村。这些年，我吃过苦、受过累、负过伤、挨过批，经历过很多有趣且难忘的事情，认识了好多和爸爸一样的叔叔阿姨，以后慢慢讲给你听。

妈妈和爸爸同姓，所以咱们一家三口都同一个姓，是不是特别有缘？你妈妈是个社区工作者，平时也很忙，工作很认真，平常晚上和周末兼职带家教。等你以后上学了，我主要辅导语文，妈妈负责英语和数理化，全家一起学习，共同进步。

接着说，爸爸以前工作单位在甘肃，家在陕西，距离一千多里地，由于平时工作忙，差不多两年回一趟家。说实话，不太好找对象，所以结婚就晚了些。甘肃这个地方，条件艰苦，但很锻炼人，我保证，以后有机会一定要带着你去看看爸爸曾经战斗过的地方，我想你一定会喜欢那种大漠孤烟、夕阳残血的景象。后来机缘巧合，调到了陕西，才认识了你妈妈，这或许是命中注定的吧。

有件事，我必须要讲给你听，希望你牢牢记住。不管以后怎样，一定要对妈妈好。因为在你之前，还有两个哥哥或者姐姐。你一定会很诧异，但确实是这样的。每次提到这，我的心就像被针扎了一样难受，但今天还是得告诉你，因为只有记住曾经的磨难和痛苦，才能变得更加坚强和乐观。

那是2015年8月，突然得知你妈妈怀孕了，全家人都很高兴，虽然还没有做好准备，但这意外的惊喜是那年最开心的事情。可是，天有不测风云，在你妈妈怀孕六十四天的时候，那天正好是个周末，我陪着她一起去附近医院做产检B超，可是检查结果显示，没有胎心，只有胎芽。当时我整个人都蒙了，觉得肯定是医生搞错了，怎么可能？

一刻也顾不上休息，我和你妈妈急匆匆地赶往当地比较权威的妇幼医院。挂号、排队、等待，我的心一直悬着，感觉都快蹦出来了。你妈妈进去检查后，我突然感到前所未有地恐慌，嘴里不停地念叨："没事，没事！一定会没事！"

只感到时间过得好慢、好慢，似乎都凝固了，当时的心情用言语无法表达。你妈妈出来后，面无表情，眼里含着泪。我没有问，就已经知道答案。医生告知，要尽快做手术，如果保胎，希望不大，风险会很高。

哪怕只有一丝希望，也不能放弃。在随后的十天里，你妈妈天天吃着保胎药。但我当时却不在你妈妈身边，照顾不上她，只能心里暗暗祈祷，希望这个孩子坚强些，一定要坚持住。

当再次去医院检查，结果还和之前一样，没有任何变化。我直冒冷汗，浑身无力。怎么办？保还是不保？无论再怎么拖，都必须做个决断，而且越往后，对你妈妈身体影响就越大。那就尽快手术，我死死地掐着手心，不得不做出这个决定。当时，你妈妈哭得像个泪人似的。我知道，对于她来说，内心受到的伤害远远超过身体上的伤害。"既然这个孩子和你无缘，那就算了！"我轻轻对你妈妈说道。因为，这个时候我必须得坚强。

2015年9月28日晚上，天空飘着雨。由于医生要求前几日先服药再做手术，可你妈妈只服用了两日就出现大出血，一看情况不对，赶紧打车去医院。由于麻醉前十二个小时不能吃饭，只能在没有上麻药的情况下进行手术。米兜，你可知道，你妈妈忍受了多大的磨难？那个痛又是何等钻心啊！那个痛何止在身上啊！一说到这儿，我的心就在滴血，真是无比惭愧，我没能在身边陪护，当时因为工作原因，实在脱不开身。直到术后第二天，我才请假匆匆赶了回来。

那段时间，整个家里都死气沉沉的。我非常懊悔，是我没有照顾好你妈妈，每次在你妈妈最需要我的时候，我都不在身边。米兜，是不是你也觉得爸爸真的很没用，让妈妈受了那么多罪。都是爸爸的错，如果老天爷要惩罚，那就惩罚我一个人吧。

可生活还得继续，我相信一切都会好起来的。经过一段时间的恢复和调理，家里又渐渐恢复了生机。当时，我们觉得第一次是个意外，应该不可能再发生了。你妈妈是个善良的人，她觉得我年龄大了，希望早点给我生个宝宝。一说到这儿，我心里特别难受。

2016年3月，又一次得知你妈妈怀孕了，当时我又喜又怕。因为上一次的事情已经在我内心留下了深深的阴影，我只希望宝宝健康平安，不敢有过多的奢求。那段时间，你妈妈隔三岔五往医院跑，问西医、看中医，天天从网上查阅大量的注意事项。

哪知，天不遂人愿。在你妈妈怀孕五十天的时候，我陪着她一起去医院做产检B超。真是越怕什么就越来什么，结果显示，无胎心无胎芽，比第一次情况还糟糕。后来，又去了两家医院，还是一样的结果。我顿时感到头晕目眩，为什么？这到底是什么情况？一次就够了，再来一次，谁能扛得住、受得了，为什么痛苦总让我们来承担？

2016年4月18日，你妈妈怀孕六十六天，这一天我永远不会忘记。也许是老天故意开了个玩笑，因为这一天正好是第一个孩子的预产期。如果这个孩子生下来，到现在已经一岁多了，都会走路了。没想到，这天你妈妈却要再一次躺在冰冷的手术台上，而这一次她却表现得异常镇定。痛苦，还是她一个人承受。你妈妈的坚强，让我何等难受。米兜，不好意思，爸爸我再一次缺席了，还是因为工作原因，没能在身边守护。不过，今天我向你保证，在你今后人生的各个关键时刻，爸爸不会再缺席，因为我欠你妈妈的实在太多了，欠你两个哥哥（姐姐）也实在太多太多，而我唯一能做的，就是加倍补偿。

一次接着一次的伤害，我真不知道该怎么抚平。我在想，如果不行，就不要孩子了。你妈妈为了我已经付出得太多，米兜你说，我怎能不好好待她？但是，你妈妈说，一定要给我生个棒棒的军娃。我记得刚结婚的时候，曾对你妈妈说，你是军嫂，一定要坚强。今天，我同样也要对米兜你说，作为军娃，你一定要坚强，更要懂事。

往事并不如烟。其间，你妈妈曾把最心爱的宠物狗萨摩"拉菲"送走，哭得泣不成声，直到现在时常都会梦见；你妈妈曾上过骊山叩拜女娲娘娘，也到过金台观叩拜送子观音；你妈妈还被无良医生"忽悠"做了 leep 刀手术；你妈妈还参加全军不孕不育集中诊治，认识了热心的段大姐……其实，这一切，只为等你来。我想，这也是你两个哥哥（姐姐）共同的心愿。米兜，你感觉到了吗？

幸福总是来得那么突然，这次老天眷顾，把米兜你给了我们。爸爸妈妈不会再让你轻易溜走，因为二百五十多天前，就已经注定我们是不离不弃、相亲相爱的一家人。

米兜，你将出生在八月，这是个热情似火的季节，你将是我们全家的荣光和骄傲。我和妈妈只希望你健康快乐地成长，我们会用爱为你保驾护航，宠你，爱你，你是我们永远的宝。

永远爱你的爸爸妈妈

当了军官后,父亲再也没来看过我
董世界

夜已深,躺在床上翻看同事的朋友圈,依次点赞、评论,这是每天睡前养成的习惯。朋友圈一段文字让我陷入沉思:"如果父母依旧辛苦,那我们长大还有什么意义?"放下手机,看着天花板,不禁想起了远方的父亲。思绪万千,内心久久不能平静。

父亲是个农民,准确地说是个不会种田的农民。小时候常听母亲诉苦道,我们家地里的草比庄稼还多!那时候麦子只能用镰刀手割,全村地里的麦子都收完了,只有我家的还在风中摇曳。

父亲叫三虎,不知道是不是名字的原因,后来就有了三个儿子。长大了我也经常跟父母探讨,现在压力这么大,当初为什么要三个孩子呢?"那时候就觉得家里人多,可以去地里干活,不被别人欺负……"

三个儿子犹如三座大山,一压就是二十几年。为了养家糊口,父亲去船厂当过工人,跟拜把子合跑过长途汽车。但是都没挣到钱,外公实在看不下去了,就带着父亲出门做生意。

说是做生意其实就是推个架子车，装上些货物走街串巷地卖，很像电视剧《鸡毛飞上天》里的场景。那时候父亲心里就一个念头，把三个儿子养大成人。

几番摸爬滚打，总算找到了一个生财之道。为了给我们更好的教育条件，经济状况一好转就把我们都接到了城里上学，掏着高价学费成了借读生。父亲爱面子，从来不让我们受委屈。在教育上的投资从不吝啬，甚至比城里人还好，上学期间从来没有让我们感受到落差感，就想让三个儿子能够走出农村，出人头地。

受当时环境的影响，我沉迷上了网游，不能自拔。学习成绩一落千丈，动不动就被班主任请家长。父亲爱喝酒、脾气差，我那会儿没少挨揍。

高考我也就考上了个大专。有亲戚劝他，要不就让我跟着做生意吧，现在本科都难找工作，上个大专更没啥用。"上！好歹是我们家族第一个大学生。"我默不作声地看着父亲，恍然发现皱纹已悄然爬上了他的额头。

我能够感受到自己高考失利带给父亲的失望，更有对我前途的惆怅。上了大学除了要生活费，买手机、买电脑，跟父亲很少交流。我还是没心没肺地过着，父亲还是不分昼夜地干着。

打破这种僵局，还是我当了兵以后。父亲从小就想当兵，很大程度上是受爷爷的影响。爷爷是一名军转干部，父亲上初中都穿着爷爷给他弄的军装，甚是高调。可惜因为身体原因，没去得了部队。当告诉他我想应征入伍时，他从电话那头兴奋地大喊道："好好！我支持。"

进了部队，我跟父亲的话渐渐多了起来。父亲以我为傲表现得很明显，虽然自己只是一个新兵蛋子，但父亲觉得无上光荣。新兵下连大约半年，父亲从河北坐了几十个小时的火车到福建去看我。跟以前上学时看我的神情不太一样，开心、激动，双眼饱含深情。最大的区别是这次不是请家长……

连长知道父亲要来，安排炊事班在连部桌上加了几个菜，讲了我在部队的表现。父亲开心又有些诧异地问道："我儿子有这么优秀吗？"吃完饭，我带父亲在部队院子里转了两圈。给他表演了倒功、捕俘拳、攀登，父亲看得乐开了花，嘴里一直说："不赖！不赖！"

其实当时自己的想法是不想继续在部队服役的，看着父亲那开心的笑脸，我于心不忍。既然长大了，就不能让父亲失望第二次！后来听我妈说，当父亲知道我拿到军校录取通知书时，真的高兴得一晚没睡。

我当了军官，父亲反而低调了很多。我调侃他为什么时，他说："你现在身份不一样了，必须要时刻注意自身的形象，干好工作，别出问题。等老三也结婚了，我再干两年，也可以退休了，到时候去你们仨那儿轮流住上几个月，我喜欢部队，到你那多住些。"

去年我有了儿子，因为工作原因照顾不了，只能麻烦母亲到家里帮忙带孩子，留下父亲一人照看生意。想着父亲一人忙碌的场景，总是感觉愧对父亲。父亲平时电话里常问，那边条件怎么样？营区离市区远不远？现在手底下管了多少人……

每当我邀请父亲到我们单位看看玩玩时，父亲总是说生意忙走不开。上次过年回去他偷偷塞给了我一沓钞票："别装了，爸知道你不容易，老三现在还没结婚，你别嫌少。"

看着父亲忙了大半辈子还在为儿子们日夜操劳，感觉自己很失败。他在努力履行他认为父亲应该履行的职责。天天看着孙子的视频就笑，电视只看中央七台的他怎么可能不想来部队看看？只是父亲心中有更重要的事要去做，他只想努力多挣些钱，当有一天需要的时候能够负担得起。

"以前就打算给你们三个在县城买个房就行了，哪想到一个比一个有出息，都往大城市跑，老三这下又考上了省里的公务员，我可不想让未来的亲家看不起，部队我还是等我目标完成了再去吧……"

想象着父亲想来我部队的样子，我再也控制不住自己情绪，失声痛哭。父爱如山，这三十年来，辛苦把我养大，高中、大学、当兵、军校、结婚、买房、生子，我的每一个重要时刻都离不开父亲的倾力付出，而我给他的只是半个月的一个电话，一个生病时候的注意身体，没送过一个像样的礼物，甚至没有陪他喝过几顿酒……

您管我半生，我还未曾管您一事！

爸，您辛苦了，不能许你金钱财富、悉心照顾，唯能谨听教导，做个好人，当一个好兵。

今年一定要接您来部队看看。

男兵和女兵的故事

安心

很多影视剧和军旅小说热衷于描述男女兵之间浪漫而又轰轰烈烈的爱情。事实上，当过兵的人都知道，大部分部队是没有女兵的，即使有女兵的单位，男女兵的关系也是高压线，触碰不得。这里讲几个小故事，从中大家或许可以体会到军营里的情愫大概是怎样的，也以此文怀念那些亲爱的、不知名的战友们。

部队里的女兵通常是单独管理的，因此，在三个月的新兵生活中，我从来没有接触过教员以外的男兵。下连后，我们先到集训队训练，在那里我遇到了其他部队的男兵。集训队的管理相对宽松一点，但我们唯一的交集也仅限一日三餐在同一个食堂吃饭。每次饭前十五分钟，小值日要提前到饭堂给大家打饭。部队的饭都用一个个大铁盘子装着，特别烫，还特别沉。对于女兵小值来说，要把它从厨房抬到大厅真是很困难。这时一般都会有男兵主动帮忙。我慢慢发现，每次轮到我小值，总会有一个男兵在我刚走到饭堂时就把饭抬来放到我面前，并不说话。

开始我以为是巧合，也没有特别在意。有一次，我与战友交换值日，早晨去饭堂，发现没有人给我抬饭了，才意识到原来他不在。中午去时，一走进食堂，他就出现了，把饭抬到了我面前，这一次，他对我笑了笑。我突然明白，他可能早晨吃饭时发现我今天是小值，所以中午专门来给我抬饭了。又或许以前遇到他，并不都是巧合，而是他知道我哪一天值日，专门为我而来？我不敢相信。后来我特意与战友换了几次，每次都是早晨碰不到他，但中午和晚上他一定会来。

我并没有对他说过谢谢，也没有和他说过一句话，偶尔对视也只是笑一笑。就这样，一个月的集训过去了。我们临走前一天，我正在洗碗，他在不远处，我战友无意中说了一句"明天就要走了，你东西收好没"，我看到他手里的碗掉了，看了他一眼，他好像要说什么，但什么也没说。

第二天，车子装完行李，我爬上军卡，卡车经过他们宿舍楼前时，我看到一个身影面朝着我们的方向，我能肯定那是他。突然间，他向着我的方向敬了一个军礼，直到卡车消失，他的手都没有放下。许多年过去了，我依然不知道他叫什么，也忘了他长什么样，但我一直记得那个敬着军礼的身影。

参军的第二年，我到特种部队集训。那里的男兵大概是第一次见到女兵，记得我们到的第一天，刚好通知换装，我们就换了裙子。一年四季只穿作训服的他们，可是看傻了眼。有胆小的男兵一看到我们就脸红，胆大的就一直盯着我们看,后来我们自己也脸红了。

我们住在四楼,平时用水需要从二楼提上去,每次只要一接完水,总是会有男兵过来帮忙拎。和他们一起上课时,我们的抽屉里就没有断过零食,往往是放上一盒饼干、一瓶牛奶,夹一张小纸条,上面写:"我是某某某,籍贯哪儿,QQ号是多少,退伍后加我。"其实,在那个有上千个男兵而只有十多个女兵的集训队,我们根本无法搞清他们谁是谁。

刚开始我们都不好意思吃他们给的零食,后来抽屉实在装不下了,也就不管了,送来就吃。集训队周围都是山,只有一个小卖部,零食就是他们那时能给我们的最好的礼物了。有时候走在路上,前方十米处会突然跑出个男兵,放一袋零食,有时是一个切好的西瓜或几瓶水在路中间,喊一声"送你们的",人就跑了。等人跑远了,我们就过去把它们拎回来几个女兵一块儿吃了。

印象最深的是有一次,我听说一个坐我后面的男兵战术很厉害,就走到他旁边想请教他。谁知我一开口,他整个人涨红了脸,一边说"好呀好呀,我给你讲",一边拿一支笔在纸上画,而我分明看到他的手紧张得在发抖,那一刻我突然有些后悔自己的冒失。一年后,我在军报上看到他的事迹,他参加国际特种兵大赛赢了大奖,为我们祖国和军队争得了荣誉。我看到报纸上他自信的脸,又想起当年他发抖的手,突然觉得好温暖。这就是一个钢铁男儿的纯真柔情。

离开特种部队时，我收到了一封信，是一个那时我根本没有印象的男兵写的。在信里夹着一个玉观音，他说他第一次看到我的脸觉得像观音，再加上我的名字，像那部电视剧。他说，特种部队的生活太苦了，可是他遇见了我，我特别爱笑，他觉得生活突然美好了。他把那个陪伴他的观音送给我，希望我也能在艰苦的军旅中平安幸福。我收到信时，他的部队已经走了。

其实，我们从来没有搞清过他们是谁，他们来自哪里，因为我们的生活也一样辛苦而忙碌。我们只知道他们是战友，是见到我们就会脸红的战友，是给我们送一点礼物帮我们干一点活就会高兴半天的战友，是看到我们的笑就会欢欣鼓舞的战友……他们是我们心中最可爱的人！

说完男兵，来说说我们自己。其实女兵也大多都很花痴，平时接触不到男兵，因为工作关系，接触男军官相对多一点。私底下，我们就会聊哪个军官长得帅，哪个军官的老婆比较漂亮。尤其记得当时一个军务的男军官长得特别帅，号称我们团四大帅哥之首，那时我们战友见面都喜欢以"今天有没有见到某参谋"来打招呼，感觉一天要是见到他，描述他的神情、动作，就是最可炫耀的事了。用现在的话说，他是我们心中的男神，不过他一定不会知道的。有一次外出，快到归队时间了，我从超市跑出来，一头就撞进了他怀里，我本能地叫了他的名字，然后激动地傻笑。在我心里他早已是熟悉不过的人。可他其实根本不认识我，他被我的过度反应吓蒙了。哈哈，不过没关系，光是遇到他这件事已经足够我跟战友们炫耀很多天。

而我不会和战友炫耀的，只会藏在心底的，是另一个人。

在我们的大院里，除了我们连队，还有一个基层连队是警卫连，连里有纠察班。他就是一个纠察兵。

我第一次见到他是在回连队的路上。那天我们刚开了一天的会，站得筋疲力尽，我耷拉着背走着，一抬头就看到了他。他一米八几的个头，高大挺拔，军装白得一尘不染，连一点褶皱也没有。他有些稚嫩的脸上却有一双坚定的眼睛，一直在看我们。那一瞬间我觉得自己好丑，觉得自己一点也没有军人气质。我下意识地挺了挺背，忍不住又多看了他一眼，从此我记住了他。

我在心里给他取了一个名字，叫小白，因为他的军装特别白，特别干净、整洁。慢慢地，我发现小白和我在一个大院，他有时早晨出去执勤，回来时会经过我的窗前。我有机会都会在那个时间守在窗前等着，有时是他，有时不是。有时我上夜班，早晨下班回连队时，会刚好遇到他们执勤回来，两个队列相遇时，我能在队伍里好好看他，这是我能看到他的最近距离。慢慢地，我发现当我看他时，他也在看我，而且后来只要我上夜班，早晨回连队的队列里，我总能看到他。我想这一定是幻觉。但为了这个幻觉，我会在熬了一夜后，疲惫不堪地躲到洗手间整理一下头发，练习一下微笑或者眼神，我希望一会儿在两个队列相遇的那几十秒里，我能更精神一点、更漂亮一点。又或许，如果我足够胆大，我可以在对视时，对他笑一下。而实际上，我们的相遇是那样少，有时一周能遇到一次，有时一个月也见不上一面。

除了最好的战友，我没有和任何人提起过这件事和这个人，这是我的秘密。我也不敢、不能去打听他是谁。他只是我心里的小白，是我平凡生活里的期待和美好。

如果是在外面的世界，可能从第一次见面，我就会很快认识他，或许很快就会有一段故事，又或许很快就会结束。但在那个大院里，我就在这样有限的十多秒相望里，与他共度了两年。

……

好吧，既然我已在这里讲述了这个故事，虽然此刻我已有些热泪盈眶，但如果亲爱的读者，你已经看到了这里，我就继续讲吧，是的，它没有结束。

快退伍的那几天，我们终于有了自由。有一天，我穿着便装外出，刚走出门岗，我突然看见他和他的战友也穿着便装站在不远处。我心里打起了小鼓，我的战友和我说："你要是再不去和他说话，这辈子可能就真的没有机会了。"我看到他好像又在看我，可能又是我的幻觉……我终于鼓足勇气，努力表现得像平常那样，走到他面前。我发现他比我想象中还要高。第一次这么近的距离，我抬头看着他，对他说："你……认识我吗?"他看着我,笑了笑,点点头,说:"当然,我看了你两年……"

过了几天,我们退伍回到了自己的家乡。我们来自不同的地方,过着完全不同的生活,虽然现在已经很久没有联系,但每当我想起来,仍然感谢他在那些日子里让我有了一个期待。

我也想以此文,谢谢那些在艰苦日子里无条件"宠爱"过我们的男兵们。因为有你们,女兵的军旅才那么美好!

军校爱情,大致如此

李锵锵

1

飞哥是在一次活动中认识了冉。大三升大四的暑假,飞哥从学校进城去 L 大参加交流,在小组讨论环节,他和来自 L 大本校比他小一级的冉分到同一组。

飞哥一开始并没有注意到其实一直就在他们小组的教室门口做引导员的冉。直到铃声响起,老师进入教室,飞哥在回头时才发现,冉从后门最后一个进来,坐在最后一排的角落里。

这是一场关于诗歌的交流会。交流采用自荐的方式,起初大家都很羞涩。作为整场唯一的军校学生,飞哥自告奋勇。

虽然是一名军人,但是学电子的飞哥在这样主题的场合还是很紧张。飞哥说,那是他第一次像模像样地写诗。

飞哥这次提交给主办方的是一首讲述军校生活的诗。主办方在给他的邀请函中写道:"用素朴的文字描摹出一个不同的世界,那种青春被围墙遮挡，却近在眼前。"对于能够获邀这件事儿，飞哥跟他的兄弟们说，现在这拥军爱军工作开展得还是不错。

站在台上，飞哥谦虚地做了自我介绍，之后开始读诗。在屡次抬头的间隙，他发现那个坐在最后角落的女生，头依靠在墙上，嘴角上扬，专注地听着。

飞哥忽然就觉得很有底气。

冉是整场最后一个上台的。她先是给大家鞠了一躬，轻轻将滑落的头发撩到耳后，然后开始读诗。

"我分不清麦子和水稻／我不知道榴梿何时结出果实／但在紧闭的千万双眼睛里／我能第一时间找到你"。

飞哥被这首诗逗乐了。他看着台上这个认真专注的女生。

冉一直留到最后，帮助清扫教室，整理会场。飞哥返回教室拿水杯的时候，发现冉一个人在扫地。

"要不要我帮忙？"

然而这句话却没说出口。飞哥只是呆站在门口，几秒钟后便离开了。

2

飞哥在交流会通讯录上找到了冉，开始给她发短信，以求教写诗的名义。一来二去，两个人的联系也就从手机屏幕的两端转移到了饭店、咖啡厅和学校。

大约一个月后,飞哥偷偷地宣布:我要发动攻势了。

在追姑娘的前两个多月里,每周末飞哥都会想办法请假去L大。每次去,飞哥都会带点东西,零食、日用品,甚至是自己从来不用的护肤品,县城里买不到,飞哥就在市区的大商场里买。

看到冉吃某个品牌的薯片,飞哥会把这个牌子所有口味都买下来;冉在空间分享好吃的甜点,飞哥也会悄悄买到拿给她。

冉说:"你不用这么客气,老让你破费我怎么好意思。你再这样,我都不敢发朋友圈了。"

"没关系啊,我现在每个月还算是有点补助,你又不赚钱,你的生活费就留着多吃点好的。"

某一个下午冉突发高烧,室友把冉送到医院。在医院打点滴时,冉收到飞哥的短信:你在干吗?我不知为啥忽然很心慌,就想找你。冉说,我发烧了,在打针。

冉的室友说,这是不是就是传说中的心灵感应啊。

飞哥说,他不会追女生,跟冉出去的时候,都不知道怎么能让她更开心,也只能讲每周在军校里的事儿。可是,军校生活日复一日,能有多少新鲜事。

"那个……你会不会觉得我有点闷啊?"一个月朗星稀的夏夜,飞哥在冉学校的湖边小声面对着冉问道。

"闷啊，是挺闷的。"冉的眼光越过了飞哥。

"哦，"听到冉这么说，飞哥有些失望，"我不太会逗女生，笨嘴笨舌的。"

"是啊，也不怎么会说讨巧的话。"冉望着湖面。

"嗯，我慢慢学。"飞哥蹲下身子，拔着湖边的草。

"学什么？学怎么变得油嘴滑舌么？"冉反问道。

"不是不是不是，当然不是！"飞哥一下站起来想要解释。

"哈哈，傻瓜！"看到飞哥慌张的样子，冉笑了，"你什么都不用学，也不用改，我喜欢现在这样的你，正是我对军人的想象，踏实又有点呆萌。"说这句话的时候，冉慢慢收回望向远处的目光，注视着飞哥。

飞哥说，那个时候，他觉得冉的眼睛，比月光还要明亮。

3

冉成了飞哥的女朋友。

队里的哥们看到飞哥说，你小子走路都是颠儿的。

鉴于之前提前预支了太多外出机会，接下来的时间里，飞哥没法像之前那样几乎每周去看一次冉了。冉说，我可以过去找你啊，我也一直都很想去看看军校是什么样子。

冉第一次踏进这座位于县城东郊的军校，是两人认识的第三个月。

后来讲起这段事儿他说,那心情怎么像第一次见对象似的。飞哥说,他在门口远远看到冉穿着白色的裙子,就像一朵百合花。

已经入秋,虽然城里并不冷,但县城刮起风来还是比市区低两三摄氏度。冉没有说自己冷,但是飞哥还是把常服外套脱下来,披在冉的身上。

在校园里散步,飞哥时不时会碰到自己的哥们儿,大家都带着心领神会的笑容。飞哥也不断"嘿嘿"地笑着回应,冉则不好意思地低着头。

午饭时,飞哥带着冉去食堂。拨开帘子一进门,冉就"哇"地小声叫了出来。

"怎么啦?"飞哥回头问冉。

"没事儿,第一次看到这么多穿军装的。"冉小声说。

"哈哈,这不到饭点儿了,大家都来吃饭了。我们这不像你们学校,啥时候去都有的吃。"飞哥笑着说,"现在你是这儿回头率最高的人了!"

冉一下就脸红了。从门口到打饭窗口,飞哥一直牵着冉的手,冉害羞地跟在飞哥身后。

那次还真是冉第一次见到穿着军装的飞哥。

"你穿军装真的很帅。"送走冉后,飞哥收到她的短信。

"你也是,巾帼不让须眉啊。"

后来,冉就频繁地去看飞哥。就像飞哥追冉的时候那样,每次去,冉也会带上水果、生活用品去,有时候还会提着保温饭盒带去自己煮的汤。

"这多沉啊,这么大老远带过来!"飞哥心疼得不行,"我们食堂伙食好得很,你提着过来多累啊!"

"不累,没关系的,我又不是纸做的。"冉微笑着。

"你这都是在哪做的饭啊?"飞哥很好奇。

"有个同学在外面实习,租房子住,我去她家煮的。"冉边说边拧开饭盒盖,"趁热快喝,不准说不好喝!"

"真的特别特别好喝!"飞哥拼命地点头。

4

军校大院的一片树林是飞哥队上的清洁区。入秋后,叶子就哗啦啦往下掉。作为区队长,飞哥自然是说得最少干得最多。他在扫地时候偶然捡起掉落成堆的树叶,仔细端详,发现它们有着斑驳的颜色和清晰的脉络。他心想,这叶子还挺漂亮,拿回去弄干做个书签送给对象,她说不定会喜欢。果不其然,冉很惊喜,夸飞哥心细手巧。

于是飞哥便养成了捡树叶做书签的习惯。每个月两张。到了冬天没有树叶,他就会拿出他秋天备好的成品,从不间断。每送去一片树叶,飞哥都会配上一张卡片,上面写有一些小诗和飞哥慢慢学会的一些好听的话。

飞哥说,有些话还真挺肉麻的。

冉作为飞哥女友的第一个生日恰逢飞哥在西北戈壁拉练。因为任务要求，手机的使用也有很多限制。飞哥说，他真的很愧疚。忙的时候顾不过来，但只要一闲下来，就会想冉这会儿在做什么呢，最近有没有照顾好自己，课业忙不忙，有没有也在想他。

虽然拉练只有一个月，但飞哥度日如年。回到学校后，飞哥迫不及待地去找冉。

飞哥对冉说："这个月的树叶只有一片，是戈壁特有的胡杨树叶，因为拉练管得紧，我们驻地只能找到这种比较特别的。"然后飞哥从口袋掏出一个小盒子，冉打开发现，里面是一枚弹壳，上面刻着两个字：飞　冉。

"这个小弹壳是我捡的，字也是我自己刻的，有点歪，你别嫌弃，算是补给你的生日礼物。"飞哥把弹壳拿出来，用手搓着。

"傻飞，谢谢你，我特别开心。"冉踮起脚，轻轻地亲吻了飞哥的脸颊。

在甜蜜幸福之外，与其他情侣一样，冉和飞哥也会吵架，飞哥几乎都是先道歉认错的那个。飞哥说，因为他见不了冉有一点点的难过。他说，冉是一个很少无理取闹的女生，他们为数不多的争吵也基本都是因为冉有时候觉得自己忙起来对她不够关心，或是需要陪伴却找不到他。"虽然她很理解我，但是我知道一直那么理性对她来说真的很难。说到底，我为她做得太少了，所以我必须道歉。"

"冉其实也是个幸福的女生。"我对飞哥说。

5

时间飞快,转眼飞哥军校毕业,去了南方某地,成了一名基层排长。

飞哥跟我在电话里说,哎呀真好,分到这个地方,啥都缺,就是树叶不缺,我能连续每天找一片树叶都不带重样儿的。夹在书本里,鲜艳褪去,浸染书墨,带着另一番香气。飞哥说,隔两个月再看这些树叶,好像都变得有文化有内涵了。

飞哥的单位离L大所在的城市600多公里,冉只要有时间,都会先坐火车再转长途汽车再转摩的,提着各种东西去看飞哥。飞哥现在还记得冉第一次找到他单位时跟他说的第一句话:"你们这儿偏得连地图都导不出来。"

飞哥说:"她觉得我在单位过得辛苦,总是来看我,每次都委屈她自己。我现在人在部队出不去,什么都没法替她做。"

每一次冉来看他,飞哥都要在门口抱冉好久。

"卫兵都看着呢!"冉每次都不好意思。

冉升大四了。国庆节刚过,冉打电话给飞哥说:"傻飞,我国庆回家正式跟家里说了,明年我也去你的城市找工作。"

飞哥很意外,半天才回话说:"那叔叔阿姨怎么说?"

冉说:"他们挺犹豫的吧,毕竟没去过那么远的地方。他们想让我在他们身边。"

"你别担心,我会慢慢做家里的工作,他们拗不过我。我认准你了,你可别想跑。"

"就算我被分到天涯海角,我的心都和你在一起。"飞哥说。

飞哥收到冉寄来的一封信,是冉做的一张树叶的小书签。

一起寄来的,还有一首诗:

  我记得

  那年中秋

  我们说过的每一句话

  唱过的每一首歌

  我记得

  那个夜晚的澄澈

  营房寂静

  树影稀落

  我记得

  你说

  当我仰望家乡的皓月

  你就会在千里之外

对着月亮许愿

只要我闭上眼

就会看见

就会看见

在海岛在边关

在高山在雪原

飞哥说,当时他的眼泪毫无防备地流了下来。

某个冬日,飞哥忽然在微信给我发来两张照片。

其中一张照片里,户外一张被大雪覆盖的乒乓球桌上满满当当铺着树叶,相互重叠,我根本数不清到底有多少片。我知道,那是飞哥寄给冉的。冉穿着粉红的长款羽绒服,戴着银白花边帽子,手握成拳头举在脸的一侧,可爱又顽皮。那是他和冉认识两年多以来,我第一次看到冉的模样。

另一张照片,是穿着夏季作训服站在棕榈树下飞哥的自拍。自他军校毕业以后我们再无相见,他比以前黑了很多,也更壮实了,露出两行白牙,傻傻地笑着。

那个我曾偷看过的女兵，
最终消失在茫茫人海

吾状元

这个故事对别人来说也许太过平淡，但对于一个经年累月蹲守在大山沟里的军人来讲，是值得时不时拿出来回味一下的，特别是在每年军考的这段日子里。

1

那年，我作为山沟里走出来的优秀士兵，几经波折，坐在了军考补习班的课堂上。我们这个班可以说是卧虎藏龙，有野战部队的比武尖子，有后勤单位的专业能手，也有大机关的公务员……

但我最感兴趣的，还是坐在我们班后两排的十几个女兵，听说她们是来自通信站和医院考学的女兵。不怕大家笑话，对我这个"老山沟"来讲，看到母猪都新鲜，何况是正处于青春年华、顾盼生辉的女兵呢！于是我总是趁课间休息时，假装回头和后排的战友说话，借机瞄一眼女兵，哦，我真的真的只是出于好奇和欣赏……

我的小心思却被同桌的阿明看出来了，他搂着我的肩膀说："哥们，相中哪个女兵了，我给你介绍介绍！"说得我满脸通红，恨不能钻到课本里。阿明却满不在乎的样子，摇头晃脑地说："关关雎鸠，在河之洲。窈窕淑女，君子好逑。军人干啥都要雷厉风行，喜欢就追呀！"

我一山沟里出来的大老粗，哪敢动这个心思呀！阿明好像看出了我的想法，继续鼓动我："哥们，我看好你，你一定能考上军校，到那时你就是干部了，这些女兵你还未必看得上呢！""我可没这想法，要去你去！"我这么激阿明。没想到，阿明真的去后排找女兵去了，不一会儿，就看到阿明和几个女兵嘻嘻哈哈地聊在了一起，令其他男兵羡慕不已。这也难怪，阿明是大机关来的公务员，本来就见多识广，见大领导都不打怵，何况是几个女兵呢，而且他人又高又帅，说话又很风趣，难怪女兵喜欢呢！

上课了，阿明坐了回来，悄悄对我说："你小子可以啊，不声不响的就引发了女兵的关注，有个女兵向我打听你呢！""真的假的，你就忽悠我吧！""真的，骗你是小狗。""哪个关注我？""就是那个，那个，坐在倒数第二排的，右数第三个女兵……"阿明摸出了一只小镜子。这小子平常爱臭美，兜里总揣着镜子梳子。他把书本立起来打掩护，用小镜子往后瞄，"喏，就是那个女兵！"我忍不住往镜子里瞅，镜子中是相反的影像，我费劲地又是掰镜子数数又是拿眼睛瞄瞄，好不容易对上号了，但见一位齐耳短发、眉目清秀的女兵映入眼帘。那个女兵好像发现我们在看她，猛地一抬眼望向我这边，我心一慌，镜子失手滑落，赶忙探头去够，结果桌子上的书本都被我碰到了地下，稀里哗啦一阵响，大伙的目光都汇聚到我身上，接着是哄堂大笑，我在教员的训斥声里红着脸站了起来，后脊梁火辣辣的，好像那个女兵的目光照射在我背上……

2

以后不知怎的，无论我坐在教室的哪一个位置，总是感觉有一双眼睛在偷偷看着我，待我迎向那个目光时，就看到了那个时而低头看书，时而和同桌说笑的女兵。哦，也许人家压根就没看过我，只是我的错觉罢了。

周末放学，轮到我和阿明小值日，阿明负责扫地，我负责清理课桌里的垃圾。收拾到女兵那排时，意外地发现桌洞里有一部手机。是谁遗落的呢？我把手机拿出来。这位女兵的手机挺有意思，套着一只卡通人物的手机套，还拴着一个毛线织的小金鱼，拿在手里五颜六色的，我摆弄着手机，就闻到了一股淡淡的清香，这种香味似曾相识。想起来了，那个偷瞄我的女兵的身上也是这股淡淡的香味……

上英语课时，教员叫我到讲台前答题，我写错了。教员又叫了一个女兵上来答，她写对了，受到表扬。我很尴尬地站在讲台上。我们挨得挺近，女兵又黑又亮的眼睛笑盈盈地望着我，我就闻到了她身上散发出来的好闻的香味。突然间,手机响了,我下意识地接听,里面传来焦急的声音,我听出是那个女兵的声音,忙告诉她不要着急,手机在教室里,被我捡到了。她似乎犹豫了一下,才问我方不方便把手机送到她单位来,她们单位管得严,没法出来取,晚上还要用到手机。我爽快地答应了,能帮喜欢的女生一个忙,对每个男生来说都是求之不得的吧!

骑了近一个小时的车,我来到了女兵的单位,门口的哨兵一边往里打电话通报,一边好奇地打量着我,看得我不好意思起来。终于看到女兵从营区里走出来了,看着她秀颀的身影一下下走近,我的心扑腾扑腾跳起来,这是我第一次和女生单独相处,又紧张又期盼,现在想起来一定是傻乎乎的样子吧!所以女兵见到我就扑哧一下笑了。手机还给她时,她说了声谢谢,将手机放在胸前,饶有兴致地望着我。我的脸应该又红透了吧!她突然问我为啥上课时偷看她?我窘得恨不能找个地缝钻进去。

她笑得更开心了,说:"你老家是××的吧,我们是老乡呢!"我吃惊地问你咋知道的呢?她狡黠地眨着眼睛说:"我们通信兵可是千里眼顺风耳,没有打听不到的消息。"随着交谈的深入,我更服气了,她还知道我来自哪个部队、干什么工作、立过几次功、拿过几次专业比武第一,甚至喜欢读书写作的爱好她都一清二楚。现在回想起来,只有在意你的女孩子才会想方设法了解你、靠近你吧,只是当时我没有想到更深的一层,只觉得她这个人真的好神奇!既然她把自己称作是顺风耳,出于保护隐私的考虑，那么我就隐去她的姓名，叫她"耳"吧。

3

接下来那段原本枯燥的复习考试的日子，因为有了耳的存在而变得生动有趣起来。我每天都盼望着到学习班上课，盼望着见到可爱的女兵耳。课间的时候，阿明拉着我到后排和女兵聊天，他正在追求耳的班长，一个英姿飒爽的女兵。他们两个常常热烈地探讨，我和耳则安静地在一旁听，有时插上一句半句话，更多的时候，则是相互对视，莞尔一笑，感觉美好的一切都在不言中。

临近考试那段时间，我看耳在桌洞下面用钩针编织脖领儿。那时我们还是老式军装，领口是用领钩扎紧的，不少老兵在内领处会缝上一圈白线钩织的脖领儿，一来是为了防脏，二来是为了美观（那时还流行穿军大衣配白围脖），第三呢，则是为了炫耀。因为处了对象的老兵，心灵手巧的女朋友都会为老兵缝上一副白脖领儿，跟现在的女友给男友送腰带一样，有"拴住"他的意思。大家都知道，军人找对象一直是个老大难问题，特别是一些偏远地区部队，不管是老兵，还是大龄干部，谁要是处了个对象，那可是倍有面儿的事，会让战友们羡慕死的。

所以，耳织脖领儿的事让我很敏感，忍不住问她，是给谁织的？她说是帮她们班长织的。我说："是给她对象织的吗？"耳不吱声，抿嘴乐。

我就说:"那你也给我织一副呗!"她一听,脸就红了,一直红到耳朵根儿。我见状忙说:"你别误会,我不是那个意思。"我本意是不想让她陷入尴尬,没想到她更生气了,哼了一声就不再理我了,我只好回到座位上。

第二天,坐在我身边的阿明特意把领口敞开着,露出一副漂亮的白色脖领儿。周围的战友发现了,围住他又笑又问,他得意的表情让我心里酸溜溜的,那副白脖领像道刺眼的闪光。下课了,阿明照例拉我找女兵聊天,我甩开他的手,推说困了要睡觉,自己伏在桌子上假装打瞌睡。这时,我闻到了一股淡淡的香味,是我熟悉的香味,我偷偷睁开眼,看到桌子旁站着一个女兵。我知道是耳来到我身边了,却赌气似的没有抬起头。耳似乎叹了一口气,转身离去了。

4

直到考试,我和耳再也没有过交流。考试那几天,我几次想给耳打电话,问问她考得怎么样,却不知为何,一直鼓不起勇气联络她。加上考试过程很紧张,我不得不暂时放下了想她的心。考完最后一科,阿明和耳的班长找到我,班长说:"你快去看看耳吧,她住院了,没有参加上考试,她一直惦记你呢!"

我去医院看望耳。耳脸色苍白地躺在病床上,见到她的那一刻,突然觉得她好脆弱,我心里酸酸的很难受,后悔那样对待耳了。耳见我来,高兴地坐起来，安慰我说只是发烧没啥大事，本来这次考试也没把握，可以复习一年再考。又问到我的情况，我一一告诉她。得知我考得不错，她欢喜得拍起手来。她越为我高兴，我越觉得难过，仿佛她因病未能参加考试是我造成的。

她似乎并未看出我的难过，从枕头下拿出一件东西递到我面前说："祝贺你，未来的大军官，送给你一件礼物吧！"我一看，竟是一副白脖领儿，不用问，这一定是她在住院期间织的。我的眼泪一下子涌了出来，她见我哭了，有些惊异，接着咬紧嘴唇，连说："看你，哭啥呀，一点都不像个男子汉！"我不好意思地揉着眼睛说："你要答应我，病好了以后，一定好好复习，明年再考军校，我在军校等你啊！"

"好啊，我们拉钩，不见不散！"耳小巧的指头伸到我的面前，我也伸出指头，和她轻轻地钩在一起。那个下午，阳光暖暖地照在病床上，照在耳的身上，照在我们两个人钩在一起的手指头上。

5

第二年，耳没有考军校，她退伍了。耳换了手机号。我联系过阿明，联系过耳的班长以及所有可能找到耳的人，都没有办法找到她。有人说她退伍后回老家了，有人说她去外地打工了，总之，我再也没有见过她。我戴着耳送给我的白脖领儿读完了军校，毕业分配又回到山沟，直到我们换了新式军装，我才把那副白脖领儿卸下，珍藏在三等功奖章的盒子里。

人生就是这么地奇怪，有时你认为很重要的一个人，会突然间消失不见。当兵这些年，我走过很多地方，认识了很多人，但我身边的战友，那些亲爱的陪我笑陪我累的战友，一个个都离去了。他们大都脱下了军装，转业到了地方，之后不久，便渐渐失去了联系。我想，离别也许就是军人的宿命。

耳，我很想念你。

当我穿上军装，出现在她的婚礼现场

秋水

1

我接到高中同学的电话："你知道吗，她下周六要结婚了。"她是我的初恋，我们从高中一路谈到大学。七年之痒，没结婚也就分手了。

分手的原因我记不清了。也许是我去了部队，她选择了出国。

后来，我谈过恋爱，她也是。再后来，我只是从别人的口中，断断续续得知她的消息。她回国了，当了个大学老师，找了个企业家。然后，现在要结婚了。

得知她马上要结婚，我失眠了。

脑子里一直都循环着张宇的《给你们》。这首歌，我在失恋的时候听过无数遍。此前我从未怀疑过我们的未来。到分手才发现，茫茫人海，能跟一个深爱的人走入婚姻的殿堂，好难。

那段时间，我学会了默默流泪，在夜里下哨后，一个人躲在储藏室里。过了那段时间，我也再不懂得悲伤，任何失意不甘，都撩拨不起我的情绪。

我变得深沉。

其实我心里一直想着,有一天,她能够回心转意,玩够了,她累了,也就回家了。

可是,她要结婚了。

2

第二天起床,我问同学要了她举办婚礼的具体时间和地点。我想去看看。我想在她给我敬酒时看着她的眼睛,她应该会逃避我的眼神吧,总之内心肯定不会平静。

我想对她说:祝你幸福。我想看着她流泪,看着她心酸。我想报复她。我记得分手很多年后,她清清楚楚地对我讲:"我知道,这辈子再也找不到一个比你更爱我、比你对我更好的人了。"

但是,既然知道,为什么不是我,为什么还要跟别的男人结婚?是不爱了吗?是的,没有心动的感觉了。但爱情不就是这样吗?七年,爱一个人已经成为习惯,变成了一种本能。

她好傻,看不透爱情的真谛。可是,我更傻。不是吗?

3

我向部队请假,说是我妹妹结婚。我订好机票,提前一天回了老家。

回家后，我买了个红包，红包上印着"百年好合"。

她结婚的头一天，有很多同学给我打电话，问我去不去。我脑子很乱。有人劝我别做傻事，有人鼓励我说要跟我一起抢新娘。我有一点犹豫，觉得也许去了是一个错误。折磨她，也折磨我自己。

但我还是去了。

我不是个自私的人。这些年来，我事事为她着想，今天我要为自己自私一回。我不知道如果我去了会怎样，但我知道，如果我没去，会留下一生的遗憾。就这样吧，给青春做个了结。

4

她结婚那天，我在家里换好衣服。那是一身笔挺的军装礼服，黑色的礼靴擦得锃亮。当兵那么多年，除了一次立功受奖，这还是我第二次穿得那么光鲜。

我迈着步子一步步走着，这条路我走了三年。高中的时候，我们总约定在两家路途的中点见面，离她今天举办婚礼的酒店不远。那时候，我总觉得这段路好长，后来分手后，一个人走遍全程，才发现也只要二十分钟。

我走在路上，听着新皮鞋拍打在水泥路面的声音。"啪啪……啪啪……啪啪……"一下一下，把我的思绪搅得一团糟。好烦。我看到酒店门口立起来的大幅婚纱照,她还是那么清纯美丽。想当年,有那么多男生追她,我一开始没勇气表白,她却主动告诉我她喜欢我。我其貌不扬,到现在也不知道当时她看上了我哪一点。

照片上,"新娘"后面印着她的名字。我写字很丑,但她名字那几个字却写得好看,比我自己的名字还写得好看。

5

她陪客人进去了。我走到酒店门口,把红包递给了她的母亲。阿姨认识我,感觉她有点不自然。我冲她笑笑,说了一声恭喜。

我进门找到高中同学坐的桌子,大家都向我投来好奇的眼光,认识的,不认识的。这很正常,穿军装走在大街上,总会有这样的待遇。何况,这还是婚礼;何况,这还是礼服。

我坐在桌子上,同学们都安静下来。为什么大家都不说话,不需要叙旧吗?不需要开心地笑吗?"你在部队还好吗?"终于有人开口。

"我挺好的,谢谢。"我急切地要跟人说话,我不想呆呆地坐在那里。我不想去观察周围的环境,也不想去看那些认识的和不认识的人。我不确定,她是不是已经看到了我。

婚礼的乐曲准时响起,一切流程都那么俗套,跟所有的婚礼没什么区别。

我确信她看到了我。不知道她的母亲有没有告诉她我的到来。她看我时只是眼神微微扫过,我不知道她心里在想什么,是不是也掀起了一丝波澜。

6

婚礼的司仪很庸俗,一个劲地和她开一些乱七八糟的玩笑。好像许多婚礼都会开这种玩笑。我看到她的手握了握衣角,她不开心的时候总是这样。

现场的人都开始起哄,那些中年男人闹腾得最欢。我突然有点心疼,要是我,绝不会让她受这样的委屈。可是,她是别人的老婆,由不得我做主。

婚宴开始了。她和她的老公挨桌敬酒,她的老公笑得好开心,她也在浅浅地笑。她向来不喜欢人多,也不喜欢热闹的场合。

快轮到我们了,这桌人显得比较沉闷。都是我的原因吧,败坏了大家的兴致。

她又看了我几眼,脸色有点发红。她一激动的时候就会这样,或者是她今天也喝了一些酒。她努力地想对我挤出个笑容,但是却笑不出来,我也是。

酒马上要敬到我们桌来,我突然想要离开,就这样让青春散场。

7

我起身走到她面前,挤出了一个难看的笑脸。我说"祝你幸福"。她低头不语，站在一旁的老公却热情地招待。她一定没跟她老公说过我吧，她老公看起来也是个老实憨厚的人。

我给她敬了个礼，转身大步离开。她老公嚷着叫我吃完饭再走，我推托部队临时有任务，头也不回。

我又一个人走在大街上。漫无目的，哪里都是曾经欢聚的身影，哪里都回响着过去的海誓山盟。

后来听他们讲，那天，她哭了，身边的很多同学也一样。为什么大家要哭呢？是激动喜悦，还是别的什么原因。我不知道。

回家后，我喝了不少酒。在现场，穿着军装，我没敢喝。

喝完酒，我睡得很好。没有眼泪，只有梦。

我梦到了她结婚，我穿着军装去参加她的婚礼。我觉得我的心空掉了，以前总有个她把它塞得满满的。第二天我醒来，母亲给我煮了早饭，我吃着饭，突然明白，原来这只是一场梦。

但愿，只是一场梦。

8

人生如梦。

问士官情为何物

鄢健颐

"男人要有颗高贵的心。"休假之前与领导道别，谈及婚恋之事，教导员如是嘱咐。我登时热血奔涌，吟着"美人如玉剑如虹"的诗句，萧萧然踏向了岳麓山下的缤纷世界。

年少之时，诗情满腹，眼高于顶，总觉得灯火阑珊之处、落英缤纷之时会有位佳人与我萍水相逢，一眼万年。记得读书时，常有位女生跑到我家楼下唤我出去散步，彼时我正对着电脑沉迷于打怪练级，哪识得女儿家的种种妙处，遂充耳不闻，龟缩不出。那女生也霸蛮，居然捡着地上的石子就往阳台上扔，直到我揉着两眼装睡醒的样子出来答话。每日如此，孜孜不倦，让老妈常对着满阳台的砖石茫然无措。

而今我已半推半就地投入剩男剩女们的相亲大军，再想起当日窗外飞扬的石子与女生的呼唤，真是既甜蜜又忧伤。

从军之后，跟女孩子结识的机会少之又少，偶尔的惊鸿一瞥也就记得格外清楚。那年随舰赴西沙慰问，我跟演出队的姑娘们一块上的东岛，她们去部队表演，我就在沙滩闲逛。午后的东岛，椰林轻曳、水鸟翔集，阳光似新娘的头纱从云层间洒落。我正痴醉着，远远就见一演出的姑娘正自引桥信步走来，一袭晚礼服霞光般在海风中飘舞。这刹那的美，辉映天地，长久地震颤着我的灵魂——原来最美的东西只会出现在离你最遥远的地方，你要离开故乡、越过沧海、踏遍孤礁，才可见证那份绮丽！

爱情终究不是坐等的风景，实战才是制胜关键。朱德总司令的婚恋故事曾使我大受启发。当年红军双枪女秀才伍若兰给朱德做了双布鞋，还赋诗一首："莫以穿戴论英雄，为民甘愿受清贫。革命路长尘与土，有鞋才好赴征程。"两人就此成了，总司令的情诗亦是深情别致，比如："赞我军机到五更，双瞳秋水伴天明。每当察觉忧戎事，低语安心尚忆卿。"

我茅塞顿开，写诗还不简单，从此古典的现代的打油的周杰伦式的各类长短句，招之即来，倚马可待，可谓：家贫貌丑，借文采妆之；嘴笨舌拙，以平仄助之。写站岗时是：灯塔对清眸，耿耿两相望。写睡觉时是：湘水青鬓人，此时眠未眠？写出征时是：待得春归返家日，伊人陪我醉故乡。如此种种，寒来暑往，女孩儿依然不为我的革命浪漫主义动心，答曰：不懂！

阅尽春花秋月，空留柴米油盐。披着文艺青年的虎皮混迹近十年的我，终于还是跟着媒人的脚步走进陌生人家的客厅，拜访各路女士，精确地互估家境，礼貌地交换号码，拘谨地在门口的小店开始第一轮也可能是最后一轮约会……

昨日，与某战友聚餐于长沙，共商寻情大计。友曰：让我相亲，不如让我跑两个五公里。然后我俩望着窗外行色匆匆的红男绿女，不约而同地拍案道：急啥！

问世间情为何物？——非诚勿扰，心诚则灵！徐诗人说得好：我将于茫茫人海中访我唯一之灵魂伴侣；得之，我幸；不得，我命。如此而已。斯言，与诸君共勉。

五

很庆幸，我的青春
有穿军装的样子

当青春的光彩渐渐消逝

永不衰老的内在个性

却在一个人的脸上和眼睛上更加明显地表露出来

好像是在同一地方久住了的结果

  ——泰戈尔

退伍二十四天后,我又梦见了军营

张得膘

2015年12月28号,早上六点。

我从睡梦中醒来,迷迷糊糊中习惯性地想摸索枕边的香烟,却摸了个空。

突然意识到自己退伍已经有整整二十四天。

二十四天之前,我在火车站台上燃尽了最后一根香烟,认真地将烟头丢进垃圾箱,如同眼前正在上演的告别。

这是事实,改变不了的。

因为它已经过去了。

1

我努力把时间拉回到退伍前的半个月。

"怎么还不退伍啊,时间真慢。"

瘦狗子每天早晨睁开眼的第一件事情,就是来一句抱怨。这是瘦狗子第一百二十次向我抱怨,他八月份从某军分区调到我们连队以来,几乎每天都要抱怨一句,就跟每天开饭前都要唱支歌一般有规律。

淡定淡定,我也记不清这是我第几次安慰他。面包会有的,牛奶会有的,腹肌会有的,退伍也会有的。

"你有腹肌吗?"他不无鄙视地看了我一眼,接着又故作沉痛状,捶胸顿足道:"我从来没有这么深切感受到时间在我身边流动。"

我笑道:"那就更应该好好把握不是吗?"

"扯!"他啐了我一口,"以前我每天过得都跟海啸似的。"说着,他又换了一副恨恨的表情,"等退伍那天,老子要买包四十的黄鹤楼,就坐在营门口的岗亭边儿上,不抽完老子就不上车了!"

"好想法!"我被他逗笑了。

"得嘞,你打算退伍干嘛?"瘦狗子突然问我。

我被他突然这么一本正经的问题问得一愣,摇摇头笑道:"还没想好,也许是回去念大学吧,也许是找份工作。船到桥头自然直。"

"要不这样吧,"瘦狗子两眼闪闪发亮,"我认识个朋友,是干婚庆的。看你模样虽然没我长得帅但起码还算讨喜,要不然去当个司仪试试?"我嘴角抽搐了一下,实在不能想象自己和瘦狗子西装革履在台上主持婚礼的样子,感觉形象跟《鹿鼎记》里的胖瘦头陀差不了多少。

正当我考虑该怎样委婉拒绝瘦狗子热情的邀请时,操课的哨声及时打破了尴尬的沉默。我逃也似的一箭步冲出门外。周围同样要赶往集合地的战友们见状，纷纷忍不住用饱含敬佩的眼神看了我一眼：看看，别人第五年就是不一样，都快退伍了，动作还是那么利索紧张。

2

退伍前一星期。

每年年终考核刚过去，老兵退伍的工作就不可避免地衔接而上。原来的"练兵狂人"连长也有意减少训练量。我坐在边上看着还在训练场挥汗如雨的稚嫩面孔，一想到连长大年三十下着大雪还让我们跑四百米障碍，我可耻地幸灾乐祸起来。

"你个臭小子，又在自己偷着乐啥？"忽然感觉一阵劲风袭来，后脑勺被人轻轻拍了一巴掌。

我抬头一瞧，却是炊事班班长丹哥。

"班长，这么巧啊，今天炊事班不忙吗？"我一脸谄媚地站了起来，这时才发现丹哥肩上背着个打得一丝不苟的背包，"您老也下来搞训练啊。"

"炊事班忙得过来，那几个小子一个个精干得很。我闲不住，就下来跑几圈。"丹哥一边做着热身，一边问我："确定了吗？"

我知道他指的是什么事情，点点头："是的，已经确定了。"

"有点可惜了。"

"嗯,但是还有更重要的事情等着我去做。"

"那就好,其实退伍也挺好的。年轻人有想法是好事儿,只要有本事儿,在哪里都可以建功立业。"丹哥伸出一只手招呼我道,"你不陪我跑几圈?"

丹哥曾经是我的班长,他刚转四级军士长那年,我有幸跟过他一年。

丹哥是我见过最有兵味儿的兵,不管是业务还是军事素质都可以说得上优秀,甚至一些年轻力壮、素质过硬的年轻士官能力都不及他。连心高气傲的连长都要敬他三分。

丹哥很扎实,而且到了要求全班上下和他一样扎实的地步,这直接让我这个爱偷懒混点儿的家伙生生被他掰成了勤劳肯干的进步青年。

当然,那是被他提着工兵锹满操场追杀之后的事儿了。

可惜,丹哥的辉煌,最后停留在了2013年的夏天。双腿半月板严重损坏,让他不得不告别了训练场,被安排到炊事班当了不问世事的班长。曾经的荣誉、曾经的辉煌一去不复返,这种变相的归隐山林,让我不禁悲凉地想起"英雄末路"这个词。

但即便是半月板已然损坏,我也时不时会在训练场上看到他打着背包慢跑的身影。

即使狮子垂暮,狮子依然还是狮子。

这个男人一如既往的坚忍品性,让我不得不敬佩。即使他不再是我的班长,他也是我所尊敬的那个男人。

我不禁为我现在倦怠的状态感到汗颜,于是我紧紧握住了他伸出的手。

3

退伍当天,早晨六点。

我独自走在营区里,远远望着那些我曾经畏惧的训练场,看到了当年咬着牙在跑道上挥汗如雨奋力拼搏的自己。

我看到曾经无数个日日夜夜和战友一起匍匐前进的自己。

我看到了那个拔了五年草地的自己。

这些"自己"最后编织成了我这平凡而又不平凡的五年。

"膘哥。"

我回过头,是我们班里的一个兄弟。

他强笑一下:"连长叫我来找你,该走了。"

随着鞭炮声响起,在战友们的夹道欢送下,我们上了火车。车厢里气氛压抑,连呼吸都沉重了几分。瘦狗子坐在我边上哭得泣不成声,他抬起头望着我,带着一丝哭腔:"得膘,我有点后悔了。"

说着,他莫名其妙递给我一张纸巾。我望着车窗上映着的自己,发现自己不知何时,早已泪流满面。

很庆幸，我的青春有穿军装的样子

宋玺

我是一名退伍女兵，曾服役于海军陆战队某旅，是一名两栖侦察兵。我的老部队是一支应急机动作战部队，也是第一支登上祖国南沙群岛建礁守礁的先头部队，曾担负过多项急难险重的任务。在这样一支尖刀部队当兵，是我此生最值得自豪的经历之一。

两年的义务兵生涯实在太匆匆。还记得新兵连时饥饿难耐躲在厕所吃士力架的面红窘迫，演讲比赛几千人前慷慨陈词的意气风发，武装奔袭到最后关头和战友相互搀扶的深情厚谊，野外生存时喝着寡淡稀粥还一同畅聊满汉全席的苦中作乐，还有护航期间在风浪肆虐的印度洋上吐了上顿没下顿的同舟共济，顺访时与各国华人华侨在国旗下不思量自难忘的热泪盈眶……

现在眼睛一闭一睁，发现这一切都已经离我很远了。我回到地方已经将近三年，但心中却经常恍惚，像是经历了一次期盼已久的外出，只是再没有人通知我何时归队。放假放得时间太长了，总觉得还会有人通知自己归队。

刚是新兵蛋子那会儿，我就跟班长说要去海军陆战队当侦察兵，那时没人相信一个不到一米六的小萝卜头儿能吃这种苦，所以班长说只要我能在她面前俯卧撑撑够三分钟，她就相信我能去陆战队。我是个蛮犟的人，当你认为我不行的时候，我就一定要证明我行。九月底的沙角，天气非常炎热，刚刚撑了不到一分钟，汗就吧嗒吧嗒往下掉，全身抖成了筛子，手脚也不断打滑，像是在地板砖上游泳。为了不让战友们小瞧，我拼命坚持，可最终也没撑够三分钟，确实有点儿气馁，还特别不想承认自己没撑够这三分钟。

说实话，头上顶着"北京大学"这个光环，拼死拼活也不能让人小看，但好像也不知不觉的因为"北京大学"这个标签而高看了自己。刚来部队就被班长给了下马威，对我来说真的是件好事儿，一来认识到了自己的不足，二来也真的激发出了自己那一股不服输的劲头。于是凭着这股子憨劲儿，什么训练苦我就上什么，哪个公差累我就出哪个。两个多月的辛苦训练后，因表现还不错，下连时如愿分配到了两栖侦察队，荣升为一名中级新兵蛋子。

这是部队教给我的第一课，只要狠下心来去努力、去付出、去拼搏，那想做的事情一定能做成。

不过很快部队又给我上了另一课。下了连队，虽然早就知道迎接我的将是什么样的挑战，但开始扎马步、冲体能、跑武装后我才深切地体会到什么叫被练得死去活来。那时候班长们的任务好像比我们还重，除了每天白天带我们训练，晚上吹哨之后她们还要继续在操场上被大队长拘着练拳。我们这些新兵躺在被窝里，听着窗外班长们分贝爆棚的喊杀声，心里别提多忐忑了，根本就不敢睡觉。班长们晚上被大队长练成这样，早上起来肯定没我们什么好果子吃⋯⋯

果然，每天都没好果子吃，除了伙食确实不错。

训练强度高，心理压力大，还得忍受半月板损伤的折磨，那时候支撑我努力训练的最大动力就是能被选拔去参加新疆库尔勒寒训。本来一切都很顺利，可就要出发的时候，指导员却怕我膝盖承受不了新疆的恶劣环境而临时将我从参训名单上去掉。我的心顿时拔凉拔凉的，留守的每一天我都特别不甘心，半夜站岗有时候还会偷抹几滴眼泪。我实在是想不通，为什么我竭尽全力去努力了，我的愿望还是不能实现？

在非常气馁的时候，指导员一句话点醒了我。他告诉我，革命军人是块砖，哪里需要往哪搬。这句话我小时候就听父亲讲过，可从来没理解过这句话的真正含意，就算在指导员语重心长教导我的时候，我也还是没真的理解，只是暂且将它当作一种心理安慰，毕竟木已成舟，再颓下去可真是得不偿失。所以我服从安排去机关学习话务，普通话说得好，外加脑子又转得快，很快就出班开始接电话了。但我心心念念的还是回连队去当侦察兵。咱现在改文了，可武绝不能荒废，虽然没枪打，但日常的三公里、小素质还是不能落下，甚至还得加练。毕竟在连队的战友每天都在认真训练，要是回去了被战友笑话，说我在话务班被养得白白胖胖，窗台都爬不动了，那可真是丢人。不过话说回来，在话务班的时候我们确实可以在休息时间自由地去服务社买点小零食，这真是那时候最开心的事情。对我来说，只要吃得好，一切没烦恼。

两个月后，陆战队一年一度的海练开始了，话务班也要出人参训，我立刻举手报名，抓住机会就再也没回话务班。

虽然回到连队零食就没办法自由吃了，但能训练，能当侦察兵，就很好。

这次经历让我知道，真正优秀的军人，不能只为实现自己的个人想法一意孤行，而是要随机而动，用最有效的方式在集体中发挥作用，和身边的战友一起为这支队伍带来价值。梦想才能贴近现实，才有机会被实现。

经过一年的磨砺，我学会了如何在仰望星空的同时还能脚踏实地，所以在第二年十二月份，因表现好外加特长突出，幸运地被选作中国海军第二十五批护航编队成员，远赴亚丁湾、索马里海域执行护航任务。

护航一次，光荣一生。当编队解缆起航，在导弹平台上望着越来越远的军港，真是人生中的巅峰体验。而当亲自见证我所在编队完成生擒海盗的壮举时，更是与有荣焉。这种亲自参与历史的庄严感与使命感，让我每每想起都心中激荡。

我是退伍女兵宋玺，这是我的故事，有无人问津的坚持，也有值得一生骄傲的高光时刻。现在我离开部队已经将近三年，我想说，青春有很多种样子，很庆幸，我的青春有穿军装的样子。在部队里遇到的每一个人，经历的每一件事儿，我都非常怀念，尤其是那些为了梦想而咬牙坚持的瞬间。

为什么你离开了部队，依然觉得不自由

彭莫山

小黑：

你好！展信佳。

退伍一个礼拜了，在家一切都好吧？

那天晚上，你在电话里问我，为什么离开部队回到家，少了那些条条框框的束缚，却依然觉得不自由。

你还记得吗？退伍前，我问过你们，回去之后有什么打算、想做什么，当时你们都答不上来。也是，计划赶不上变化，未来是没法安排的。不过，你们最后总会说——

"唉，总之要过自由一点的生活。"

1

"自由"这个词，对于我们这帮一起在部队待过的山里娃来说，更显意义非凡。直线加方块的制式生活，边城深山的偏僻封闭，让我们都曾渴望有一天能够不被管束，自由来去，就像头顶的飞鸟。

对于自由的期待，就像那日夜相伴的铁轨，坚硬、漫长，但总有尽头。那时候，后勤班的小董特别喜欢唱《蓝莲花》，"没有什么能够阻挡，你对自由的向往，天马行空的生涯，你的心了无牵挂……"歌词的世界辽阔无边，而我们眼前，除了山，还是山。

不知道你们还记不记得，那年夏天，一到训练间隙，我们就围坐在草地上侃大山。阳光透过树梢打下来，几个人手中转着狗尾巴草，你一言我一语，天马行空地畅想走出大山后的日子。

那个时候，我看得到你们眼中对自由的渴望。总想跟你们说些什么，但一阵尖锐的汽笛经过，什么也没有说出口……

2

终于，你们先后都脱下军装走出大山，回到了"外面的世界"，不再受管束，不再有紧张的哨音与寂寞的汽笛常伴耳畔。

可是，这段时间你们却总在电话里说"回家之后不习惯""不知道该干什么""不知道怎么打发日子"，小陈和小李甚至还说"没人指挥我不舒服""想回去部队了"……

真的是这样吗？

原来，回到地方，最大的困惑不是生活的压力，不是工作的选择，而是一下子不知道该干什么，该怎么安排自己。

我当时开玩笑说,没关系的,这是"当兵后遗症",过段时间就会好了。

其实,我心里也没底,因为我也曾陷入类似的迷茫和困惑。

为什么好不容易等来了"自由",反而局促不安呢?

3

我发现,当一个人面对大量的自由选择时,反而会不知所措,宁可逃到没有自由的环境去,以寻求安全。

所以,当我听到你们有人说"想要回到部队",我就在想,这其中除了怀念部队的因素之外,是不是还存在某种对自由的逃避?

有个叫罗素的哲学家说过,大多数人一旦可以随意安排时间,他们不管做什么决定,都会感到困扰。因为他们总觉得本来可以用这些时间去做更令人愉快的事情。学会合理安排时间,是人类文明最后的成果,但很可惜,很少有人能达到这种境界。

这让我想起一个朋友的笔名——目田,寓意没有自由。我现在的理解是,没有了头脑,没有了想法,也就没有了自由。

4

我想,你们面对"自由"时的茫然或逃避,从某个层面上说,其实是一种"生命中不能承受之轻"——一下子没办法享有如此"奢侈"的自由,自由便成了约束。

不过，小黑，我们得认识到，自由和约束，并不像我们想象中那样非黑即白、二元对立，它们其实共存于一种状态之中，取决于你如何去看待。

想想，那时候在山里头，在那有限的时空中，我们活得充实自在。我们可以像孩子一样漫无边际地奔跑；我们可以眺望远方，抬头看天上的飞鸟；我们还可以围坐在一起，手执狗尾草，畅想未来……

在我看来，这才是真正的自由。这种状态下，内心是敞开的，是宽广的，是在不断生长、不断丰富的。在今天看来，那样一颗敞开的心正是彭莫山给我们的最大的财富。

相反，倘若内心是紧锁的、局促的、坚硬的，那么无论你身处何方，无论你拥有多少闲暇，就算是让你周游世界，这世界于你，仍是牢笼。

5

所以，自由并不是对时间的支配，而是对自我的支配。

其实，无论身处何方，人被抛掷到这个世上，都会有不自由的感觉，只是部队环境的特殊，让这种不自由感更容易被感知。你看"自由"这俩字，长得就是条条框框的。

生活中，我们好似被各种东西束缚着，身份让我们不自由，纪律让我们不自由，权利让我们不自由……但其实真正让我们不自由的，是我们迷失的内心，是我们只知道协调自己与周遭的关系，而忘了让自己将心扉敞开。

毕竟自由的空气，最容易被生活的琐碎所稀释。

小黑，现阶段先别急着去做什么，先试着让自己的心，慢慢地从归途列车的剧烈节奏中平复下来。在家好好陪陪父母，或者去看望以前的老师同学，静下来的时候，想想看自己想要做什么工作，又适合做什么工作……

你可以为此列一份清单。这份清单，不只是写给你的生活，也是写给你内心的。

沉淀下来，不再患得患失时，你就会拥有一份镇定。有了镇定，就有了自由。

小黑，如今你走到了人生的另一个岔路口。犹豫彷徨在所难免，不过，放心走吧。虽然越往前走，经历越多，会越发感到自己的局限，但你要相信，只要内心拥有自由，那朵象征自由的蓝莲花，就会永不凋零地盛开着，因为——真正的自由是源自内心的。

共勉！有空来信。

祝好！

离开部队以后，我越来越像个军人了
西周

  退伍后我返校继续学业。一天下午我去办公室找导师，他见了我就说："你离开部队以后，越来越像个军人了。"我听了感觉他在开玩笑，仔细一想才觉得他说的有道理。导师不愧是导师啊，只一眼就看尽了过去与将来。

  这句话让我想起了498天前，在退伍离别的车站，班长对我说："你比刚来的时候好看了一点，从面部的构图和光泽来看，你像个军人了。"

  哦，原来我在部队的那些日子根本不像个军人，我是一步一步地让自己像个军人，直到退伍才有点军人的样子。这确实是一件悲伤的事情，我一直以为自己穿上军装，或者授了军衔就是军人了，原来这当兵的七百多天不过是成为军人的一个过程。等到我真正成为一个军人的时候，我已经不得不离开。

  我的战友在送别的站台流着泪为我敬最后的军礼，他说："兄弟，你自由了！"

呵呵，我真的自由了吗？离开部队以后我才知道，自不自由取决于你是否忠于自由；我才知道，自由是嚼尽苦涩留下的后味，残留着汗水和金属的味道。

真的，我承认，离开部队以后，我越来越像个军人了。

离开部队以后，我越来越像个军人了。我起床后要把被子叠成豆腐块，虽没有那时候叠得好，却比那时候更认真。

离开部队以后，我越来越像个军人了。两个人走路的时候我会不自觉地去套另一个人的步伐。以前都是班长天天盯着，生怕我们步伐乱了，生怕我们一步没有迈够七十五厘米，生怕我们顺了拐，生怕我们当几年兵连路都不会走。

离开部队以后，我越来越像个军人了。退伍后我又留起了偏分的头发，可是持续了一年以后，我决定剪成部队里常用的寸头。这仿佛又是一个开始，既然要苦练"绝顶"功夫，那就一切从头吧。

离开部队以后，我越来越像个军人了。擦完桌子我会把抹布也叠成豆腐块，有时候还会把挂在绳子上的毛巾掐成一条线。要知道，当初在部队的时候，我最不愿意掐毛巾了。

离开部队以后，我越来越像个军人了。每当有人喊我的名字，我会不自觉地答"到"，有人提建议让我改了，我却改不掉。要知道，当初班长为了让我们摆脱"嗯、啊、哦"，让我们对着墙喊了一百声"到"！是的，我"到"了，我在这儿，我说"是"，我值得托付。

离开部队以后，我越来越像个军人了。虽不再写日记，但再也不掰着手指过日子，再也不会度日如年般地盼着回家，我会珍惜日子，把今天放进昨天的天平，把明天当成昨天来过。

你说，为什么都是到最后我们才像个军人，为什么退伍了才知道怎样去当个好兵？

战友，你知道孬兵的孬有几种写法吗？我猜有一千种。好兵都是一样的，孬兵各有各的孬。

班长，曾经有一个成为好兵的机会摆在我面前，我没有珍惜，直到退伍了才追悔莫及。如果上天再给我一个机会，我会对班长说："班长，我想当个好兵。"可是，对不起，班长，岁月如梭啊，我没有在短暂的两年里成为一个好兵，那咱们各就各位，对个口令，就相忘于江湖吧。

口令：土豆。

回令：地瓜。

愿你像个军人，愿你成为好兵！此致，敬礼！

我的战争

哨位君

北京时间 2019 年 6 月 6 日 23 时整,美国休斯敦时间 2019 年 6 月 6 日上午 10 时整,一位退伍女兵进入了无菌舱,接受一次决定生死的治疗。

这是一位退伍女兵的故事,一段让人心疼的奋斗历程,一场生命的历险。

梦起

有人说,最败家的是卖房创业,最兴家的是北京买房,但这个退伍女兵不信。

她从小在部队大院长大,从小梦想着当老师、当校长,于是高考填报了学前教育专业。受军人父亲的影响,她大学上到二年级去当兵,在空军服役两年后,她退伍回到学校继续她的学前教育专业学习。

毕业时家里人都希望她考公务员,或者去谋个事业编制,或者找个国企之类的工作。她说她要实现曾经的梦想,她觉得自己的人生还有其他的可能性。

军人的孩子最懂童年缺失陪伴的苦,所以她想开一家幼儿园,呵护孩子。于是,她儿时的梦想从对一所幼儿园的规划中开始了。

在父亲母亲不知道的情况下,她开始了创业计划。开始没有启动资金,她就把爸妈留给她的陪嫁房卖了。

创业的火苗一旦燃起,就不会再熄灭。她说,部队经历教会她的,是永不服输地往前冲。

都说最兴家的是在北京买房,最败家的是卖房创业,而她恰恰就是那个卖房创业的小姑娘。

2015年夏天,她跑遍整个合肥市选择了一个地址,拿钥匙打开门的那天,她哭笑不得,心想怎么会有如此丑的房型。满屋的柱子,而且连房屋结构图都没有。她第一次感受到,创业并不是那么简单。

然后她用锤子敲了一天,回家画了一天手稿,拿着手稿请来砸墙工人。三个壮汉砸了整整三天,她陪了整整三天,硬是将十间房子各部分打通,连接成一个整体。

接近四十摄氏度的高温,她的汗没有干过,砸出的建筑垃圾堆成一座山。她开着车周转于各个建材市场,寻找最放心的材料,因为这些是给孩子们的。

她用二十天的时间将奇丑无比的屋子打扮成孩子们温馨的家。她和工人一起忙活。她搬了一千多块砖,还抬过不知道多少袋水泥,晒得很黑,手上磨出了茧，腿上满是伤，累到站不起来。

工人被她感动了，问她："你一个大学生干啥不好，跟自己过不去干啥？"

她说："因为自己喜欢啊！"她说当时还有一句话没说出口："因为我当过兵啊！"

梦圆

经历了创业最初的艰难，她的事业慢慢步入正轨。

幼儿园建好了，接下来就是招老师，想尽一切办法推广招生，再用招生费聘请更多老师，更多的老师就能收更多的学生，更多的学生就有更多的学费，然后就可以开第二家、第三家……

从 2015 年创业开始，她已经在合肥开了三家幼儿园，有了五百五十个学生六十二个老师。企业也集团化规模化运作，终于算得上站稳了脚跟。

后来，她又把那套婚房买回来了。事实证明，她是对的。

对她来说，和孩子成为朋友，和家长成为朋友，是一件极其幸福满足的事。因为这是她理想与现实的平衡点。每一天，每一小时，每一分钟，都有满满的存在感。

她曾经收过一个军娃，其实一开始她就发现这个小军娃跟其他孩子不一样，有一些缺陷，未达到招生的基本条件。

但是，军娃妈妈的一句话融化了她："你要不收，我们就不上了，其他幼儿园不放心！"

她决定收下这个孩子，因为她也是一个军娃，她知道军娃需要什么。从此，小军娃也喊她"妈妈"，她像呵护自己的孩子一样照顾小军娃。

解梦

回顾整个创业历程，拆解来看，其实是源于她的一个梦想，一个兴趣，把兴趣做成了事业。当然，最感谢的还是父母，不仅仅是因为他们给了一笔启动资金（陪嫁房），还因为他们鼓励她去参军。

她说，没有当兵的经历，无法想象怎么能够在创业初期坚持下来。

尤其是做幼儿园，必须对每一个孩子负责，如果没有这样的态度，无论如何都做不好。

但这并不是她梦想的全部。

后来，她以高国家线六十多分的成绩过了南京师范大学研究生初试线，然后她成了一名教育学专业的研究生。现在她已经顺利硕士毕业，并且受到导师的青睐，招收为博士研究生。

她要更深刻地了解教育领域，用最专业的知识呵护每一个孩子。

她说："如果某一天，你在大学的校园看到我，我能不能听到你说一声：嗨，原来你就是那个退伍女兵。"

惊梦

2018年暑假,她在深圳接受一个幼儿教育的培训时,接到了猎头公司的电话,邀请她去深圳的一家教育型上市公司工作。

经过深思熟虑,她觉得如果想把事业推向更高的层次,她应该有这样的经历。于是,她将幼儿园托管,只身前往深圳,开启了只有上班时间没有下班时间的工作节奏。

她说她看过三点钟灯火通明的深圳,她曾一天坐两次飞机飞往不同的城市,啃着面包赶过从深圳开往九龙的火车,也曾坐在香港的小巴士上开心地看着手机上的工资到账信息。她说,这是第一次打工的喜悦。

她就像自己的微信昵称一样:奋斗的小蚂蚁,负重向前,不知疲倦。

后来,也就是2018年的某一天,我接到了一个从深圳打来的电话。

这只"奋斗的小蚂蚁"告诉我了一个坏消息——

她被检查出了白血病!

晴天霹雳。

这真的是个太坏的消息,命运真的太爱开玩笑。

接下来,她的人生进入了和死神战斗的轨道。

半年过去了,她经历了最残忍的治疗,几度疼痛至昏迷,几度绝望,尝试了所有可能的办法,从绝望中找到希望。从未见过如她一样坚强的姑娘。

很多次,她反而在鼓励身边的朋友——不要难过,一定会好好活着的。

前些天,她说找到了一种治疗方法,目前只有美国的一个医院可以进行治疗。

但是这种治疗办法,九死一生。

她的病情属于急性,非常复杂,治疗之路也是历经坎坷,从中国到日本,从日本到美国,这只奋斗的小蚂蚁,坚信活着的希望。

就像她说的,"我曾遍体鳞伤,但伤口长出的是翅膀"。

记得 2017 年一天,她借"一号哨位"平台说的一句话——"希望每一名战友,都能够永远热气腾腾地生活下去。"

而两年后的北京时间 2019 年 6 月 6 日 23 时整,美国休斯敦时间 2019 年 6 月 6 日上午 10 时整,她进入了无菌舱,接受一次决定生死的治疗。

希望有缘看到这篇文章的朋友,记住这只奋斗的小蚂蚁。她给我们讲述了她退役后的战争,一个关于奋斗和信念的故事,她坚信不屈不挠的努力,她坚信战胜死亡的信念。

后记

在那之后的日子里,她的家人多次发来让人绝望的消息,她多次濒临死亡边缘。

三十六天后,北京时间2019年7月12日,凌晨1时19分,美国休斯敦时间2019年7月11日下午12时19分,她醒了,然后她发了一条朋友圈:"我于半个小时前顺利出舱。历时一个多月,昏迷二十多天,虽然此刻疲惫不堪,且不能说话。但,依然激动万分。满屏私信,恕不能一一回复。来日方长,江湖再见!"

这是一条好消息,给人以希望。

祝愿所有退役的战友,热爱生命,相信未来,永远热气腾腾地活下去!

我干涸的嘴唇需要一颗温柔的子弹
大木

1

师弟小 A 是我的老乡，四年前他从安徽我们那个县城考到北京的时候，我已经大三。我们之间有过唯一一次的见面是在三年前，那时候我休学参军，即将奔赴部队，几个老乡一起聚会给我送行，他给我最大的印象就是口才好，招姑娘喜欢，一顿饭的工夫，女生的手机号他都记得差不多了。我从部队退役后回到学校继续读书，半年后接到了他的电话，说是想和我聊聊。

在我宿舍楼下的人行道上，我见到了小 A。三年不见，他显得有些老成和干练。

"我想去当兵，师兄你是从部队退役回来的，能跟我讲讲部队里面的情况吗？"小 A 直接表明了自己的来意。

说实话，一年前我结束了部队生活，退役后回到学校很少和别人提起自己在部队的经历，我一直认为有些记忆只属于一个人，和别人是无法分享的,更何况军人这个群体。没有切身的体会无法感同身受。不过听到他说想参军,我还是非常高兴,决定和他聊一聊。

"你不是马上要毕业了吗,为什么突然想到要去当兵呢?是想留在部队长期发展么?"我问他这个问题。

"其实也不是,我可能并不打算长期留在部队,当兵也谈不上梦想,就是想去锻炼锻炼,有这样一段经历也是非常好的。"

听到小A这样的回答,我觉得他很坦诚,便和他讲了部队的一些常识和趣事,以及去了部队如何适应等话题。聊天的时候,他反复询问是不是当兵就一定能够保送研究生,以及当了兵是不是就一定能够拿到北京户口这些问题,我隐约感觉他的目的可能不是去锻炼锻炼这样简单。

和他聊了会儿才知道,他大四即将毕业,考研没有考上,工作找得也并不太理想,那天偶尔看到学校发的征兵宣传,说是在北京从大学入伍不仅可以保送研究生还有许多优惠的政策。

我突然觉得这个天可能聊不下去了,我跟他说,如果去部队服役两年仅仅为了上个研究生拿个户口,我敢断定两年后你一定会后悔。

小A问我为什么,我告诉他:"研究生没考上大不了花上半年再考一次,户口到时候你还不一定会选择留京,这些完全都可以通过努力获得,如果你把这些设定为去当兵的目标,那么你看重的是当兵的结果而不是当兵的过程。然而我很遗憾地告诉你,当兵的过程是很苦很累的,不光是身体更是内心。"

小A若有所思，过了一会儿他问我："那师兄你当初为什么去当兵呢？"

2

其实小A的这个问题并不难回答，在部队服役的两年已经被无数人问及这个问题。一般来说如果是同年兵或者战友问，我会回答"一时头脑发热，脑袋被门挤了"，也就把这个话题结束了。如果遇到领导问，为了显示自己大学生的水平，怎么也得扯出个一二三来：一是对军营的向往，二是磨炼意志品质，三是提升能力素质。然而真正去思考这个问题的答案，我想并不是那么容易三两句话就能说清楚。

我是2009年考入现在这所大学的，它在国内也算是一所名校。那时候我拿着专业目录浏览了一下，唯独对国际政治这个专业一见钟情，虽然后来才知道那些学金融法律出身的可能更加容易迎娶白富美、出任CEO走向人生巅峰，但是我并不后悔当初自己的选择，因为政治和军事一直是自己感兴趣的领域，能够做自己喜欢的事情，才是最幸福的。

大学前三年，概括起来可以用一个词来形容，那便是普通。我是一个普通的本科生，长得不高不矮不帅也不丑，成绩不好不坏，谈了一场不长不短的恋爱，像大部分大学生一样混迹在学校社团，和同学一起做一做暑期社会实践的项目，期末考试前疯狂刷夜为的就是成绩单上有一个看得过去的分数，就这样度过了自己的大学时光。之后像大多数人一样加入考研大军或者海投简历去寻找下一个能够落脚的地方。那时候我常常坐在图书馆最高的一层，看着城市密密麻麻的建筑和车流，仿佛看到了自己即将要走的路，成为人群中擦肩而过的身影。

给青春另一种可能，这确实是我放弃学业选择军营的一个初衷，然而这并不是促使我去当兵的唯一原因。

我对军人并没有什么接触，对军营也谈不上向往。亲戚中唯一一个表哥初中毕业当了两年兵之后去合伙创业，交流得也不是很多。我的父母读书不多，靠双手辛勤地劳动来养活一大家人，他们曾经告诉过我许多朴素的人生道理，包括要做一个好人，谦虚是美德以及吃亏是福。

我就读的高中虽然是一所县级中学，但创办者是安徽首批同盟会会员，渡江战役的时候总前委就设立在这所学校，校训是"天下己任"。大学坐落于帝都北京，老师们常以立学为民、治学报国来教育我们，这些看似空洞的口号会在不经意间印刻在每一个敏感而幼小的心灵里。它可能会在某一个瞬间被唤醒，给你力量，去做出一个自己都不曾思考过的决定。然而回过头来看，却发现这样的决定顺理成章，有它不得不这样的理由。

如果不是为了爱和理想，与众不同又有什么意义？

对于我来说，选择参军也许是选择一条艰苦的道路，然而与结果相比，我更愿意去享受这段过程。军营的经历对于每一个与它相遇的人来说都是独一无二的,并不是说它不可复制,而是在于它带给每一个人的思考是不同的。每一次流浪都是为了寻找自己,而在部队,这个有着铁一般纪律和男儿血性的地方,也许能够遇到一个与众不同的自己。

3

结束这次谈话之前,小 A 提出来要加一下我的 QQ,方便以后联系。我同意了。他给我空间里面的签名点了个赞,我回复他一个笑脸。

几个月后,得知小 A 还是选择了参军,体检、政审等环节也都比较顺利地通过了。临走前,我们退役的老兵和新入伍的战友一起吃个饭,他特地走过来和我喝一杯。他说他将要去内蒙古,有可能是边防部队。我说边防军人好啊,到哪里都会辛苦,关键在于能够扛得下来还能苦中作乐。

他笑了笑,把酒干了。

突然他好像想起了什么,挠了一下脑袋:"师兄,我记得你空间里面有一句话。"

"哪一句?"

"就那个,好像是'我干涸的嘴唇需要一颗温柔的子弹',挺有意思的。"

我突然想起来了,这句话是我在部队服役期间从一首诗上读到的,一直以来放在空间做签名,三年没有动过了。

"你喜欢,那就送给你吧。"

一朝入梦，终生难醒

西周

这是我当兵的最后一天。

当过兵的人大概会哭两次，一次是离开家的时候，一次是离开部队的时候。前者可能是因为与亲人离别而悲伤，后者则没有一个具体的理由，因为这个时候哭的原因实在太复杂了。有人说，终于离开这个地方了，那他应该是喜悦的，可在转身的那一刻他无法抑制泪水；有人说，是因为舍不得一起吃过苦的人，无论你们打过多少次架、吵过多少次嘴，在离别的车站你都会为他哭一场。

以前在电视上也看到老兵退伍的画面，感觉一群大男人抱在一起痛哭很不可思议，甚至觉得男人哭是一件很没有出息的事情。可是很多东西只有你了解它的内在之后才会发现它的不简单。在从军的两年里，我了解了一个军人的所有细节，才知道当他离开部队的时候是怎样的心情。他尽力抑制自己的泪水，可是一转头他的眼睑就如同大坝决了堤。

这没有办法，军人其实是最脆弱的人。昨天晚上哈尔滨又下起了大雪，在雪地里我们送走了第一个离开的战友W。夜里十一点，所有的人都没有睡觉，立在雪地里，向他敬最后一个军礼。H是他的同年兵，一个平时总跟他打闹，吵架的时候能骂到八辈祖宗的人，站在雪地里哭成了泪人儿。

最后一个晚上我几乎没有睡着，行李都打了包立在床边，半夜再也不必担心有人叫我起来站岗，早上起床也无须再叠被子，班里就只有我一个人退伍，其他人像往常一样睡得很香。天慢慢地亮了，我迷迷糊糊醒来，把背包打好准备离开。

眼前的情景和七百多天前很像。七百多天前，我们背着行囊来了，今天我们背着行囊走了，"铁打的营盘，流水的兵"的描述再准确不过。当兵就是这么简单。

上午九点我们坐着大巴车离开营区，留队的所有人列队为我们送行，大门口的哨兵流着眼泪为车上的我们敬最后一个军礼。我看着自己站过岗的"一号哨位"逐渐消失在视野里，再也控制不住自己的泪腺，眼泪簌簌而下，渐渐地哭出声来。

我曾想象过很多次今天的情景，但没想到我会哭出声音，声音越来越大。车里的其他战友也在哭。一路送我的班长坐过来安慰我，拍打我的肩膀。

我想起了很多事情，新兵连、老连队、徒步行军、特战队、边境线、抗洪抢险……这些事情像放电影一样逐个闪过。那些早晨，那些午后，那些黄昏，我们在训练场上奔跑，班长打着拍子，老兵用小音箱放着凤凰传奇的经典曲目《最炫民族风》。这似乎是专门为战士练体能创作的歌曲，四二拍的节奏与我们的步伐正好匹配。我们喊着口号，一圈又一圈，一点都不觉得累。跑着跑着我的鞋带开了，我喊"报告"，班长就让我"出列"了，系好鞋带后，喊了"报告"我又"入列"了。现在似乎还是那时候的跑步，跑着跑着班长让我"出列"了。但这次的出列是永远的"出列"，再喊多少遍"报告"，也没有人让我"入列"了。

从此我的生命中再也没有这样的出早操，再也没有人吹紧急集合哨，再也没有集体的体能训练，因为我已经彻底不属于这个地方了。

T158是我返回北京的列车车次，整节车厢里都是退伍老兵，我很快就在里面找到了两年前一起从北京来的战友。我们久别重逢。此时的他们似乎比我更有军人的棱角，他们安静地坐着，应该也在回忆这两年。车窗外站满了送别的战友，拥抱、痛哭，可这一切都无法阻挡火车的开动，即使有再大的不舍也会被火车机械地割开。

十点四十六分火车开动了，车窗外的战友向我们敬礼，我们起立回礼。

一切都将结束，一切又将重新开始。

告别一种身份就等于告别一种生活，告别身份是极其简单的，只需要摘除那些具有象征意义的符号就可以了，但是真正告别一种生活却需要时间。我不知道得需要多少时间，或者只需要开始新的生活就会把这些慢慢忘掉。

有人说，在一个地方待久了就会渐渐忘记时间，感觉自己好像昨天才来到这里，又好像已经在这里待了很多年。又像是自己做了一场梦，而一旦你成为这场梦的主角，就很难再醒过来。

一朝入梦，终生难醒。

再见了，军营

游骑一兵

天空没有翅膀的痕迹，但我已飞过。

——泰戈尔

1

我不喜欢军队。

不喜欢军队，是因为从我踏入军队开始，扑面而来的是猝不及防的狼狈和自卑。

我只是一个山沟里长大的野孩子。我以为有超过一本线六十多分的成绩和曾经傲视群雄的武功，就可以当一个好兵，像所有影视剧里拍的一样。

我家里没有军人，我不知道军队的生活是什么模样。我更没有参加过军训，从小学到高中，都没有。

但显然，我没有想象的那样优秀。

军校同学几乎都曾军训过,所以,站在队列里的时候,他们从容了很多。我却总有这样那样的痼癖动作,一次次被班长"开小灶"。

人家的被子可以很轻松地叠成豆腐块,我的被子任我如何压它、磨它、打它、骂它,它的大角都始终如那时的我,无精打采软塌塌地站着。

我后来才知道,是被子大角的地方缺了一块棉花。但我当时以为就是自己不行。

我的成绩曾经那么那么好,但在军校的英语课上,常常会有一股莫名强大的睡意让我可以从上课睡到下课。如果不是一个山东的兄弟勇敢地担当起"觉皇"的角色,那这称号非我莫属。即便如此,我也赢得了"觉父"的美誉,陪了我军校四年。

我曾经体能那么好,高中每天领着同学们跑步做操,但在军队的第一次五公里我就遭遇了"滑铁卢",或许是因为感冒,或许是因为前天晚上半夜起来偷偷去靶场捡弹壳,总之,才跑三公里不到,我就开始有了濒死的感觉。

世界是黑白的。我每跑一步,都像坐在船上,左一晃,右一晃。我坚持到了终点,然后一头栽下。战友们说,这死胖子,咋那么沉,累死我了。他们说这话的时候我是清醒的,但闭着眼,没说话。然后我被抬到卫生队,吊水。

女同学坚信我会脱水,会营养不够,冲了奶粉送给我,把我感动得稀里哗啦。我一仰脖,把一大碗奶粉一口气喝下。半小时后,我开始拉肚子,拉了一整天,几次差点来不及解开军用裤衩的裤带。

喏,写了这么多,看来我确实不喜欢军队。一开始就不怎么喜欢。

2

我不喜欢军营。

铁打的军营流水的兵。从天南到地北,我去过很多的地方,住过很多军营。每一座军营都不相同,但每一座都有一股"铁"味,铁桶一样严实,铁律一样严肃。

其实,军营不是不美。恰恰相反,有时是很美。

我上的军校,在六朝古都的金陵。校舍里有原来国民党的交通部和行政院,古色古香。院里种满了老大老大的梧桐,门前的路旁,也种着在空中相拥相吻的梧桐。夏天走在其间,仿佛穿行在一条悠长的隧道里,过往全是民国的风景。

我刚毕业的单位,在长江边,离城市很远的一个地方。那个营区,我曾说它偏僻得"鸟不拉屎"。但事实是,它很偏,但常常有鸟拉屎,因为它就在一个山上。

那时有三个队,山下的教导员姓王,山腰的姓杨,山上的姓马,也不知道哪个缺德的臭嘴,编了个顺口溜:山上的马叫,山腰的羊叫,山下的王八叫——似乎偏题了。

其实我想说的是，无论从山脚走到山上，还是从山顶下到山下，都能看到一块块的草地，努力地自顾自地生长。还有一口池塘，每天波澜不惊地思考人生。然后就是漫山遍野的橘子树，一到秋天，就赶趟似的这露一块金黄，那露一点橙红，铆足了劲儿地引诱着我们。

但似乎没有那么多人上当，除了我。曾经在某一个秋高气爽的下午，我拎了满满一桶橘子回来，一直吃到月黑风高。第二天头痛欲裂了一整天，仿佛第一次失恋。

后来，我又去了好些个军营，一个比一个漂亮。有一个营院，一到深秋，路旁的银杏就有黄有绿地傲立着。伫立或行走，你总会希望有一个秋天的童话在这时空出现。你会想到执子之手白头偕老，或者你会希望经常相遇于梦中的那个人在前方静静地等待，你想就这样地幸福着，一辈子。

但我还是不喜欢它。

骨子里我是个向往自由的人。为了自由，我曾苦练轻功数月，然后翻身上墙，纵身跃下。再然后，扑通一声，落到了围墙外的护城河里。在那冰冷的十二月的南京，我裹着一身淤泥，却还不敢开口求救，怕被闻声而来的纠察逮了，通报全院。当然，还可能有被处分被开除的危险。

费了九牛二虎之力，我终于爬上岸，又翻身上墙，纵身跃下，不过，是乖乖地回宿舍。

自由总是要付出代价的，但付出代价未必就能得到自由。

拎着结冻的毛巾，洗着刺骨的冷水澡，内心对自由的渴望，如同扑不灭的山火，无休无息。

但我终于只是挣扎了几年便不再动弹。似乎自己就是那只会七十二变的孙猴子，走进军队的那一天，就被套上了紧箍圈。当有一天，这个圈被取下，却突然不习惯没有人在耳边唠叨的生活。

我讨厌军营把我变成现在的样子。我理应还是那个可以潇洒地写下"世界那么大，我想去看看"的少年。但我居然突然不舍，突然觉得军营里，还有很多很多想做没做的事在等着我去做，但我却要离开了。

我讨厌这样的留恋。

3

我不喜欢军人。

他们是一群糙得像磨砂纸的人，不知是被塞外的风沙磨的，还是被礁岛的海水泡的。

他们会爆粗，一句"TMD"从不离口。新训的时候，河南籍的班长批评我们不该说脏话："你们TMD新兵蛋子，TMD没当几天兵，就TMD左一句TMD右一句TMD，你们TMD看自己还像TMD军校学员不？"

我们集体沉默三秒钟，然后大笑加狂笑三分钟。

TMD 这个词，准确地说是一种导弹防御系统，但在他们嘴里，已经被脱敏成一个与自身内涵没有半毛钱关系的口头禅，类同于"喂"和"嗨"。

他们是脆弱的。一身笔挺的军装，看上去威武刚强，一副泰山崩于前而色不变的样子，但你看不到他一个人躺在床上，看着千里之外女儿的照片，喃喃自语几句泪水就从眼角淌下，湿了被装。

他们是沉默的。车站、银行、医院，哪都有"军人优先"的标识，他们却总穿着军装安静地站在后面排队，生怕被同样排队的百姓说"素质低""军人搞特权"。

他们是虚荣的。一哥们儿在阅兵预演时，胳膊被身后战友的刺刀捅破，他咬着牙，任凭鲜血淌下，等阅兵式结束，半件上衣和整条裤腿都被血水染红。

他们还是呆萌的。很多兄弟似乎活在上个世纪的中国，在相当长的一段时间，他们没法上网没法用手机，他们会在熄灯后，打着手电给女朋友写信。好多的汉子，居然连一句情话都不会说，害得我周末的时候还组织大家学习写情书。

他们是虚伪的。明明是自己献殷勤非要上交工资卡给媳妇，却会跟别人说是媳妇硬抢去的；明明是自己说在部队花销不大不用给他太多零花钱，转过身来又去跟别人吐槽说媳妇克扣他。

他们甚至是不负责任的。他们可以一天到晚琢磨着怎么打仗。他们坚信军人的最高荣誉就是战死沙场,但却很少想自己若牺牲家里孤儿寡母的生活将会如何。

也许,他们太自信,不相信自己会在战场倒下。

也许,他们太自私,为了一个军人的梦想和血性而无视其他。

也许,他们太伟大,属于这个民族和国家,而不属于哪一个人。

4

其实,军队待久了,也是挺好的。

这里有兄弟,还有酒。

总记得刚毕业,被分配在长江边那个容易被别人也被自己遗忘的地方,却能收到兄弟从千里之外的嘉兴寄来的大肉粽,然后手忙脚乱地把它一锅煮了,叫上同样落难的兄弟瓜分掉。

和我瓜分粽子的兄弟是飞行员,飞歼-6时是第一个放单飞的,但因为恋爱时被人蹬了情绪有点激动,被人黑了一把,停飞后"发配"到这里,和我一天到晚守在那座山上。

也是在湖北的时候,军校时睡在上铺的兄弟从重庆去北京,船到驻地特意停下来看我。领导关照,嘱备一桌酒,在离驻地十来公里一个叫"鱼羊火锅"的小店,几盘凉菜,一个火锅,然后就开干。

那时的我们,准确地说,还只是孩子。

军校的时候,是不让喝酒的。所谓军校,所谓大学,更多时候,只是像一所高中,唯一没有的是高考的压力,但英语四六级也常常把我们压得喘不过气来。

不许校内恋爱,不许无证外出,不许单独行动,有太多的不许。我们应该是会喜欢喝酒的,但我们终于没有学会,更没有学会推辞。

所以,同学再腼腆再示弱,在我们领导轻车熟路的劝酒面前,我们也一杯杯地干了。

不是小杯,是大杯,二两五的大杯。同学也是在给我面子。

在军校时,我们只是战友加同学。但那次酒后,我们成了兄弟。

5

平心而论,我不是一个好兵。至少,不是一个能让自己满意的兵。

像大多数国人一样,在我的印象里,军人是帅气的、阳刚的,他们应该有六块腹肌、黝黑脸庞、健硕身材,会操枪弄炮擒拿格斗,等等。

用这样的标准,我当然不是一个好兵。

我没有帅气的脸庞和诱人的身材,一半怪爸妈一半怪自己。在离开基层后的很长一段时间里,我几乎都荒于锻炼,六块腹肌很麻利地就团结成了一块。

我甚至都没有了引以为豪的健康,在不只是要能力更需要体力的机关,天天熬夜加班,总少不了落下这样那样的毛病,如腰椎病,如痔疮,如高血脂。

仅剩下一双眼,越发贼亮地看着世界,却被脸上横长的肉挤到了旮旯里,无作为也无地位。

我会操枪弄炮擒拿格斗,但那是很多年前的事。殊不知,拳老离手会变形,枪老搁置会生锈。

在军队,我学过很多专业,驾驶、通信、雷达、指挥、政工,但似乎都不够。

我从小的愿望就是带兵打仗,我也相信自己可以当个好的指挥员,但我又似乎少了一点霸气。

唯一不变的,一是那份"一个士兵最好的归宿,是在最后一仗中被最后一颗子弹打死"的情怀,二是希望自己活在明天也为明天的军队而活的梦想。

我愤青过。

曾几何时,"此起彼伏的'山头'、莫名其妙的'天线',迷乱了年轻官兵纯净的双眼;高耸入云的'文山'、波涛汹涌的'会海',沉重了血性男儿奋飞的翅膀;若隐若现的'贪腐生物链'、若明若暗的'人身依附链',绞杀着三军将士打赢的梦想;阴郁沉闷的'上风雾霾'、沾毒带菌的'源头祸水',窒息着军队吐故纳新的呼吸。我们笃定地认为,一支无坚定信念的军队无异于一群乌合之众。"这是我的牢骚,或者说,批判。

我的愤怒是因为我希望这支自己视为生命的军队,可以变得更好。

我知道一个曾饱受屈辱的国度,一个曾倍受欺凌的民族,对于强国梦的渴求。但所有的强国梦都必不可少倚仗强军梦的实现。而我们对于建设一支世界一流军队的渴求,其实远远超出给自己加官晋爵的欲望。

所以我痛恨那些忝列高位、尸位素餐的人,那些无法无天擅权妄为的事,那些暗中交易拉帮结派的恶。

愤怒不是因为不爱,而是因为深爱。

我庆幸自己在部队的成长,总是遇到好的人,也遇到对的人。所以,我坚信这个世界一定会变好。所以,我能坚守唯"二"不变。

我投笔从戎,又弃武从文。因为我希望可以用自己的思想和文字,去改变这个世界,哪怕只是一点点的改变。

我不是一个好兵,从上到下都不是,没有一点军人的模样,"孬兵"这个词应该是为我而设。

但我自认是一个好的军人,从里到外,每一个毛孔。

我喜欢也坚守那种军人的担当、豪情和坚毅。

6

其实,军装穿久了,就不会再想脱下来,它就像我们的皮肤。

很久以前，军队是允许穿军装外出的。那时的军装不好看，的确良的。陆军服说是绿军装，其实更像黄色，青黄青黄的一片。

但再丑的军装也是军装。现在是最好看的军装，按规定又可以穿着外出了，我却不想出去了。

当红牌学员的年代，军衔是红牌。有一次穿军装坐火车，同行的还有一个上等兵。车厢有小姑娘问上等兵：帅哥，这肩上两道拐是什么意思？上等兵自豪地说：上等兵。小姑娘又问：那一道拐又意味着什么呢？上等兵回答：列兵。小姑娘若有所思，指着我肩上的红肩牌说，估计这就是劣等兵了。

呵呵。欲哭无泪。

但再劣等的兵，只要穿上军装，都会下意识地挺胸收腹，双肩后扩，即使手插个口袋，也会那么地不自在。这身军装，就如一个纠察，双眼溜转溜转地盯着自己，让自己所有的劣性无处可躲。

即使这样，我们也愿意。

我喜欢老式夏装的古典，背后开了一道衩，走得快就一扇一扇的，在大热天里凉快着呢。中间还换过一次夹克式的夏短袖。干部不用扎裤腰里，凉快也显瘦。后来被淘汰了，但我一直认为那夹克很帅。

我也喜欢老式的冬装，风纪扣一扣，里面穿什么都行——老妈织的厚毛衣，女朋友送的花格衬衣，一股脑地穿着也没有人管。相比现在必须系领带的冬装来说，自是舒适自由很多。

但我最喜欢的，估计还是迷彩服。

军人不穿迷彩服，总会有种装满子弹却无法射击一样的感觉。穿着迷彩服的军人，立马显得精神许多。

迷彩服有很多兜，可以装很多东西，本子、笔、钥匙、照片，还有隐蔽的梦想。

迷彩服很耐磨。你待它，不必像待娇滴滴的千金小姐那样小心翼翼，更像待红过脸干过仗但还是并肩作战亲密无间的战友那样。

在坐着闷罐车去大西北的路上，迷彩服湿了又干干了又湿，几天后到达目的地时，衣服上厚厚的一层盐霜，估计重了好几两。

在海岛上驻训的时候，遇到台风来袭，对岸的淡水和食物送不过来，我们就用迷彩服去接雨水，拧出水来再烧开了喝。我们还学会了放点蛇饵在迷彩服的衣袖里，把一头封住。等蛇钻进去，一拎一摔，一顿美餐就有了着落。

迷彩服记载着我在军营摸爬滚打的点点滴滴，承载着我对青春对血性所有的梦想。

7

像对一份一生一世的爱情的期待一样，我原以为军队会是我永生永世的归宿。我不喜欢军队，不喜欢军营，不喜欢军人，但我仍愿意留在军队，仍愿意待在军营，仍愿意是一名军人。

狗剩说，你真贱，进军营那一天你就闹着要退伍要转业，真要离开了又这尿样，老子最看不起你这号的。

我白了他一眼："你TMD就是个粗人，不懂哲学。时不时吵架拌嘴的夫妇，有几个是真离的？倒是那看着相敬如宾的一对，离起婚来就是分分钟的事。"

鸭蛋说："一直以为你是一个花心大萝卜，现在看是我错了。"我扔了他一颗枣核："滚一边去，出门右拐就是卫生间，撒泡尿照照去。"

不管怎么调侃怎么自我安慰，我都知道，终是要走的，终于要走了。

改革是手术刀也是剔骨刀，去冗存精，它让机体更健康，让未来更朗阔。我真的以为能穿着军装，就这样，一辈子。但结果是我们必须撤退，这是命令。

对于军队，我只是一个小人物，像蚂蚁一样的小人物，但也一定是个有着大情怀的小人物。所以，当宣布我离开的命令时，我是平静的。

我唯一遗憾的是自己还有太多的事没干完，更遗憾自己不曾为祖国牺牲一次。

我一直坚信，真的深爱，不是纠缠不是哭闹，而是在他需要的时候我不说走，在他不再需要的时候不说留。

于军队，我最大的梦想本就是它可以强大到让祖国放心。

军人从来都是最该有情怀的一个群体。而我的情怀，不是用来标榜自己的口号，更不是显摆忠诚的表态，而只是那种"若以小利计，何必披征衣"的追问。

8

不管留恋不留恋，不管喜欢不喜欢，不管痛苦不痛苦，终究还是到了要离开的时候。

分别的酒喝了不止一次，送走的人不止一批。

我想和人说说话，和我的战友。

我们会放下所有爱恨情仇（好像也没有），说着彼此的过往，说着这近二十年里那些粗粝而美好的回忆，说着印象深刻的片段，说着一起唱过的《咱当兵的人》，说着曾经一起暗恋的女军医，说着那场拼得你死我活受伤数人的足球赛，说着海训时坡上小卖部的小姑娘和那些兔崽子有点邪恶的目光，说着演习时因为通信不畅没及时撤回差点被炸飞的经历，说着在西藏高原驻训偷偷地跑到雅鲁藏布江抓鱼的旧梦，说着机关里那些看似波澜起伏实则可以莞尔一笑的陈年往事，说着那些已然离去的战友。军营的点滴，就这样在微醺的空气里弥漫着。

我突然又不知道我应该跟谁说说。

军队很大，也很小。军队很小，小到陌生的两个战友相见，总能扯到认识的同一人。军队很大，大到我们想要找一个人聊聊天，却不知真正应该去找谁。

没事的。没事的。

我只是想到即将再见，就止不住难过。不，不是难过，而是不舍。

或许只是因为要失去，所以才会倍加珍惜，我如此安慰自己。

9

再见，希望是再也不见。

怎么可能？

怎么可能？我漂泊的青春曾在这里安放，我奔流的生命曾在这里驻足。

起床，哪怕没有了豆腐块，我也仍旧会整好被子理好床单。

跑步，哪怕只是一个人慢跑，也会想着摆臂是不是像班长当年说的"拉锯"。

刷牙，哪怕没有部队的水房，也会像在水房一样，用一个制式的pose：左手扶墙，右手持刷……

办公，哪怕坐着不同的椅子，也会像当年坐马扎一样，腰板挺直，双脚分开，与肩同宽。

走路,哪怕走了很远很远已经很累很累,也还是在想着:这是每步七十五厘米吗?

每天晚上七点会雷打不动地坐在那看《新闻联播》,还会摩挲着小小的子弹壳,仿佛又听到当年射击时弹壳落下的咣当声;还会在唱K时心里唱着好多首歌,但拿起话筒张嘴就是《小白杨》。

我会怀念连队的四菜一汤,虽然小胖子班长有时会把馒头做成焦黄色的"解放牌"馒头。

我会怀念操场的单杠双杠,虽然双手的老茧正在慢慢褪去。

我会怀念每天出操时的步伐,整齐的节奏,甚至不需要任何伴奏也完美之至。

我会怀念阅兵训练时的黝黑,那种挥汗如雨的畅快,清洗着所有阴郁。

回忆是靠不住的,但终有一天,我们所剩的也只有回忆。有些人和事是毕生难忘的,他们如刀一般刻在我们身体上、我们心房上。

有些人和事是别人帮你记得的。我希望他们能多帮我一点。

无论如何,我应该感谢安顿我青春的军营。感谢彼此搀扶着前行的兄弟姐妹们。

10

脱下军装,军营从此熟悉而陌生。

我不知道时间会不会如 1998 年的长江洪水,把那些喜怒哀乐的过往,冲刷得狼狈不堪或者了无痕迹。

我只希望每次重逢那一张张俊朗的士兵的脸时,它们会一一浮现,就像我从未离开。

再见,军队。

再见,军旗。

我爱你。再见。